UNION GÉNÉRALE D'ÉDITIONS
8, rue Garancière - Paris VIe

Du même auteur
dans la même série

MERCI, JEEVES, *n° 1496*
JEEVES, AU SECOURS ! *n° 1497*
BONJOUR, JEEVES, *n° 1498*
ÇA VA, JEEVES ? *n° 1499*
ECLAIR DE CHALEUR, *n° 1533*
L'INIMITABLE JEEVES, *n° 1534*
MR. MULLINER RACONTE, *n° 1573*
SOUS PRESSION, *n° 1574*
ALLEZ-Y, JEEVES ! *n° 1535*
BRAVO, ONCLE FRED !, *n° 1643*
BARONNETS ET BARS HONNÊTES, *n° 1644*

LE PLUS BEAU COCHON DU MONDE

PAR

P.G. WODEHOUSE

Roman traduit de l'anglais
par Charles Mauban
et Robert Carme

10|18

Série « Domaine étranger »
dirigée par Jean-Claude Zylberstein

Titre original:
Pigs have Wings

ISBN - 2-264-00615-3

CHAPITRE PREMIER

I

Beach, le maître d'hôtel, tout essoufflé d'avoir navigué dans les escaliers — car ce n'était plus le svelte et fringant valet de pied qu'il avait été trente ans plus tôt — entra dans la bibliothèque du château de Blandings, un plateau, chargé de lettres, à la main.

— Le courrier de l'après-midi, M'lord, annonça-t-il.

Et lord Emsworth, levant les yeux — il lisait l'étude de Whiffle sur *L'élevage des cochons* — dit : « Le courrier de l'après-midi... euh... parfait... parfait... » Sa sœur, lady Constance, pouvait bien, et à juste titre, se plaindre de sa distraction (« Oh! pour l'amour du ciel, Clarence, ne restez pas ainsi... à bayer aux corneilles »), il n'en avait pas moins, à l'occasion, l'esprit aussi vif que n'importe qui.

— Oui... oui.. bien sûr... le courrier de l'après-midi, répéta-t-il d'un air entendu. Merci, Beach, posez-le sur la table.

— Très bien, M'lord. Excusez-moi, M'lord, mais M'lord peut-il voir sir Gregory Parsloe ?

— Non, dit lord Emsworth, ayant jeté un coup d'œil autour de lui et ne voyant rien. Où est-il ?

— Sir Gregory a téléphoné il y a quelques instants pour me dire qu'il serait heureux d'avoir un petit entretien avec Votre Seigneurie. Il a ajouté qu'il allait venir à pied.

Lord Emsworth cligna des yeux.

— A pied ?

— C'est ce que sir Gregory m'a laissé entendre, M'lord.

— Pourquoi diable vient-il à pied ?

— Je n'en sais rien, M'lord.

— Il y a quatre kilomètres de route et c'est la journée la plus chaude que nous ayons eue de tout l'été. Il est complètement idiot.

A l'énoncé d'une telle remarque, tout maître d'hôtel un peu stylé, même s'il est d'accord, ne répond pas par « Bravo-chef » ou « Tu-l'as-dit-mon-vieux ». Beach se contenta d'esquisser une moue approbative et lord Emsworth tomba dans une profonde rêverie. Il pensait à sir Parsloe-Parsloe, baronnet, du domaine de Matchingham.

Pour la plupart d'entre nous, observateurs négligents et enclins à de trop rapides jugements, le sort d'un comte habitant dans un palais de marbre, entouré de vassaux et de serfs, peut sembler très enviable. « Un veinard », pensons-nous en nous éloignant dans notre modeste voiture, après avoir payé cinquante francs pour visiter les lieux et, naturellement, dans bien des cas, nous avons raison.

Mais pas dans le cas de Clarence, neuvième comte d'Emsworth. Il y avait un serpent dans son paradis terrestre, une feuille flétrie dans son bouquet de roses, un grain de sable dans sa nourriture spirituelle. Sa santé était à toute épreuve, ses revenus plus que suffisants. Il possédait une très belle demeure ancestrale aux allées revêtues de gravillon, au parc orné de gazon bien tondu, aux agréments de toutes sortes, mais ces bienfaits du ciel demeuraient nuls et non avenus parce que l'air pur du canton où il vivait se trouvait empesté par la présence d'un homme tel que sir Gregory, individu qui, il en était convaincu, avait des desseins diaboliques à l'égard de ce cochon exceptionnel qu'était l'Impératrice de Blandings.

L'Impératrice de Blandings était la prunelle de l'œil de

lord Emsworth. Elle avait gagné deux années de suite le championnat de la catégorie des Cochons Gras à la foire agricole du Shropshire et l'on prévoyait pour cette année une troisième et facile victoire... pourvu que... toujours pourvu que... ce Parsloe, propriétaire de sa rivale la plus redoutable, l'Orgueil de Matchingham, ne complotât point quelque mauvais tour pour consommer sa perte.

En promettant, deux ans plus tôt, un pont d'or à George Cyrill Wellbeloved, le très compétent éleveur de porcs attaché au service de lord Emsworth, il avait réussi à le prendre à son service. Et l'opinion de l'Honorable Galahad Threepwood, frère cadet de lord Emsworth, opinion exprimée avec force, était que cette basse manœuvre constituait les préliminaires d'un mauvais coup encore plus caractérisé et qu'il fallait s'attendre au pire.

— Que diable, disait Galahad, raisonnant de près, quand on se trouve en face d'un individu comme le jeune Parsloe, un garçon qui, pendant des années, avant d'entrer en possession de son titre, a battu de la semelle à Londres, sans un maravédis en poche, vivant Dieu sait comment, toujours à un doigt d'être arrêté, est-ce absurde de penser qu'il ne reculera devant aucun procédé ? S'il présente dans la compétition un cochon de son élevage et qu'il entrevoie un moyen de gagner en se débarrassant du favori par une quelconque traîtrise, il sautera dessus à pieds joints.

Telle était l'opinion de l'Honorable Galahad Threepwood.

— Parsloe ! disait-il, je l'ai connu très jeune, quand nous avions à peine vingt ans. Il était déjà si vicieux qu'il vous aurait coupé des tartines avec un tire-bouchon. Dans le vieux temps, quand ils voyaient arriver Parsloe, les hommes les plus résolus frémissaient et camouflaient à la hâte les objets de valeur. Tel était le genre de l'homme et vous ne me ferez pas croire qu'il ait changé depuis cette époque. Vous ferez bien de garder un œil rivé sur votre cochon,

Clarence, sinon, avant que vous ayez le temps de dire ouf! ce démon à forme humaine introduira des grenades explosives dans sa pâtée de son.

Ces mots avaient porté, car de telles paroles ne manquent pas leur but, et avaient fait naître en lord Emsworth, à l'endroit de sir Gregory, des sentiments semblables, en moins cordial encore, à ceux de Sherlock Holmes pour le professeur Moriarty. Aussi restait-il maintenant assis, à ruminer des pensées moroses au sujet de cet individu, et sans doute serait-il resté à ruminer pendant longtemps si Beach, qui désirait retourner à l'office et reposer ses orteils, n'avait toussoté de façon significative.

— Hein ? fit lord Emsworth, sortant de son coma.

— Milord voit-il autre chose ?

— Autre chose ? Ah! oui... autre chose, non, rien d'autre, Beach.

— Merci, monsieur.

Beach se retira dans ce style majestueux et pesant qui rappelait toujours aux visiteurs familiers de l'Extrême-Orient les flâneries d'un éléphant à travers la jungle, et lord Emsworth reprit sa lecture. La venue du maître d'hôtel l'avait interrompu au milieu de cet important chapitre où Whiffle explique comment, pour amener à la belle saison les cochons au mieux de leur forme, on doit leur donner journellement une quantité de nourriture ne représentant pas moins de cinquante-sept mille huit cents calories, fournies par un mélange de farine d'orge, de farine de maïs, de farine de lin, de pommes de terre et de petit lait.

Mais cet après-midi-là était marqué du mauvais signe. A peine lord Emsworth avait-il jeté un coup d'œil sur la page que la porte s'ouvrit de nouveau, mais cette fois pour laisser entrer une élégante dame d'allure autoritaire en qui il reconnut, après avoir cligné de l'œil une ou deux fois à travers son lorgnon, sa sœur, lady Constance Keeble.

II

Il la regarda avec appréhension, comme un gars du Milieu coincé par des policiers. Une longue et pénible expérience lui avait appris que toute visite de Connie signifiait de nouvelles complications. Rassemblant ses forces, comme toujours en pareil cas, il s'apprêta à opposer une dénégation énergique aux accusations qu'elle allait peut-être lui jeter à la tête. C'était un partisan convaincu de la méthode du « Niez toujours » et il l'appliquait avec beaucoup d'efficacité.

Pour une fois, cependant, le but de Connie semblait pacifique. Son attitude était sereine, aimable même.

— Oh! Clarence, dit-elle, savez-vous où est Pénélope ?

— Qui ?

— Pénélope Donaldson.

— Qui est Pénélope Donaldson ? demanda courtoisement lord Emsworth.

Lady Constance soupira. Si elle n'avait été la descendante d'une centaine de comtes d'Emsworth, elle aurait même reniflé avec mépris. Elle perdit son air affable, se frappa le front d'une main chargée de bagues et leva les yeux au ciel.

— Pénélope Donaldson, reprit-elle avec l'intonation doucereuse d'une femme qui s'efforce à la patience pour parler au moins intelligent des rejetons de la dernière couvée de l'oie du métayer, est la plus jeune fille de M. Donaldson, de Long Island City, aux Etats-Unis d'Amérique, dont la fille aînée a épousé votre fils Frédéric. Pour vous rafraîchir la mémoire, je me permets de vous rappeler que vous avez deux fils — l'héritier du titre, Bosham, et l'autre, le plus jeune, qui se nomme Frédéric. Frédéric s'est marié avec l'aînée des demoiselles Donaldson. La plus jeune de ces demoiselles Donaldson, celle qui porte le prénom de Pénélope, est actuellement notre invitée au château de Blandings. Votre domaine s'appelle bien Blandings, n'est-ce pas ? Et je vous demande si vous l'avez vue. Je vous en prie, Clarence, faites-moi l'amitié de ne pas rester là, bouche bée, en m'écoutant. Vous avez l'air d'un poisson rouge qui chercherait à gober des mouches.

Nous avons déjà dit que lord Emsworth pouvait avoir parfois des réflexes rapides.

— Ah! oui, s'écria-t-il, illuminé, quand vous dites Pénélope Donaldson, c'est Pénélope Donaldson que vous voulez dire ? Parfait, parfait! Et vous demandez si je l'ai vue ? Bien sûr! Je l'ai vue à l'instant en compagnie de Galahad. Je regardais par la fenêtre juste au moment où ils passaient. Je crois qu'ils s'en allaient faire un petit tour, une promenade ou quelque chose d'approchant. Ils marchaient, expliqua lord Emsworth, précisant par là que son frère et sa jeune invitée américaine n'étaient pas montés sur des échasses.

Lady Constance émit un son semblable à celui que produit un pouce humide appliqué sur le couvercle d'un poêle chauffé à blanc.

— Ce n'est pas correct de la part de Galahad. Depuis qu'elle est arrivée au château, il n'a pas cessé d'accaparer cette jeune fille. Il devrait être un peu plus raisonnable. Il sait bien que la seule raison de la présence parmi nous de Pénélope Donaldson est que je veux lui faire connaître notre ami Orlo Vosper.

— Qui ?...

— Oh! Clarence!...

— Qu'y a-t-il encore ?

— Si vous dites « Qui est Orlo Vosper ? » je vous lance quelque chose à la tête. Je suis sûre que votre distraction est une pose. Vous vous en servez pour mettre les gens en colère. Vous savez parfaitement bien qui est Orlo Vosper.

Lord Emsworth opina du chef.

— Oui, maintenant j'y suis. Un homme qui ressemble à une vedette de cinéma. Il est en séjour au château, ajouta-t-il sur le ton d'un conspirateur qui dévoile un secret bien gardé.

— C'est un détail qui ne m'a pas échappé, mais Pénélope semble tout faire pour l'éviter.

— Elle a raison. Ce garçon est assommant.

— Pas du tout, c'est un homme charmant.

— Il ne me charme pas, moi.

— C'est bien possible, car il ne parle pas de cochons à tout bout de champ.

— Il ne connaît rien aux cochons. Quand je lui ai montré notre Impératrice, il s'est mis à bâiller.

— Il trouve évidemment beaucoup plus de charme à Pénélope.

— Il a eu beau se mettre la main devant la bouche, j'ai bien vu qu'il bâillait.

— Ce serait un très beau mariage pour elle.

— Lequel ?

— Celui-là.

— Qui ? Quoi ?

— Oh ! Clarence !

— Eh bien ! comment voulez-vous que je vous suive quand vous tournez ainsi autour du pot. Allez-y carrément. Sans détours ! Qui doit épouser... qui ?

Lady Constance reprit son petit jeu du pouce humide qui grésille sur un poêle brûlant.

— Je voulais simplement vous dire, fit-elle d'un air las, que lord Vosper est visiblement attiré par Pénélope et que cela plairait énormément à M. Donaldson qu'elle l'épouse. Il appartient à l'une des plus vieilles familles d'Angleterre et l'une des plus riches. Mais que peut-il faire, si elle passe tout son temps avec Galahad ? Enfin, je vais l'emmener demain à Londres et Orlo nous y conduira dans sa voiture.

Cela donnera peut-être quelque résultat. Vous m'écoutez, Clarence ?

— Je vous écoute. Vous me disiez que Pénélope allait à Londres avec M. Donaldson.

— Oh! Cla-ren-en-ce!

— Ou plutôt avec Vosper. Pourquoi s'en aller à Londres par un temps pareil ? Drôle d'idée!

— Elle a un essayage... Sa robe pour le bal du Comté. Quant à Orlo, il est obligé d'aller voir son homme d'affaires pour son impôt sur le revenu.

— Impôt sur le revenu, hurla lord Emsworth, écarquillant les yeux comme un cheval de bataille qui entend sonner la charge (les cochons et les contributions étaient les seuls sujets capables de le tirer de sa torpeur). Permettez-moi de vous dire...

— Je n'ai pas de temps à perdre, dit lady Constance.

Et elle sortit précipitamment.

Ces petits entretiens avec le chef de la dynastie se terminaient presque toujours par une sortie précipitée, à moins, bien entendu, qu'ils n'aient eu lieu dehors et que, ne pouvant sortir, elle se contentât de s'éloigner.

Demeuré seul, lord Emsworth se laissa glisser mollement sur son siège, savourant cette délicieuse impression de paix qu'éprouvent les hommes de goûts paisibles quand leurs compagnes les quittent après leur avoir dit tout ce qu'elles voulaient qu'ils sachent. Puis, comme il allait se replonger dans le Whiffle, son regard rencontra sur la table la pile de lettres qui l'attendaient. Il s'en saisit et se mit à les parcourir. Il avait déjà lu, relu et mis de côté une bonne demi-douzaine des plus plates missives qu'ait pu tracer une main d'homme, quand il tomba sur quelque chose d'un genre tout à fait différent — quelque chose qui lui fit brusquement lever les sourcils et lui arracha un « Bonté divine! » de surprise.

C'était une carte postale illustrée, une de ces cartes brillamment enluminées à la vue desquelles nous, les gens de l'élite, nous claquons la langue avec mépris, mais qui procurent distraction et plaisir à nombre de gens de goûts plus communs.

Elle représentait une femme nue, Vénus, probablement, sortant de l'eau sur la plage d'une station balnéaire, avec un joyeux : « Je vois la vie en rose, bébé », inscrit sur un ballon qui s'échappait de sa bouche, et juste au-dessous, tracés d'une main féminine et hardie, étaient écrits ces mots : « Ah! ah! c'est aujourd'hui le grand jour, hein ? Bon anniversaire, chère vieille chose. Affectueux baisers. Maudie. »

Cette carte plongea lord Emsworth dans la stupeur. Il ne se souvenait absolument pas d'avoir jamais rencontré une Miss Maudie, ni aucune femme capable de cette chaleur de sentiments presque orientale. A l'inverse de son frère Galahad, parfait homme du monde et fringant cavalier, qui avait passé sa vie dans la plus joyeuse compagnie féminine et qui, dans son jeune temps, n'était jamais plus heureux que lorsqu'il était environné de filles de bar ou de petites danseuses, il s'était, lui, toujours efforcé d'éviter toute rencontre et tout contact avec les demoiselles Maudie de ce monde.

Saisissant son lorgnon qu'il ne manquait jamais de laisser tomber sous le coup d'émotions violentes et qui pendillait au bout de son cordon, il glissa négligemment la carte dans sa poche et reprit son livre. Trop tard! Le moment était passé.

Avec ces maîtres d'hôtel qui parlaient des Parsloe à tort et à travers, ces Connie qui lui cassaient les oreilles avec les Vosper et ces femmes mystérieuses qui lui envoyaient des baisers affectueux, il avait perdu momentanément tout pouvoir d'apprécier la littérature de M. Whiffle.

Une seule chose restait à faire s'il voulait retrouver la paix de l'esprit. Il réajusta son lorgnon et se dirigea d'un pas ferme vers la porcherie, pour y rendre visite à l'Impératrice de Blandings.

III

L'Impératrice vivait dans un coquet petit chalet, non loin du jardin potager, et quand lord Emsworth atteignit son antichambre, elle était occupée, comme chaque fois d'ailleurs qu'on la prenait à l'improviste, à emmagasiner dans sa large panse ces cinquante-sept mille huit cents calories dont M. Whiffle parle tant. Monica Simmons, qui s'occupait des porcs, lui avait octroyé une abondante ration de farines d'orge, de maïs, de lin, de pommes de terre et de petit lait, et l'Impératrice plongeait et fouillait dans son auge d'une façon propre à faire naître la plus vive confiance dans le cœur de ses admirateurs et amis.

Monica Simmons était debout près de la barrière de clôture lorsque lord Emsworth arriva. C'était une jeune personne mince, portant blouson et culotte de cheval et ayant bien l'air de ce qu'elle était, à savoir l'une des six filles d'un pasteur de campagne qui, toutes, avaient appartenu à l'équipe de hockey de Rœdan. Elle n'était pas très en faveur auprès de lord Emsworth qui la soupçonnait de ne pas respecter l'Impératrice. Elle donna immédiatement une preuve navrante de ce grave défaut de caractère.

— Salut, lord Emsworth, dit-elle. Quelle chaleur, hein ? Vous êtes venu voir le bichon de cochon ? Eh bien ! maintenant que vous êtes là, je vais pouvoir filer en vitesse prendre une bonne tasse de thé et quelques tartines. J'ai une soif à cracher des pièces de cent sous. Salut !

Elle s'éloigna à grandes enjambées, repoussant le foin du pied, et lord Emsworth, qui avait frémi de la tête aux pieds et s'appuyait sur la barrière, la suivit d'un regard indigné. Il songeait avec nostalgie aux précédents gardiens de sa truie bien-aimée : à George Cyrill Wellbeloved, passé à l'ennemi; à Percy Pirbright, son successeur, qui, aux dernières nouvelles, se trouvait au Canada; à Edwin Pott, qui, reprenant la charge à la suite de Percy, s'était retiré de la vie publique après avoir gagné un concours de pronostics sur les résultats d'un championnat de football. Aucun d'eux n'aurait osé faire allusion à l'Impératrice de Blandings comme à un bichon de cochon, Edwin Pott moins que tout autre, même s'il l'avait voulu, car il était muet.

Voilà qui est de bien mauvais augure, songeait lord Emsworth et il se trouvait encore sous cette désagréable impression, qu'atténuait néanmoins peu à peu le son de la plus mélodieuse des musiques, celle que faisait l'Impératrice en se restaurant, quand surgit à côté de lui, penché par-dessus la clôture et inspectant l'endroit au travers d'un monocle cerclé de noir, un mince et coquet petit personnage, d'une cinquantaine d'années. Lord Emsworth le salua d'un « Ohé! Galahad » très cordial.

— Ohé à vous! cher vieux hibou noueux et vermoulu, répliqua du même ton le nouvel arrivant.

L'Honorable Galahad Threepwood était le seul membre véritablement distingué de la famille dont lord Emsworth était le chef. Le monde, dit-on, méconnaît ses grands hommes, mais tous ceux qui fréquentaient les cercles privés, les bars, les théâtres, les restaurants et les champs de course connaissaient Gally, au moins de réputation. Il appartenait à cette bande résolue qui, trouvant qu'il valait cent fois mieux s'efforcer de donner à Londres quelques touches de rose supplémentaire plutôt que d'enfourcher d'autres dadas, s'étaient consacrés à cette tâche dès leur jeunesse. C'était là que le bât blessait sa sœur Constance, sa sœur Julia, sa sœur Dora et toutes les autres; mais il jouissait de l'estime générale dans des quartiers moins austères, car il avait un cœur d'or et son âme débordait du lait de la tendresse humaine.

Comme il examinait l'Impératrice, un bruit de déglutition mêlé de grognement ramena son attention vers son frère, et il fut désolé de remarquer une expression crispée sur ces traits qui lui étaient chers. On eût dit que le chef de la famille venait d'avaler un cornichon trop acide.

— Allons, mon vieux Clarence, dit-il, le vieux cœur paraît un peu à plat. Qu'y a-t-il donc ? Vous ne vous rongez pas les sangs à cause de l'incident de l'auberge des Armes d'Emsworth, je pense ?

— Un incident ? Quel incident ?

— N'avez-vous entendu parler de rien ? Je tiens tout de Beach, qui l'a appris de la fille du lavoir, qui elle-même le tenait du chauffeur. Il paraît que le maître d'hôtel de Parsloe — un certain Binstead, je crois — faisait grand tapage dans la salle de brasserie, l'autre soir, pariant à cinq contre un, à qui voulait l'entendre, sur le cochon de son patron.

Lord Emsworth sursauta.

— Sur l'Orgueil de Matchingham ? Ce type est complètement fou. Comment l'Orgueil de Matchingham pourrait-elle avoir la moindre chance contre l'Impératrice ?

— C'est exactement ce que je pense. J'ai été sidéré moi aussi. Je suppose que la plus simple explication est que Binstead avait un verre dans le nez et parlait à tort et à travers. Hé bien ! qu'est-ce qui vous inquiète, si ce n'est pas cela ? Pourquoi avez-vous l'air d'un ver solitaire contrarié ?

Lord Emsworth fut trop heureux de confier à une oreille sympathisante la raison de cette ressemblance.

— Cette jeune Simmons me rend malade. Vous aurez du mal à me croire, mais elle a eu le toupet d'appeler notre Impératrice « bichon de cochon ».

— Vraiment ?

— Je vous le jure. « Hé salut! lord Emsworth, m'a-t-elle dit. Vous êtes venu voir votre bichon de cochon ? »

Gally fronça les sourcils.

— C'est très mal, approuva-t-il. Fâcheux état d'esprit. Si c'est vrai, cela semble prouver que cette jeune fille est beaucoup trop frivole pour assumer les responsabilités de la charge que nous lui avons confiée. Je dois ajouter que Beach partage entièrement cette opinion. Il a misé gros, tout un paquet de ses économies, sur le museau de l'Impératrice pour le prochain concours agricole et il commence à ne plus pouvoir dormir. Il m'a demandé avec angoisse si cette fille était à la hauteur de cette tâche sacrée. Et je le comprends. Car notez ceci, Clarence, et notez-le bien. La fille qui, aujourd'hui, ravale l'Impératrice de Blandings au rang de « bichon de cochon » est capable, demain, d'oublier de lui donner son déjeuner. Qu'est-ce qui a bien pu vous inciter, cher ami, à confier une mission réclamant les qualités d'un Pierpont Morgan à la miteuse fille d'un vicaire campagnard ?

Lord Emsworth ne se tordit pas tout à fait les poignets de désespoir, mais il s'en fallut de peu.

— Je n'y suis pour rien, protesta-t-il. Notre sœur Connie a insisté pour que je l'engage. C'est sa protégée, la parente d'une personne qu'elle veut obliger ou quelque chose du même genre. Connie seule est à blâmer de nous avoir mis dans de tels draps.

— Connie! dit Gally. Plus je vois ce qui se passe dans cette baraque et plus je me rends compte que, pour que Blandings Castle soit un paradis sur terre, il faudrait moins de femmes comme Connie et des meilleures. Les sœurs sont une erreur de la nature, Clarence. Il faudrait dès le départ prendre résolument parti contre elles.

— Exact, dit lord Emsworth. Exact.

Le silence tomba, si toutefois un véritable silence pouvait jamais tomber dans le voisinage d'une auge où l'Impératrice de Blandings se nourrissait. Il fut rompu par lord Emsworth qui regardait autour de lui avec l'air d'un homme qui a l'impression que quelque chose lui manque.

— Où est Alice ? demanda-t-il.

— Quoi ?

— Oh ! pardon. Je veux dire Pénélope. Pénélope Donaldson. Je vous croyais sortis tous deux pour faire une promenade ensemble.

— Ah ! oui, Penny ? Oui, nous avons bavardé en nous promenant un peu. C'est vraiment une très gentille fille, Clarence.

— Charmante.

— Non seulement agréable à regarder, capable de vous tenir sous le charme en vous entretenant des sujets les plus divers, mais aussi pleine de cœur. J'ai exprimé le désir de boire un whisky-soda et elle est partie immédiatement dire à Beach de m'en apporter un pour m'éviter d'aller jusqu'à la maison.

— Vous allez prendre un whisky ?

— Vous l'avez dit ! Cela va redonner un peu de rose à mes joues, ce qui fait toujours bel effet, et me permettre de trinquer à la santé de Beach avec des « A la bonne vôtre ! » et « Au centième ! », car c'est son anniversaire.

— L'anniversaire de Beach ?

— Oui.

— Bonté divine !

Lord Emsworth fouilla dans sa poche.

— J'ai reçu quelque chose d'extraordinaire au courrier de cet après-midi, Galahad. Vraiment extraordinaire. Une carte postale en couleurs avec « Bon anniversaire, mon vieux, affectueux baisers ». Et c'était signé Maudie. Maintenant que vous me dites que c'est l'anniversaire de Beach, je me demande... Oui, je comprends. Elle était destinée à Beach et l'on a dû mélanger le courrier. Regardez.

Gally prit la carte et l'examina à travers son monocle.

Le verso portait : « Mr. Sébastien Beach. Château de Blandings. Shropshire. »

Son visage prit une expression grave.

— Il faut, dit-il, éclaircir cette histoire. Depuis combien de temps Beach est-il au château ? Dix-huit ans ? Dix-neuf ans ? Peu importe d'ailleurs le temps exact, mais cela fait assez longtemps pour que je puisse le considérer comme un fils, et quand un de mes fils reçoit de filles appelées Maudie des cartes postales représentant une femme nue, il doit fournir une explication immédiate. Nous ne pouvons pas laisser la luxure introduire son horrible tête dans l'office de nos gens. Holà, Beach !

Beach s'approchait de ce pas mesuré qui lui était habituel — d'autant plus mesuré qu'il portait un grand verre empli jusqu'au bord d'un liquide de couleur ambre. A ses côtés sautillait une charmante petite jeune fille mince, aux cheveux blonds, qui avait l'air d'une nymphe des bois que le maître d'hôtel eût recueillie en traversant le parc. En fait, c'était la plus jeune héritière d'un fabricant américain de biscuits pour chiens.

— Voici des renforts, Gally, dit-elle.

Et Gally, ayant répondu avec une vive satisfaction qu'il les voyait venir, saisit son verre et but avidement.

— Joyeux anniversaire, Beach.

— Merci, monsieur Galahad.

— Une petite goutte pour vous, Penny ?

— Non, merci.

— Clarence ?

— Euh... non, merci.

— Très bien. Parfait, dit Gally vidant son verre. Et maintenant, il me reste un pénible devoir à remplir, Beach.

— Monsieur ?

— Prenez connaissance de cette carte.

Beach prit la carte postale. Et tandis qu'il l'examinait de ses yeux en boule de loto, ses lèvres remuèrent légèrement. Il s'en fallut même d'un rien que ce parfait serviteur, nonobstant les règles impératives de l'ordre des maîtres d'hôtel, n'esquissât un sourire.

— Eh bien, Beach ? Nous attendons... Qui est cette Maudie ?

— Ma nièce, monsieur Galahad.

— C'est du moins ce que vous prétendez.

— La fille de mon frère, monsieur Galahad. C'est ce que l'on pourrait appeler la seule personne un peu bohème de notre famille. Elle n'était encore qu'une gamine lorsqu'elle s'est enfuie de chez ses parents pour devenir barmaid à Londres.

Gally dressa l'oreille comme un spécialiste dont on évoque la marotte. Réaction semblable à celle qu'aurait pu avoir M. Gillette en entendant discuter de lames de rasoir.

— Vous dites, une barmaid ? Où ?

— Au Critérion, monsieur Galahad.

— Alors j'ai dû la connaître. Je connaissais tout le personnel du Critérion, et cependant je ne me souviens pas d'une Maudie Beach.

— Pour les besoins du métier elle a adopté le nom de guerre de Montrose.

— Maudie Montrose. C'était elle ? Bonté divine ! Bien sûr que je la connais. Une fille charmante avec des cheveux dorés comme un nid d'oiseaux de paradis. M'en a-t-elle servi des petits rhums bien tassés ! Qu'est-elle devenue ? Manipule-t-elle toujours la pompe à bière ?

— Oh ! non, monsieur Galahad. Elle a quitté le métier pour se marier.

— J'espère que son époux sait apprécier ses incomparables qualités.

— Il n'est plus des nôtres, monsieur. Il a eu le malheur d'attraper une fluxion de poitrine en faisant le guet sous la pluie, devant la porte d'un restaurant.

— Et pourquoi diable faisait-il le guet sous la pluie ?

— C'était dans l'exercice de ses devoirs professionnels, monsieur. Il avait monté un cabinet de recherches et filatures, l'Agence Digby : Détectives Privés, service permanent de nuit et de jour. Et maintenant qu'il est parti, c'est ma nièce qui s'occupe elle-même de son affaire et, je crois, à la satisfaction de tous.

Penny poussa une exclamation intéressée.

— Vous voulez dire qu'elle est détective, qu'elle travaille avec la fameuse brigade criminelle, les spécialistes des traces sanglantes et de l'examen microscopique ?

— En gros, c'est cela, mademoiselle. Je crois que lorsqu'il peut y avoir de la bagarre, elle confie le travail à ses employés.

— En somme, c'est l'œil qui fouille à travers les murailles. Il faut de tout pour faire un monde, n'est-ce pas, Gally ?

— C'est ce que j'ai toujours entendu dire, mademoiselle, dit Beach avec indulgence.

Il se tourna vers lord Emsworth que le sujet n'intéressait guère et qui s'était mis à gratter le dos de l'Impératrice avec le bout de sa canne.

— J'aurais dû prévenir Votre Seigneurie que sir Parsloe l'attend.

— Que le diable l'emporte ! Où est-il ?

— Je l'ai laissé dans le petit salon en train de retirer ses chaussures. J'ai eu l'impression qu'il avait mal aux pieds. Il a exprimé le désir de rencontrer Votre Seigneurie dès qu'elle le pourrait.

Lord Emsworth prit un ton maussade.

— Je me demande ce que peut bien me vouloir cet individu. Il sait bien que je le considère avec la plus grande méfiance. Mais je crois qu'il faut le recevoir, car si je ne le fais pas, je vais m'attirer une nouvelle scène de Connie. Elle me répète toujours qu'il faut savoir vivre en bon voisinage.

— Dieu soit béni, il n'en est pas ainsi pour moi, dit Gally. Si cela me plaît, je peux fixer le jeune Parsloe dans le blanc des yeux jusqu'à ce qu'il perde contenance. C'est là l'avantage de n'avoir pas de position sociale à maintenir. A propos, c'est fort intéressant tout ce que Beach nous a raconté, Clarence.

— Hein ?

— Au sujet de Maudie.

— Quelle Maudie ?

— Ça va, brillant esprit, n'en parlons plus. Allez donc voir ce que vous veut ce bandit.

Lord Emsworth se dirigea d'un pas vacillant vers le petit salon, suivi à distance respectueuse par son fidèle maître d'hôtel, tandis que Gally les regardait d'un œil distrait.

— C'est étonnant, dit-il en se tournant vers Penny. Savez-vous depuis combien de temps je connais Beach ? Dix-huit ou peut-être dix-neuf ans, quand j'étais encore un jeune garçon de quarante ans. Et c'est seulement aujourd'hui que j'apprends qu'il s'appelle Sébastien. La même chose m'est arrivée avec Fruity Biffen. Je ne crois pas que vous connaissiez mon vieil ami Fruity Biffen, n'est-ce pas ? Il habitait encore récemment non loin d'ici, dans une petite maison en bordure de la route de Shrewsbury, mais il est parti peu de temps avant votre arrivée. Il avait autrefois l'habitude de signer ses reconnaissances de dettes : « George J. Biffen », et c'est seulement au bout de sept ans, un soir où nous soupions ensemble au Romano et où il avait perdu un peu de sa réserve habituelle à la suite de l'absorption d'un mélange de bière brune, de crème de menthe et de vieille eau-de-vie, qu'il me confia que la lettre J représentait...

— Gally, interrompit brusquement Penny qui, depuis un instant, dessinait du bout de sa chaussure des arabesques sur le sable et donnait différents signes de nervosité comme si elle avait une tâche embarrassante à remplir, pourriez-vous me prêter deux mille livres ?

IV

Il n'était pas facile de prendre l'Honorable Galahad au dépourvu. Pendant plus d'un demi-siècle, des nourrices, des gouvernantes, des précepteurs, des répétiteurs, des pions à Oxford, des joueurs de bonneteau, des marchands de poisson à la sauvette, des poseurs de rébus, des commis de bookmakers au champ de course et même des membres de la police londonienne s'y étaient essayé, et tous avaient échoué. C'était une vérité bien établie pour les membres chevronnés du Club des Pélicans que, quels que fussent les coups et les traquenards que le mauvais sort pût lui réserver, il savait garder le sang-froid d'un pingouin sur un iceberg. Mais à ces mots un violent frisson le parcourut. Le monocle jaillit de son orbite aussi brusquement que le lorgnon du nez de son frère Clarence en certains cas. Le regard qu'il posa sur la jeune fille était le regard d'un homme qui n'en croit pas ses oreilles.

— Deux mille livres ?

— J'en ai terriblement besoin!

Gally poussa un soupir, lui prit la main et la caressa.

— Ma pauvre enfant, je suis un indigent. Je suis le cadet et, dans les familles anglaises, l'aîné seul peut puiser dans la tirelire. Tout ce que les suivants peuvent réussir à grappillonner n'est que les miettes de pain tombées de la table, comme dans l'Evangile. Je ne pourrais pas plus réunir deux mille livres que faire tenir cette truie en équilibre sur le bout de mon nez.

— Je comprends. Je craignais d'ailleurs que vous ne puissiez rien faire. Cela n'a pas d'importance... N'y pensez plus...

Gally la regarda avec stupeur. Croyait-elle vraiment pouvoir s'en tirer ainsi avec Galahad Threepwood, un des buveurs de whisky les plus curieux que la terre ait porté, un homme qui serait riche s'il avait reçu un écu chaque fois qu'on lui avait reproché de fourrer son nez partout ?

— Mais bon sang, n'allez-vous pas m'expliquer ?

— Je ne sais pas. Tout dépend de vous. Etes-vous capable de garder un secret ?

— Garder un secret ! Savez-vous que si je révélais le dixième de ce que je connais concernant mon entourage immédiat, la civilisation tremblerait sur ses bases ? Vous pouvez vous confier à moi sans crainte.

— Je dois avouer que ce serait pour moi un grand soulagement. N'avez-vous pas horreur, vous, de garder les choses sur le cœur ?

— Si. Allez-y ! Qu'est-ce que c'est que cette histoire de deux mille livres ? Et pourquoi faire, Seigneur ?

— Eh bien ! voilà. Il ne s'agit pas exactement de moi. C'est pour un garçon que je connais, Gally. C'est la vieille, éternelle histoire. Je suis amoureuse.

— Ah ! ah !

— Pourquoi : « Ah ! ah ! » ? Pourquoi ne serais-je pas amoureuse ? Les gens tombent bien amoureux, non ?

— J'ai connu des cas.

— Eh bien, moi, celui que j'aime s'appelle Jerry.

— Jerry... quoi... qui ?

— Jerry Vail.

— Je n'ai jamais entendu parler de lui.

— Hé bien ! je ne pense pas qu'il ait jamais entendu parler de vous.

Gally sursauta.

— Que dites-vous là ! Il a sûrement entendu parler de moi. Mon nom fait vibrer les quatre coins de l'Angleterre depuis plus de trente ans. Si vous n'étiez pas une ignorante petite Yankee visitant pour la première fois les îles britanniques, vous connaîtriez tous les détails de ma vie sur le bout du doigt et me traiteriez, certes, avec le respect que je mérite. Mais retournons à l'homme de vos rêves. Puisque vous essayez de taper les gens pour lui, j'en déduis qu'il est à court d'argent. Un peu à sec, hein ? C'est ce que l'on nomme parfois un prétendant sans fortune.

— Oh ! il se débrouille. Il se tire d'affaire tout seul.

— Que fait-il ?

— Il écrit.

— Juste ciel ! Enfin !... je suppose que les écrivains sont aussi des créatures de Dieu.

— Il écrit des romans policiers, mais vous connaissez le vieil adage : « Le crime ne paie pas. » Pour nous il ne paie pas suffisamment et nous ne pourrions jamais nous marier avec ce qu'il gagne. Même pas dans une année exceptionnelle.

— Mais votre père, le millionnaire, ne vous donnera pas un coup de main ?

— Non, pas pour un prétendant sans fortune. Si je lui écrivais que je désire épouser un garçon qui gagne quelques maigres livres par an, il me ferait réintégrer l'Amérique par le prochain bateau et j'aurais beaucoup de chance si on ne m'expédiait pas chez ma vieille grand-mère, au fin fond de l'Ohio.

— C'est le coup classique des parents sévères. Je croyais que ces usages dataient du XVIIIe siècle et avaient disparu depuis longtemps !

— Peut-être, mais on a sûrement oublié d'en avertir mon père. Et de toutes façons Jerry a des principes trop élevés pour accepter de vivre aux crochets d'une femme.

— Vous pourriez réussir à le lui faire admettre.

— Je m'en garderais bien. C'est ce que j'admire en lui. Si vous aviez connu tous les bons à rien coureurs de dot que j'ai dû écarter de mon chemin à coups de trique depuis que je suis en âge de me marier, vous comprendriez ce qu'a eu pour moi de nouveau ma rencontre avec quelqu'un comme Jerry. C'est un type épatant. Il faut le voir pour le croire. Et s'il pouvait seulement trouver ces deux mille livres...

— Vous devriez m'expliquer cela en détail. A-t-il besoin de cet argent pour une raison précise, ou simplement parce qu'il lui plairait d'avoir deux mille livres ?

— Voilà. Un de ses amis, un médecin, a l'intention de monter une station de cure. Avez-vous entendu parler de Muldoon aux Etats-Unis ?

— Bien sûr. Je passais autrefois mon temps à aller en Amérique.

— Ce serait quelque chose du même genre. Seulement, ici, en Angleterre, ce serait plus... voyons... quel est le mot ?

— Snob ?

— J'allais le dire. Cette station accueillerait plus spécialement les ducs fatigués et les millionnaires neurasthéniques et, naturellement, à des prix exorbitants. Il y a un endroit de ce genre dans le pays de Galles et Jerry me disait que cela rapporte de l'or. Nous pourrions réussir à monter quelque chose de mieux encore, car l'établissement que ce médecin ami de Jerry a repéré est situé dans le Sussex ou dans le Surrey, bref beaucoup plus près de Londres. Si Jerry pouvait apporter deux mille livres, il serait intéressé à l'affaire. Son camarade s'occuperait de tâter le pouls de ses patients, de prescrire les régimes appropriés et le reste, tandis que Jerry les emmènerait faire des randonnées à cheval, leur servirait à la fois d'entraîneur et de partenaire au tennis ou au golf, bref serait l'animateur de l'entreprise. C'est un genre d'activité qui lui conviendrait à merveille, et il aurait aussi le temps d'écrire son grand roman.

— Il écrit un grand roman ?

— Hé bien ! il n'a pas pu encore le mettre en route, étant trop occupé à gagner son pain quotidien, mais il dit qu'il est déjà tout composé dans sa tête et que si on lui donne chaque jour un peu de temps libre, quelques heures calmes et sans rien pour le distraire, il démarrera à la vitesse d'un éclair. Pourquoi prenez-vous l'air d'une grenouille empaillée ?

— Vous voulez dire pourquoi je ressemble au *Penseur* de Rodin ? C'est parce que je me demande comment diable vous avez pu vous arranger pour faire la connaissance de ce garçon. Connie est allée vous cueillir au débarcadère de Southampton et, après une nuit passée à Londres, vous a conduite jusqu'ici d'où vous n'avez pas bougé. Je ne vois pas à quel moment a pu se nouer cette idylle.

— Réfléchissez, Gally. Creusez-vous un peu les méninges.

— Eh bien! non, je m'avoue battu.

— Je l'ai tout simplement rencontré sur le bateau, ma vieille branche. Jerry, sous l'effet d'une inspiration subite, avait pensé que le seul moyen de faire fortune, actuellement, pour un écrivain, était de conquérir le marché américain. Aussi s'était-il embarqué pour aller étudier les conditions sur place.

— Et comment étudie-t-on un marché américain ?

— Hé bien! on... hé bien! on l'étudie.

— Je vois. On l'étudie.

— C'est cela. Et quand il a eu fini de l'étudier, il a sauté dans un bateau pour regagner l'Angleterre.

— Et qui se trouvait à bord ?... vous!

— Exactement. Notre rencontre eut lieu le deuxième jour de la traversée et, dès lors, rien d'autre ne compta plus pour nous. Ah! ces soirées au clair de lune!

— Ah! vous aviez un clair de lune ?

— Bien sûr, nous avions un clair de lune.

Gally se gratta le menton. Il sortit son monocle et l'essuya soigneusement.

— Bon, alors, dans ce cas, je ne sais vraiment plus que

dire. Vous avez réussi à désarçonner votre vieil ami aux cheveux blancs. Et réellement, vous aimez ce garçon ?

— Vous n'avez pas écouté ce que je viens de vous dire ?

— Si. Mais vous ne l'avez tout de même pas connu plus de quatre jours !

— Et alors ?

— Oh ! rien, je pensais simplement... Dieu sait pourtant que je ne suis pas homme à conseiller la prudence ou autre chose de ce genre. La seule femme que j'ai eu envie d'épouser était une chanteuse qui débitait des couplets en collant rose, mais...

— Eh bien quoi mais ?

— Je pense que j'y regarderais à deux fois, si j'étais à votre place, ma petite Penny. Il y a tant de drôles d'oiseaux qui picorent un peu partout dans ce pauvre monde ! Et l'on ne peut pas toujours prendre pour de l'argent comptant ce que les gens vous racontent à bord d'un transatlantique. Plus d'un qui jure sur les flots un amour éternel change brutalement d'attitude quant il retrouve le plancher des vaches et les beautés blondes.

— Gally, vous m'écœurez !

— Excusez-moi. Je pensais qu'il était de mon devoir de vous dire cela. Ce sont les réalités de l'existence.

— Si je m'apercevais que Jerry est comme ça, je le congédierais sur-le-champ, dût mon cœur éclater en mille morceaux. Nous, les Donaldson, nous avons notre fierté !

— Voyez-vous ça !

— Mais il n'est pas comme ça. C'est un agneau bêlant. Et on ne peut pas dire qu'avoir un agneau bêlant chez soi n'est pas une chose charmante, si ?

— Il n'y a rien de plus charmant.

— Eh bien ! voilà.

L'Impératrice laissa échapper un grognement plaintif. Une grosse pomme de terre, trésor de calories, s'était détachée du reste de la pâtée et avait roulé hors de l'enclos.

Gally la lui restitua courtoisement et la noble bête le remercia d'un bref reniflement.

— Mais, dites-moi, si ce garçon est un agneau, cela aggrave la situation. Je veux dire que ce doit être un véritable calvaire pour vous d'être séparée d'une telle perfection. Vous ici, à Blandings, et lui là-bas, à Londres. Vous n'êtes pas à bout de nerfs ?

— Je l'étais jusqu'à aujourd'hui.

— Pourquoi jusqu'à aujourd'hui ?

— Ce matin le soleil a reparu. Votre sœur Constance vient de m'apprendre qu'elle m'emmène à Londres pour un essayage. Lord Vosper nous y conduit en voiture.

— Que pensez-vous de Vosper ?

— Je l'aime beaucoup.

— Lui aussi vous aime bien.

— Oui, c'est ce que j'ai remarqué.

— C'est un garçon charmant.

— Charmant. Mais laissez-moi continuer. Nous arriverons à Londres demain dans l'après-midi, si bien que je pourrai dîner demain avec mon Jerry.

Gally la dévisagea avec étonnement. Cet optimisme puéril lui donnait un choc.

— Avec Constance qui ne vous lâchera pas d'une semelle ? Il n'y a aucun espoir !

— Oh ! si, car il y a à Londres une vieille amie de papa, et papa ne me pardonnerait jamais de n'avoir pas profité de l'occasion pour aller lui taper sur l'épaule et lui dire bonjour. Je dînerai avec elle.

— Et elle amènera le jeune garçon ?

— Hé bien ! entre nous, Gally, cette personne n'existe pas réellement. Je suis comme le poète dans Shakespeare; je donne à un personnage imaginaire une demeure et un nom. N'avez-vous jamais vu jouer : « Il importe d'être constant » ?

— Ne vous écartez pas du sujet.

— Je ne m'en écarte pas. Vous rappelez-vous Bunbury, l'ami inventé par le héros ? Voici donc sa mère, Mrs. Bunbury. On peut toujours, avec un peu de doigté, arranger les choses. Et voilà. Il faut que je rentre pour envoyer un mot à Jerry.

— Mais puisque vous devez le voir demain...

— Vraiment, Gally, pour un homme d'expérience, vous semblez fort ignorant de toutes ces choses. J'aurai ainsi le plaisir de lui lire ma lettre pendant le dîner, et lui me lira celle qu'il est probablement en train de m'écrire. Je lui ai télégraphié ce matin pour le prévenir que j'arrivais et resterais une nuit avec lady Garland — votre sœur Dora, au cas où vous l'auriez oublié — en lui disant de venir me retrouver au Savoy à huit heures.

Penny s'esquiva, portée par les ailes de l'amour, et Gally, dont la jeunesse s'était écoulée dans un monde où les jeunes filles, à l'exception de celles qui travaillaient derrière un bar ou faisaient des entrechats à l'Alhambra, avaient beaucoup moins d'ingéniosité, se mit à méditer sur la hardiesse et l'esprit d'entreprise de celles qui leur succédaient. Sans aucun doute la génération actuelle savait comment résoudre les petits problèmes qui se posent si souvent à une jeune fille. Et ceci semblait spécialement vrai pour celles qui avaient passé leurs années de formation aux Etats-Unis d'Amérique.

Après avoir conclu que les bons conseils de père noble qu'il aurait pu prodiguer ne seraient, dans le cas de la plus jeune des filles de la firme Donaldson's Dog Joy (Au Régal du Caniche), qu'un cautère sur une jambe de bois, il examinait à nouveau l'Impératrice lorsqu'une sorte de bêlement derrière lui le fit se retourner. Lord Emsworth s'approchait, avec sur son visage cet air de canard expirant qu'il arborait si souvent dans les moments de détresse. De toute évidence, quelque chose venait de bouleverser complètement le pauvre vieux Clarence.

V

Son intuition ne l'avait pas trompé. Le pauvre vieux Clarence était manifestement tout sens dessus dessous. En le regardant déboucher d'un pas mal assuré, Gally se remémorait son vieil ami Fruity Biffen le jour où ce joueur, né sous une mauvaise étoile, s'était risqué jusqu'en bordure de la piste du champ de course de Tattersall à Hurst Park, portant une longue barbe assyrienne pour éviter de se faire reconnaître d'une bonne demi-douzaine de bookmakers auxquels il devait une fortune. Au bout d'un moment, la barbe était tombée.

Même évidente émotion.

— Ma parole, Clarence, vous avez l'air évadé d'un roman russe! Qu'avez-vous donc? Et qu'avez-vous fait de Parsloe? L'avez-vous assassiné et vous tourmentez-vous parce que vous ne savez pas comment vous débarrasser de sa dépouille?

Lord Emsworth recouvra l'usage de la parole.

— Je l'ai laissé dans le petit salon, en train de remettre ses chaussures. Galahad, il vient de m'arriver quelque chose d'épouvantable. J'ose à peine vous le dire. Et d'abord, dit lord Emsworth, s'approchant en chancelant et s'affaissant à moitié sur la barrière comme une chaussette humide, laissez-moi vous dire pour commencer que sir Gregory Parsloe n'est qu'une fripouille et un escroc.

— Nous le savions tous. Ensuite?

— Ne me bousculez pas.

— Hé bien! je veux connaître la raison de cette agitation. Quand nous nous sommes quittés, vous retourniez à la maison pour recevoir cet impudent petit baron. Bon. Vous avez donc regagné la maison, vous l'avez trouvé dans le petit salon avec ses chaussures enlevées, vous lui avez jeté un coup d'œil froid et dit d'un ton sec : « A quoi dois-je l'honneur de votre visite ? » A quoi Parsloe, frétillant des orteils, a répondu... Qu'a-t-il répondu ? Qu'est-ce qui vous valait en somme l'honneur de sa visite ?

Lord Emsworth se calma un peu. Ses yeux étaient fixés sur l'Impératrice et il semblait que la vue de cette masse puissante l'aidât à recouvrer ses forces.

— Avez-vous quelquefois des pressentiments, Galahad ?

— Ne vous égarez pas, Clarence.

— Je ne m'égare pas, dit lord Emsworth d'un ton geignard. Je vous dis que j'en ai eu au moment où, pénétrant dans le petit salon, j'ai aperçu Parsloe. Quelque chose m'a chuchoté à l'oreille que cet homme me préparait une désagréable surprise. Il avait un rictus de mauvais augure, et je n'ai pas aimé la façon sinistre dont il m'a dit : « Bonjour, Emsworth. » Et ses premières paroles ont confirmé le bien-fondé de mon pressentiment. Il a sorti une photo de la poche intérieure de son veston et me l'a montrée en disant : « Jetez un coup d'œil là-dessus, mon vieux. »

— Une photo de quoi ?

Lord Emsworth, pour se donner du courage, jeta un autre coup d'œil à l'Impératrice qui en était à cinquante-quatre mille calories.

— Galahad, reprit-il, sa voix sombrant dans un souffle, c'était la photographie d'un énorme cochon ! Il me l'a collée sous le nez avec un diabolique ricanement, en répétant : « Emsworth, vieille baderne, regardez le futur vainqueur du concours du plus beau cochon gras de la foire agricole du Shropshire. » En propres termes.

Gally ne suivait plus. Il lui semblait que son frère aîné s'exprimait par énigmes.

— Vous voulez dire que c'était une photo de l'Orgueil du Matchingham ?

— Non, non, non. Pardieu, non ! Cet animal fait deux fois la grosseur de l'Orgueil du Matchingham. Vous ne comprenez pas ? C'est un nouveau cochon qu'il a fait venir, il y a un jour ou deux, d'une ferme du comté de Kent. Cette truie-là, il l'appelle la Reine du Matchingham. Galahad, dit lord Emsworth d'une voix vibrante d'émotion, avec cette Reine de Matchingham sur les rangs, l'Impératrice de Blandings devra mettre toutes ses batteries en jeu pour renouveler ses triomphes des deux dernières années.

— Vous ne voulez pas dire qu'elle est plus grosse que l'Impératrice! dit Galahad, jetant un coup d'œil vers la candidate et s'étonnant qu'une telle chose fût possible.

Lord Emsworth parut choqué.

— Je ne dirais pas cela. Non, non, je n'irais pas jusqu'à dire cela. Mais la compétition devient terriblement serrée, ce sera l'affaire de quelques grammes.

Gally émit un sifflement. Il était enfin conscient de la gravité de la situation. Mis à part son affection pour le vieux Clarence et une fraternelle répugnance pour ce qui pouvait le chagriner, ce fait nouveau risquait de l'atteindre financièrement. Ainsi qu'il l'avait dit à Penny, il n'était pas riche mais, comme Beach, il avait misé sur l'Impératrice et il y avait maintenant une grande chance pour que son modeste placement fût à l'eau.

— Voilà pourquoi Binstead battait le rappel aux quatre coins du bourg en prenant des paris à cinq contre un. Il savait quelque chose! Mais est-ce que ce malotru délirant a le droit de faire venir un porc élevé ailleurs ? Je croyais que la compétition était uniquement réservée aux enfants de la région.

— Il y a en effet toujours eu une espèce de code verbal à cet effet, mais Parsloe me dit qu'il n'existe aucune loi écrite. Naturellement les organisateurs de ces compétitions n'ont jamais supposé qu'un pareil cas pût jamais se présenter. C'est tout simplement abominable!

— Monstrueux, renchérit Gally avec la conviction d'un

homme qui, ayant misé tout son argent sur un tuyau soi-disant certain, s'aperçoit que ce tuyau est sur le point de crever.

— Et le plus affreux c'est que, devant cette horrible menace, je suis forcé de m'en remettre aux soins de cette jeune Simmons pour préparer l'Impératrice au combat.

Le visage de Gally prit une expression de froide détermination.

— La Simmons doit partir, dit-il.

Lord Emsworth cligna des yeux.

— Mais Connie...

— Qu'elle aille au diable! Nous ne pouvons nous permettre de tenir compte des caprices de Connie en une circonstance aussi grave. Laissez-la-moi, je m'en charge. Je vais m'arranger pour qu'elle cesse de vous mettre des bâtons dans les roues en vous encombrant de filles incapables, alors qu'il y a des milliers de garçons qualifiés qui seraient ravis d'engraisser l'Impératrice pour le grand jour. Et pendant que j'y suis, je vais dire deux mots à ce petit Parsloe et le prévenir que je ne tolérerai pas une seconde la moindre manœuvre louche. Car ne perdez pas de vue cet aspect de la question, Clarence. Parsloe, avec ce nouveau cochon dans sa poche, a certainement des idées derrière la tête. Si on ne l'avertit pas avec fermeté que tout faux pas entraînera des représailles impitoyables, il remuera ciel et terre pour mettre l'Impératrice hors de course.

— Juste ciel, Galahad!

— Ne vous tracassez pas. J'ai la situation bien en main. Mon premier soin va être de provoquer une frousse du tonnerre chez Connie. Où est-elle ? A cette heure du jour, elle est probablement en train de s'empoisonner le système nerveux en buvant du thé. Eh bien! je vais aller lui parler avec l'autorité du roi de Prusse.

Lord Emsworth respira profondément.

— Vous êtes un tel réconfort, Galahad!

— Je faîs de mon mieux, Clarence, je fais de mon mieux, répondit Gally.

Il vissa fermement son monocle dans son orbite et partit pour sa mission d'un pas résolu. Lord Emsworth le regarda s'éloigner avec un frisson d'admiration. Il était incapable de comprendre comment un homme qui s'apprêtait à tenir tête à Connie pouvait conserver cette allure décidée.

Mais, après tout, Galahad était Galahad.

CHAPITRE II

I

Au château, sir Gregory Parsloe, ayant remis ses chaussures, se tenait debout près de la fenêtre du petit salon et regardait dehors.

Si vous aimez les baronnets minces et sveltes, vous n'auriez sûrement pas choisi sir Gregory Parsloe. C'était un homme massif, d'une cinquantaine d'années, dont la physionomie évoquait celle des truculents hobereaux de l'époque Régence. Comme Beach, il avait depuis longtemps perdu sa minceur élégante et, de même qu'il y avait dans Beach de quoi faire deux confortables maîtres d'hôtel, de même il y avait dans sir Gregory la matière de deux baronnets tout à fait convenables. Ce fait était dû au changement de la situation financière de sir Gregory depuis les jours lointains où, comme l'avait si bien dit Gally, il battait de la semelle à Londres, sans un maravédis en poche.

Un homme qui a un penchant pour les terrines de foie gras, un certain faible pour le vin et l'alcool, et qui, après les années de vaches maigres, hérite soudain d'une somme considérable et d'une cave bien fournie, se trouve en proie à des tentations auxquelles il est difficile de résister. En arrivant au pays de cocagne, il se sent disposé à lever le coude et à travailler de la fourchette jusqu'à satiété. Il se souvient des jours où il ne savait pas comment se procurer le bifteck quotidien et il s'emploie résolument à rattraper le temps perdu. C'est ce qui était arrivé à sir Gregory Parsloe. Seule une volonté de fer aurait pu l'empêcher d'acquérir un excédent de poids, mais il n'avait pas une volonté de fer et avait grossi jour après jour, inéluctablement.

Devant la fenêtre du petit salon la terrasse resplendissait dans l'éclat du soleil de cette fin d'après-midi, mais à l'extrémité de la pelouse un bel arbre étendait son ombre et, dans cette fraîche retraite, on avait dressé une table pour le thé. Lady Constance Keeble y trônait, lisant une lettre, et sir Gregory se sentit un besoin impérieux de la rejoindre. Après son épuisante marche de trois kilomètres, une bonne tasse de thé était ce dont il avait le plus besoin.

Comme il se dirigeait vers la terrasse en boitillant — il avec une ampoule au pied droit — on aurait pu croire qu'il ne songeait qu'au plaisir de se rafraîchir, mais il n'en était rien. Une semaine ou deux auparavant il s'était fiancé, et il pensait à sa bien-aimée, Miss Gloria Salt. Et si le lecteur s'imagine que c'était plutôt gentil et touchant de sa part, nous avons le regret de devoir préciser qu'il y pensait avec une certaine amertume et qu'il était bien près de regretter la minute de folie où, tombant raide devant sa radieuse beauté, il lui avait dit : « Dites-moi, chère amie... heu... qu'est-ce que vous diriez... si... nous... tous deux... oui... ? » Il serait peut-être exagéré de dire que les écailles lui étaient tombées des yeux en ce qui concernait Gloria Salt, mais il avait eu depuis quelques jours la révélation de certains traits de son caractère qui avaient quelque peu refroidi son enthousiasme.

En le voyant poindre à l'horizon, lady Constance reposa la lettre qu'elle lisait, une de celles qui étaient arrivées au courrier du soir, et elle le salua d'un large sourire. A l'encontre de ses frères, Clarence et Galahad, elle l'appréciait beaucoup.

— Hé bien! sir Gregory, dit-elle, souriant d'un air aimable, je suis heureuse de vous voir. Je n'ai pas entendu arriver votre voiture.

Sir Gregory lui expliqua qu'il était venu à pied depuis Matchingham et lady Constance ne put dissimuler son étonnement.

— Grands dieux! N'êtes-vous pas épuisé?

— Je ne serai pas fâché de me reposer un peu. J'ai une ampoule sous le pied droit.

— Oh! cher ami. N'oubliez pas, dès que vous serez chez vous, de la percer.

— Oui.

— Avec une aiguille.

— Oui.

— Et surtout pas avec une épingle. Hé bien! asseyez-vous, je vais vous verser une tasse de thé. Voulez-vous une brioche?

Sir Gregory prit la brioche, lui jeta un long regard triste, lointain, poussa un soupir et la posa sur son assiette. Lady Constance reprit sa lettre.

— C'est de Gloria, expliqua-t-elle.

— Ah! dit sir Gregory, du ton réservé d'un homme qui n'a pas encore d'opinion définitive concernant Gloria.

— Elle dit qu'elle arrivera ici après-demain en voiture et que tout est arrangé pour le secrétaire.

— Pardon?

— C'est pour Clarence. Vous vous rappelez... vous m'aviez dit que vous lui téléphoneriez pour lui demander de trouver un bon secrétaire pour Clarence avant de quitter Londres.

— Ah! oui, elle en a trouvé un? Alors, c'est parfait!

C'était une nouvelle qui n'eût pas manqué de déprimer encore le moral déjà bas de lord Emsworth, s'il en avait eu connaissance. Connie était toujours en train de patronner d'affreux petits intellectuels à lunettes et à fronts proéminents, virtuoses de la sténographie, qui envahissaient le domaine et lui rendaient la vie insupportable, mais il s'était écoulé tant de semaines depuis le départ du dernier qu'il avait commencé à croire que l'épidémie était enfin terminée.

— Elle me dit qu'elle a trouvé l'homme de la situation.

Cette précision eût, elle aussi, consterné lord Emsworth. La dernière chose qu'il désirât voir dans sa maison, c'était un individu qu'on pût qualifier d' « homme de la situation », avec tout ce que ce terme impliquait d'ennuis, de désagréments, de lettres à signer et autres corvées.

— Clarence est perdu lorsqu'il n'a personne pour mettre de l'ordre dans ses affaires. Il devient chaque jour plus distrait. C'est vraiment gentil de la part de Gloria. Quelle fille délicieuse!

— Ah! fit sir Gregory, toujours de la même façon bizarre et réservée.

— J'admire beaucoup ces jeunes filles sportives. Si saines. A-t-elle gagné quelque tournoi de tennis, récemment?

Sir Gregory ne répondit pas. Ses yeux étaient fixés sur la brioche chaude, imbibée de beurre, et une fois de plus il poussa un profond soupir. Lady Constance suivit la direction de son regard et poussa un cri inquiet. Son amour-propre d'hôtesse était froissé.

— Pourquoi donc ne mangez-vous rien, sir Gregory? N'aimez-vous pas les brioches?

Cette fois, le son qui sortit de la gorge du baronnet et semblait provenir de la plante de ses pieds n'avait rien d'un soupir langoureux. C'était un grognement sauvage qu'on eût dit arraché aux lèvres d'un Peau-Rouge ficelé au poteau de torture.

— Je les adore, dit-il d'une voix tremblante d'émoi. Mais Gloria dit qu'il faut que j'y renonce.

— Gloria ? Je ne comprends pas.

Jusqu'à ce moment, comme le jeune Spartiate qui se laissait dévorer les entrailles par un renard sans dire un mot, sir Gregory avait caché soigneusement sa tragédie aux regards du monde. A tort ou à raison, il était convaincu qu'une telle révélation le couvrirait de ridicule. Les amis ont beau être des amis, s'ils apprenaient la pénitence qu'il s'infligeait pour le caprice d'une femme, ils riraient sans doute à s'en décrocher les mâchoires. Mais maintenant, le désir de se confier à cette amie compatissante l'emportait.

— Elle prétend que je suis trop gras et que si je ne maigris pas elle rompra nos fiançailles. Elle dit qu'elle refuse catégoriquement de s'approcher de l'autel au bras d'un homme qui ressemble à... bref, une expression très exagérée. Vous savez ce que sont les jeunes filles, et particulièrement ces jeunes filles sportives qui bondissent dans les courts de tennis en criant : « Quarante à zéro ! » Elles sont toutes entichées de l'idée qu'il faut être maigre, ascétique, sans un poil de graisse. Tout cela est complètement imbécile, bien entendu. Je le lui ai dit carrément. Je lui ai dit : « Enfin, ma vieille, pourquoi tant d'histoires ? Je n'ai pas l'intention de courir les six jours, ni autre chose de ce genre. » Mais rien n'a pu la faire changer d'avis. Elle a répliqué que si je ne cessais de ressembler à un ballon captif bien gonflé prêt à s'envoler dans les nuages, les cloches du mariage ne sonneraient pas. Elle a ajouté que, comme tout le monde, elle aimait bien de temps en temps prendre un fou rire, mais qu'il y avait des limites. Ce sont ses propres termes.

— Mon Dieu !

Maintenant qu'il avait commencé à vider son cœur, sir Gregory sentait que les mots venaient plus facilement. Son hôtesse le regardait avec de grands yeux qui attestaient avec éloquence : « C'est étrange, ça dépasse tout. C'est véritablement stupéfiant! » Et sir Gregory était peu à peu gagné par la même volubilité qui avait permis au sombre Othello de conter en de semblables circonstances l'histoire de ses malheurs.

— Le résultat de tout cela ? Pas de beurre, pas de sucre, pas de pain, pas de soupe, pas de sauce. On ne me permet même pas d'avaler une malheureuse pomme de terre. Et ce n'est pas tout. Elle m'a rédigé tout un bréviaire d'exercices acrobatiques. Me lever de bonne heure et respirer profondément. Toucher avec mes mains la pointe de mes orteils. Petit déjeuner ultra-léger. Marche au pas accéléré. Abattre un arbre ou deux. Déjeuner léger. Autre marche accélérée, comme celle que je viens de faire et que je dois refaire pour rentrer chez moi malgré mon ampoule au talon. Eh bien! dit sir Gregory faisant appel à tout son courage viril, je ne puis continuer de vous importuner avec toutes ces balivernes. Je me contenterai de dire que je vis dans un véritable enfer et, sur cette constatation, je me retire. Non, merci... Elle m'a bien précisé... une seule tasse.

Il se leva avec difficulté et traversa la terrasse. Tout en marchant, il pensait à son nouveau cochon. Par une amère ironie, tandis qu'il avait, lui, des ordres très stricts pour devenir de plus en plus maigre, la Reine du Matchingham, encouragée du geste et de la voix, devait, sacré nom de nom, grossir de plus en plus. Pourquoi y avait-il ainsi deux mesures, une pour les cochons et l'autre pour les baronnets ?

Perdu dans ces méditations, il avait atteint le sommet de l'allée et se réjouissait à l'idée que de cet endroit il n'avait qu'à descendre pour parcourir le premier kilomètre, quand il s'entendit interpeller par son nom d'une voix impérative et, se retournant, il aperçut l'Honorable Galahad Threepwood.

II

Gally avait un air sévère et froid.

— J'ai un mot à vous dire, jeune Parsloe, dit-il.

Sir Gregory Parsloe mesurait six pieds. Il se redressa de toute sa taille. Même dans les jours lointains où ils étaient gamins, il n'avait jamais pu souffrir Gally Threepwood et de plus récents contacts avec lui n'avaient rien fait pour provoquer la naissance d'une amitié.

— Je n'ai aucun désir de vous parler, mon bon, dit-il.

Le monocle de Gally jeta des éclairs.

— Vraiment ? Vous n'en avez aucun désir ? Hé bien, moi, je vais vous parler. Parsloe, c'est le sale travail des individus de votre acabit qui fit s'écrouler autrefois les colonnes du temple parmi les cités de la plaine du Jourdain et provoqua la décadence et la chute de l'Empire romain. Que nous préparez-vous avec votre nouveau cochon ? Clarence dit que vous l'avez fait venir du comté de Kent.

— Et alors ?

— Manœuvre déloyale !

— Parfaitement légitime. Montrez-moi le règlement qui l'interdit.

— Il y a des choses qui valent plus que les règlements, jeune homme. Un certain code moral...

— Un quoi ?

— Oui. Je pensais bien que vous ne sauriez pas ce que cela veut dire. Passons. Vous avez vraiment l'intention de présenter ce cochon au concours de la catégorie des cochons gras de la foire agricole ?

— C'est déjà fait.

— Je vois... Et maintenant, pas de doute : votre esprit retors est en train de trouver des complots et des plans.

Vous préparez méthodiquement votre sale besogne, exactement comme vous le faisiez autrefois...

— Je ne vois pas de quoi vous voulez parler.

Gally eut un petit rire dur, sec et cassant.

— Ah! monsieur ne sait pas de quoi je veux parler! Veuillez, Parsloe, vous reporter par la pensée quelques années en arrière, à un certain soir à l'auberge du Valet de Pique, dans la rue de Gossiter. Nous étions jeunes tous les deux et, avec tout l'enthousiasme de la jeunesse, j'avais opposé mon chien Towser au vôtre, Banjo, pour un enjeu important dans une épreuve de chasse aux rats. Et quand on amena les rats, alors que Towser aurait dû déborder d'activité et d'excitation, où le retrouva-t-on? Ronflant dans un coin avec un estomac proéminent de notaire. J'eus beau siffler, l'appeler par son nom : « Towser, Towser », rien à faire! Il dormait. Et pourquoi? Parce que, quelques instants avant la cloche du départ, vous l'aviez attiré à l'écart et bourré jusqu'aux amygdales de morceaux d'entrecôte aux oignons, lui faisant ainsi perdre tout appétit pour la chasse aux rats et permettant à votre Banjo de gagner par forfait.

— C'est faux.

— Inutile de rester là à déclarer « C'est faux ». Je sais fort bien que je ne peux rien prouver, mais vous et moi nous savons ce qui s'est passé. Quelqu'un a fait ingurgiter un bifteck aux oignons à ce chien. J'ai respiré son haleine. C'était comme lorsqu'on ouvre par une nuit d'été la porte d'un restaurant italien de Soho, et l'histoire prouvera que ce quelqu'un, c'était vous. Vous étiez dans le temps le pire tricheur de la création, un individu prêt à n'importe quoi pour arriver à ses fins malfaisantes. Et... maintenant j'entre dans le vif du sujet... vous êtes resté exactement le même. Je vois bien que tout en feignant de m'écouter, vous vous préoccupez de savoir comment vous pourriez écarter l'Impératrice pour avoir le champ libre. Mais oui, c'est ce que vous faites. Je me souviens d'avoir dit une fois à Clarence : « Je connais le jeune Parsloe depuis plus de trente ans et je puis solennellement affirmer que si sa propre grand-mère se trouvait en compétition dans un concours de cochons gras et que son intérêt fût de la mettre hors de combat, il n'hésiterait pas une seconde à mêler un narcotique à sa pâtée de son. Eh bien! laissez-moi vous dire que nous serons deux à ce jeu-là. Vos moindres tentatives seront suivies d'impitoyables représailles. Si vous essayez d'abîmer notre cochon, nous abîmerons le vôtre. Pour une pomme de terre empoisonnée dans la marmite de l'Impératrice, nous en mettrons six dans celle de la Reine du Matchingham. C'est tout ce que j'avais à vous dire et je vous souhaite chaleureusement une bonne fin d'après-midi, conclut Gally tournant les talons.

Sir Gregory, qui était resté bouche bée, retrouva l'usage de la parole.

— Eh!...

— Eh quoi ?

— Revenez!

— Qui ? Moi ? Certainement pas. Je n'ai aucun désir de vous parler, mon bon, répliqua Gally, tout en se dirigeant vers la terrasse.

Lady Constance avait son nez aristocratique plongé dans une tasse de thé lorsqu'il arriva près de la table. Au bruit de ses pas, elle leva les yeux.

— Oh! vous voilà ? dit-elle, d'un ton qui prouvait abondamment qu'aucune poussée de soudaine tendresse ne l'avait fait changer d'opinion sur son frère et qu'elle le considérait toujours comme une tache d'encre dans le décor de Blandings. Je croyais que c'était sir Gregory. L'avez-vous vu ?

— Vous voulez parler d'un individu nommé Parsloe ?... Oui, il vient juste de décamper.

— Que voulez-vous dire, décamper ?

— Je veux dire qu'il s'en allait honteusement.

— Si vous voulez faire allusion au fait qu'il boitait, il a une ampoule au pied. J'avais pourtant quelque chose d'urgent à lui dire. Il va falloir attendre pour lui téléphoner qu'il ait regagné son domicile. Voulez-vous une tasse de thé ?

— Je n'ai pas l'habitude d'avaler pareille purge!

— Alors, que désirez-vous ?

Gally réajusta plus solidement son monocle.

— Je veux vous parler, Constance. Vous parler sérieusement de cette Simmons, qui est un vrai désastre pour nous, de cette espèce de joueuse de hockey ignare et incompétente que vous avez imposée à Clarence en qualité d'éleveuse de porcs. Nous en avons longuement discuté, Clarence et moi, et sommes absolument d'accord sur le fait qu'il faut la balancer sans plus tarder. Le moment est venu de la prendre par le fond de la culotte et de la précipiter dans les ténèbres, là où il n'y a plus que des pleurs et des grincements de dents. Voulez-vous donc, bonté divine! apparaître devant l'opinion publique comme la femme qui, en introduisant cette satanée Simmons, aura mis en péril la chance unique qu'avait l'Impératrice de battre un record jamais atteint en gagnant trois années de suite la médaille d'honneur des cochons gras ? Un véritable éleveur de porcs, le plus capable que l'on puisse se procurer à coups de billets de mille, doit la remplacer au gouvernail. Ne discutez pas, Constance, tout est pesé et je n'y reviendrai pas.

III

C'est toujours une chose troublante que d'être menacé. Dans une nouvelle encore inédite de Gerald Vail, il y a une scène où un personnage à mine d'assassin se glisse auprès du jeune héros au moment où celui-ci vient de s'arrêter en plein Broadway pour allumer une cigarette et lui souffle à l'oreille : « Tu ferais bien de te tirer les pieds de cette ville, mon pote, si tu tiens à ta santé! » Et le héros, comprenant sur-le-champ que la bande à Louis-les-belles-bacchantes est au courant de tout, y compris l'enquête qu'il mène sur le meurtre du gars au chapeau vert, reprend avec peine son souffle, car, malgré son intrépidité, il n'en sent pas moins un frisson glacé monter le long de son épine dorsale.

C'était le même frisson glacé qui parcourait l'échine de sir Gregory Parsloe, tandis qu'il regagnait clopin-clopant Matchingham Hall. Cette rencontre avec Gally l'avait secoué de la tête aux pieds. Parsloe n'était pas un homme imaginatif, mais il n'était pas besoin d'être imaginatif pour voir dans les paroles de Gally une menace d'action directe contre la Reine du Matchingham. Bien sûr, il avait parlé de représailles, comme pour bien marquer que les hostilités ne seraient pas déclenchées par le clan du château de Blandings; mais la réaction de sir Gregory était : « Des représailles, mon œil! » Un homme comme Galahad Threepwood n'attend pas les premières manifestations de l'attaque adverse. Il agit, rapidement et sans prévenir, et la seule chose à faire est de mobiliser toutes les réserves et d'attendre de pied ferme.

Son premier soin, en conséquence, lorsqu'il eut atteint Matchingham et se fut effondré dans un fauteuil pour ôter ses chaussures, fut de sonner le maître d'hôtel pour lui dire de mander immédiatement George Cyrill Wellbeloved, le préposé à la porcherie, pour une conversation urgente. Et, dans les délais voulus, une riche odeur de litière vint flotter jusqu'à lui, suivie de près par l'apparition de George Cyrill en personne.

George Cyrill Wellbeloved était un individu maigre, tout en longueur, aux cheveux roux, avec un strabisme de l'œil gauche. Ce défaut rendait cet œil gauche assez désagréable à regarder et, comme son œil droit lui-même n'avait rien qui pût enthousiasmer les amateurs de belles choses, on comprend aisément pourquoi sir Gregory préféra détourner le plus possible son regard au cours de l'entretien qui suivit.

Mais après tout, qu'est-ce que le beau ? Une simple contingence. Ce chef d'état-major parmi les éleveurs de porcs avait l'orifice buccal en museau de brochet, l'appendice nasal écrasé à la suite d'une controverse politique à la taverne des Armes d'Emsworth, et ses vêtements étaient tout couverts de boue, mais quand vous engagez un éleveur de porcs, se disait sir Gregory, vous ne cherchez pas une sorte de Miss Amérique, vous cherchez quelqu'un qui s'y connaisse en porcs. Et ce que George Cyrill Wellbeloved ignorait en fait de porcs aurait pu tenir sur une des cartes postales expédiées par Maudie Montrose.

Dans un style concis et nerveux, sir Gregory fit le résumé de son entretien avec Gally, appuyant un peu sur l'épisode des pommes de terre empoisonnées, et George Cyrill l'écouta avec une gravité qui lui allait bien.

— Voilà où nous en sommes, dit sir Gregory après avoir terminé son récit. Qu'en pensez-vous ?

George Cyrill Wellbeloved était plutôt homme à rechercher les belles formules du langage.

— Pour parler grossièrement, monsieur, dit-il, je pense que ce vieux « ... » a l'intention de nous jouer... un beau tour de cochon !

Peut-être eût-il été plus convenable que, à ce moment, sir Gregory lui dît : « Allons, mon garçon, soignez un peu vos expressions », mais ce nom de « ... » avait si exactement exprimé ce que lui-même pensait de l'Honorable Galahad Threepwood qu'il ne put se résoudre à le réprimander.

De fait, quoique ce « ..... » fût d'une rigueur et d'une crudité inadmissibles, il lui était arrivé d'aller plus loin encore que son interlocuteur et de traiter intérieurement Gally de « ..... » et de « ..... ».

— C'est très exactement ce que je pense, avoua-t-il. A partir de maintenant, Wellbeloved, vigilance, vigilance!

— Oui, monsieur.

— Nous ne pouvons plus nous permettre une seconde de relâchement.

— Non, monsieur, le Hun est à nos portes.

— Le quoi est où ?

— Le Hun, monsieur. A nos portes, monsieur. Ou si vous préférez une autre image, poursuivit George Cyrill Wellbeloved qui, étant enfant, avait suivi les cours du soir dans les faubourgs de Blandings et conservé quelques vestiges du temps où il récoltait tous les lauriers, n'entendez-vous pas les cohortes de Midias qui rôdent autour de nous ?

Sir Gregory réfléchit.

— Oui, bien sûr, je vois ce que vous voulez dire. Les cohortes de Midias. Une sale bande de vauriens. Vous avez bien dit Midias ?

— Oui, monsieur. Les cohortes de Midias. O Chrétien, ne les entends-tu pas violer la terre sainte ? Lève-toi, Chrétien, et écrase-les tous!

— C'est parfait, oui, tout à fait! Essentiellement ce que j'étais prêt à suggérer. Ce qu'il vous faut, c'est une carabine à répétition. Avez-vous une carabine ?

— Non, monsieur.

— Je vais vous en donner une. Gardez-la toujours sur vous, ne la laissez jamais hors de portée de votre main et, si l'occasion s'offre, tirez. Faites bien attention néanmoins, je ne vous donne pas l'ordre de commettre un crime qui vous ferait tomber sous le coup de la loi. Mais si l'une de ces nuits prochaines, un de ces scélérats — je ne veux nommer personne — vient rôder autour de l'enclos de la

Reine du Matchingham, rien ne peut vous empêcher de lui expédier une bonne décharge de petits plombs dans le fond de son pantalon.

— Rien, en effet, acquiesça chaleureusement George Cyrill Wellbeloved.

— Si c'est cela qu'il cherche, donnez-lui une bonne ration.

— Avec plaisir, monsieur, et des deux canons à la fois.

La conférence en était arrivée là allégrement, car les deux partenaires, suzerain et vassal, ne faisaient qu'un en esprit quand sir Gregory vint malencontreusement jeter une note discordante. Une soudaine pensée lui était venue, et il l'exprima avec le soulagement d'un homme que sa fiancée soumet à un régime de sobriété rigoureuse. Le chagrin aime la compagnie.

— Autre chose, dit-il. A partir de ce moment, vous vous abstiendrez de toute boisson alcoolique.

— Monsieur!

— Vous m'avez entendu. Plus question d'aller vous intoxiquer dans les cafés. Je veux vous voir en pleine forme, sain, alerte et vif.

George Cyrill Wellbeloved déglutit avec difficulté comme une autruche avalant un bouton de porte en cuivre.

— Quand vous parlez de boissons alcoolisées, monsieur, vous ne voulez pas parler de la bière ?

— Je parle aussi de la bière.

— Alors, plus de bière ?

— Plus de bière!

— Plus du tout de bière ?

— Pas une goutte!

George Cyrill Wellbeloved ouvrit la bouche et il sembla un moment que des paroles incendiaires allaient en sortir. Puis, comme si une pensée soudaine lui était venue, il se retint.

— A vos ordres, monsieur, dit-il d'un ton humble.

Sir Gregory lui jeta un coup d'œil pénétrant.

— Oh! je sais ce que vous pensez, dit-il. Vous pensez qu'il vous sera toujours facile de vous échapper furtivement et de vous ravaler au niveau de la bête sans que j'aie le moindre soupçon. Eh bien! je vous jure que vous ne le pourrez plus désormais. Je vais donner des consignes sévères aux propriétaires de tous les cafés de Blandings pour qu'ils refusent de vous servir et comme je suis membre du bureau qui délivre les licences de débits de boissons, j'ai tout lieu de croire que mes ordres seront suivis. Ce que je n'arrive pas à comprendre, enchaîna-t-il avec véhémence, c'est quel plaisir vous pouvez tous trouver à boire ainsi comme des trous. Regardez-moi. Je ne touche jamais à ces drogues-là. Hé bien! c'est tout. Vous pouvez vous retirer.

Accablé comme un homme dont l'horizon n'est plus éclairé d'aucun rayon de lumière, George Cyrill Wellbeloved, après avoir lancé à son patron un long regard silencieux et chargé de reproches, quitta la pièce, emportant avec lui un peu de l'odeur qu'il avait apportée — un peu, mais non pas tout. Quelques instants après que la porte se fut refermée sur lui, retentit un appel téléphonique de lady Constance.

— Matchingham, 8-30 ?...

— Oui...

— Sir Gregory ?

— Oui.

— Vous êtes là ?

— Oui.

— Votre ampoule vous fait-elle toujours souffrir ?

— Oui.

— Je vous avais pourtant dit de la percer, vous rappelez-vous ?

— Oui.

— Avec une aiguille. Pas avec une épingle. Les épingles

risquent d'envenimer la plaie. Je crois qu'elles sont faites avec du cuivre, quoiqu'elles n'en aient pas l'aspect. Mais la raison de mon coup de téléphone, c'est cet autre ennui que vous avez. Je veux dire Gloria. Vous savez, Gloria, le régime... la culture physique... vous savez ?

Sir Gregory dit qu'il savait.

— Tous ces trucs-là ne peuvent rien vous apporter de bon à votre âge.

Sir Gregory, qui était très susceptible sur la question, aurait aimé lui demander ce qu'elle voulait dire par ces mots « à votre âge », mais il n'en eut pas l'occasion. Comme la plupart des femmes qui téléphonent, il n'était pas facile d'interrompre lady Constance.

— Je ne puis supporter la pensée de vous voir avec tous ces jeûnes et tous ces exercices, car je suis persuadée qu'ils sont nocifs pour un homme de votre âge. Un homme de votre âge a besoin d'une nourriture substantielle et vous risquez, en suivant ses conseils, de vous affaiblir dangereusement. Un de nos parents éloignés du Hampshire, de la famille des Wilberforce, avait entrepris de toucher la pointe de ses pieds avant le petit déjeuner, au saut du lit, et il a eu une sorte d'attaque. Je ne sais comment j'ai pu oublier cela tout à l'heure quand vous étiez ici, mais je me suis souvenu, immédiatement après votre départ, d'avoir lu une réclame dans un journal, l'autre jour, à propos d'un nouveau produit qu'on vient d'inventer pour faire maigrir. En avez-vous entendu parler ? Cette préparation s'appelle Slimmo et paraît excellente. Elle ne contient apparemment aucune substance nocive, ni composants intoxiquants, et elle est recommandée par les plus grandes sommités médicales, unanimes à la louer comme un moyen agréable et sûr de se débarrasser de toute graisse superflue. Je pense que si ce produit est aussi efficace qu'on le dit, vous allez pouvoir réaliser les désirs de Gloria sans vous exposer aux funestes effets subis par notre parent éloigné du Hampshire. Il s'appelait Rupert Wilberforce, un issu de germain en quelque sorte; il avait épousé une demoiselle Fairbairns, du Devonshire. C'était un homme d'un certain âge, comme vous, et quand il s'est aperçu qu'il prenait du poids, il s'est laissé persuader par un ami mal avisé qu'il lui fallait absolument chaque matin toucher cinquante fois la pointe de ses orteils avant le petit déjeuner. Le troisième jour il n'est pas descendu pour le petit déjeuner. On est monté dans sa chambre et on l'a trouvé qui se tordait par terre en râlant. Son cœur avait fait irruption dans son foie. Slimmo. On le trouve en petites bouteilles, ou en grandes bouteilles, plus économiques. Je voudrais vous voir l'essayer. Vous pouvez en trouver au bourg de Blandings, car, par une curieuse coïncidence, le jour même où j'ai lu l'information dans le journal, j'ai aperçu quelques bouteilles dans la vitrine de Bulstrode, le pharmacien de la grand-rue. C'est curieux, ces choses-là arrivent souvent, n'est-ce pas ? Je veux dire... vous voyez une chose et puis vous la voyez à nouveau presque immédiatement après. Oh! Clarence! Je parlais à Clarence, sir Gregory. Il vient juste d'entrer, se lamentant au sujet de je ne sais quoi. Qu'y a-t-il, Clarence ? Que voulez-vous ? Il désire se servir du téléphone, sir Gregory; aussi dois-je raccrocher. Au revoir, et surtout n'oubliez pas le nom : Slimmo. Je vous conseille la grande bouteille, c'est plus avantageux.

Sir Gregory éloigna de l'écouteur son oreille assourdie et raccrocha.

Pendant les quelques instants de silence qui suivirent et qui avaient la douceur d'un onguent sur un tympan blessé, sa seule préoccupation fut de songer à quel point les représentantes du sexe faible pouvaient être assommantes dès qu'elles se trouvaient en possession d'un appareil téléphonique. Cet instrument paraît leur monter à la tête comme un philtre. Connie Keeble, entre autres. Une très charmante femme quand vous lui parliez face à face, qui n'essayait jamais de monopoliser la conversation ou de vous interrompre. Mais, dès qu'elle avait décroché, ce n'était plus que pia pia, bla bla... et toujours à propos de rien.

Puis soudain il se demanda si ce flot de paroles était bien aussi dénué de sens qu'il l'avait pensé un peu trop rapidement. Comme beaucoup d'hommes immobilisés au téléphone par une femme, il avait laissé son attention vagabonder pendant ce long monologue, mais apparemment son subconscient avait tout absorbé, car maintenant il lui ressortait le mot « Slimmo », puis un tas de détails intéressants sur la nature de Slimmo et sur ses effets. Bientôt il ne pensa plus à autre chose.

Jamais l'idée d'arriver à ses fins au moyen d'une drogue contre l'obésité ne s'était présentée à l'esprit de sir Gregory, mais maintenant que cette possibilité s'offrait, plus il y pensait et plus elle lui paraissait séduisante. A se voir en pensée avec une fiole de Slimmo à portée de la main, fonçant toutes mâchoires déployées sur des aliments substantiels avec la certitude de l'impunité, il éprouvait une sorte de griserie.

Restait un obstacle à franchir sur le chemin de la félicité. En un mot, avant de pouvoir verser une dose de Slimmo dans un verre, il fallait d'abord acquérir ce sacré produit, et sir Gregory, homme sensible, reculait à la pensée d'entrer dans une boutique et de le demander. Il redoutait les regards de surprise, les yeux jetés furtivement sur son tour de taille et les ricanements... contenus ou non. Alors que faire ?

— Ah! s'écria sir Gregory sous le coup d'une soudaine inspiration.

Il sonna et, peu de temps après, Binstead, son maître d'hôtel, apparut.

Nous avons déjà entendu parler de Binstead. C'est l'individu effervescent qui avait mis en émoi le bar de l'auberge d'Emsworth en pariant à cinq contre un sur le cochon de son patron. Il est intéressant de le rencontrer maintenant en personne.

Néanmoins un examen approfondi nous décevra. Ce Binstead était un de ces jeunes et sémillants maîtres d'hôtel qui vous donnent l'impression de n'être pas vraiment des maîtres d'hôtel, au sens profond et solennel du terme, mais de simples valets parvenus. Il n'avait rien de l'imposante majesté de Beach, mais il était mince et plein d'allant. On l'eût dit — bien qu'en toute justice il ne se fût jamais rabaissé jusque-là — toujours prêt à retourner une charrette de paille ou à descendre sur la rampe en glissant. Et quand nous aurons ajouté qu'il lui arrivait de faire une partie de cartes, le soir, avec George Cyrill Wellbeloved et autres hors-la-loi de même catégorie sociale qu'il autorisait à l'appeler « vieille branche », nous estimons que nous aurons tout dit sur ce sujet.

— Monsieur, fit ce décevant jouvenceau.

Sir Gregory toussota. Même maintenant, la chose n'allait pas être facile.

— Dites-moi, Binstead, commença-t-il. Avez-vous jamais entendu parler de Slimmo ?

— Non, monsieur.

— C'est une sorte de drogue que l'on avale. Une sorte de médicament, vous voyez ce que je veux dire, une drogue sanctionnée par les plus célèbres praticiens. Un de mes lointains parents... de la famille des Wilberforce du Hampshire... m'a instamment demandé de lui en procurer. Je voudrais que vous téléphoniez chez Bulstrode, dans la grand-rue, pour lui dire de nous faire adresser une demi-douzaine de flacons.

— Très bien, monsieur.

— Dites-lui d'envoyer la grande taille. C'est plus avantageux, précisa sir Gregory.

IV

Le visage de l'Honorable Galahad Threepwood était empreint d'une fermeté grave et tendue, lorsqu'il s'éloigna de la table à thé sur la terrasse. Cette expression demeurait encore quand, après s'être promené dans le jardin en proie à des réflexions moroses, il se dirigea vers le couloir qui conduisait à l'office de Beach. Dans l'épreuve de volonté qui venait à peine de s'achever, les choses n'étaient pas allées toutes seules. L'ennui de s'adresser à sa propre sœur sur le ton du roi de Prusse vient de ce qu'elle est parfaitement capable de vous rendre la monnaie de votre pièce et de vous répondre sur le même ton. C'est ce qui était arrivé à Gally au cours de son entretien avec lady Constance et il lui paraissait essentiel de consulter immédiatement le plus astucieux de tous les maîtres d'hôtel du Shropshire.

En entrant à l'office, il n'y trouva que Penny. La rédaction de sa lettre terminée, elle était venue, comme elle le faisait souvent, s'asseoir auprès de celui dont la compagnie avait été pour elle, depuis son arrivée au château de Blandings, une source d'inspiration constante. Dès le début de son séjour à Blandings, la plus jeune fille de Mr. Donaldson, de la firme « Au Régal du Caniche », avait reconnu en Sébastien Beach une âme sœur et un esprit frère.

En l'absence du maître d'hôtel, elle s'efforçait de fraterniser avec un bouvreuil, oiseau plein de quant à soi, qui vivait dans une cage posée sur la table, dans le coin de la pièce. Jusqu'à présent ses efforts étaient toutefois demeurés vains.

— Oh ! bonjour, Gally, dit-elle. Savez-vous ce qu'il faut dire à un bouvreuil ?

— Comment vas-tu, mon vieux bouvreuil ?

— Je veux dire, pour le faire siffler.

— Ah! là, vous me posez une colle. Mais je ne suis pas venu ici pour discuter de bouvreuil, siffleur ou non. Où est Beach?

— Descendu au bourg de Blandings. Le chauffeur l'a emmené.

— Quel animal! Pourquoi diable est-il allé traîner ses guêtres là-bas?

— Pourquoi n'irait-il pas flâner dans les rues de Blandings? Ce pauvre type a bien le droit de jouir un peu de la vie de temps à autre. Il ne tardera guère.

— Il n'aurait jamais dû abandonner son poste.

— Pourquoi? Qu'y a-t-il?

— Cette histoire de cochon.

— Quelle histoire de cochon?

Gally passa une main soucieuse sur son front.

— J'avais oublié que vous n'étiez pas là quand Clarence a annoncé la tuile. Vous étiez partie écrire à ce jeune homme... Dale, Hale, Gale... peu importe son nom!

— Vail.

— Oh! Vail.

— C'est un des Vail du Loamshire. Il faut vous habituer à l'appeler Jerry. Que s'est-il passé après mon départ?

— Clarence a fait son apparition, ballotté par les flots et faisant eau à chaque bordée comme le radeau des naufragés de l'*Hespérus*. Il venait juste d'avoir un entretien avec ce suppôt du diable.

— Quel suppôt du diable?

— Sir Gregory Parsloe.

— Ah! oui, le personnage qui est toujours en train d'enlever ses chaussures. Qui est sir Gregory Parsloe?

— Juste ciel! Vous ne le savez pas encore?

— Vous oubliez que je suis une étrangère en ces lieux.

— Je ferais donc bien de commencer par le commencement.

— Exactement.

Il y avait une chose dont Gally pouvait à juste titre se targuer : son talent, sa virtuosité pour raconter une histoire. Pas à pas, il en déroula l'écheveau, sans omettre les détails, même les plus insignifiants, et en peu de temps Penny eut une vue parfaitement claire de la situation. Quand, après avoir souligné par des expressions frappantes la noirceur d'âme de sir Gregory Parsloe, il introduisit dans son récit la Reine du Matchingham et parla de la guérilla qui allait inévitablement en découler et du grand péril qui menaçait non seulement les rêves et les ambitions de lord Emsworth, mais son propre solde bancaire et celui de Beach, elle manifesta à cœur ouvert son inquiétude.

— Ce Parsloe semble être un dur de dur!

— Plus dur que le granit! Il l'a, du reste, toujours été. Faites-moi souvenir, à l'occasion, de vous raconter comment il s'y prit pour mettre hors de combat mon chien Towser, un certain soir de chasse aux rats. Mais vous ne connaissez pas encore le pire. Nous en arrivons maintenant à la menace Simmons.

— La menace Simmons ?

— Ne vous est-il jamais arrivé, en flânant dans le parc et les dépendances, de rencontrer une jeune femme bien découplée qui a tout du lutteur de catch ? C'est Monica Simmons, à qui Clarence a confié la mission délicate de soigner l'Impératrice de Blandings. Jusqu'ici le titulaire de cette charge était un certain Pott, un vieux petit nabot, mais qui connaissait son métier. Ayant gagné un concours de pronostics sur les résultats de la Coupe Nationale de Football, il a abandonné son poste, à la suite de quoi ma sœur Connie a extirpé la demoiselle Simmons de sa boîte à malices et a insisté pour que Clarence l'engage. Quand nous avons appris l'existence de la Reine du Matchingham, nous avons convenu, Clarence et moi, que ce serait une folie de laisser les chances de l'Impératrice entre les mains de cette fille. Nous avons décidé que cette Simmons doit partir, et comme Clarence n'a pas assez de poigne pour régler la question avec Connie, je lui ai promis de le faire moi-même. Je viens justement de l'entreprendre à ce sujet.

— Quel est le résultat ?

— Nul. Elle n'a rien voulu entendre. Elle s'est bouché les oreilles et est restée fermement sur ses positions. Et savez-vous pourquoi ?

— Pourquoi ?

— Clarence m'avait dit que l'intérêt de Connie pour la Simmons venait de ce que cette fille était une parente d'un individu que Connie voulait obliger. Et qui croyez-vous que soit cet individu ?

— Ce n'est pas Parsloe ?

— Si. Parsloe lui-même. En personne. La fille est sa cousine.

— Ciel !

— Vous pouvez le dire ! Le péril serait déjà suffisant si nous n'avions à nous préoccuper que d'un sieur Parsloe mijotant ses plans d'attaque du fond de son repaire de Matchingham. Mais avec une cousine au cœur de la place forte, une cousine qui s'approche librement de l'Impératrice, une cousine qui a pour mission spéciale d'apporter à l'Impératrice sa ration quotidienne... hé bien ! cré bon Dieu !... vous voyez ce que je veux dire.

— Bien sûr, je vois ce que vous voulez dire... cré bon Dieu !

— Quoi de plus simple pour Parsloe que de donner ses ordres à cette oiselle et, pour cette oiselle, de les exécuter à la lettre ?

— Rien n'est plus facile.

— La situation est angoissante.

— Une crise grave est imminente. Qu'allez-vous faire ?

— C'est pour cette raison que je suis venu voir Beach. Nous allons avoir une conférence plénière. Ah! le voici. Dieu soit loué!

Au dehors, on entendait se rapprocher le bruit de pas d'un corpulent maître d'hôtel, martelant les pavés du couloir. Le bouvreuil, reconnaissant le bruit d'un pas aimé, lança en cascades son plus beau chant.

V

Beach, en entrant, n'était pas d'humeur à donner le contre-chant. Un coup d'œil sur sa personne suffisait à montrer qu'il n'avait aucune envie de reprendre au couplet. Sa face lunaire était tordue par une expression d'angoisse. Ses yeux en boule de loto jaillissaient de leurs orbites. On eût dit qu'il s'apprêtait à entrer dans la tente de Priam pour lui annoncer l'incendie de Troie. Penny eut un sursaut de stupeur. La vie jusqu'à présent l'avait protégée et elle ne s'était encore jamais trouvée devant un maître d'hôtel en proie aux tourments.

— Beach! s'écria-t-elle, profondément émue. Que se passe-t-il? Dites-moi tout.

— Grands dieux, Beach, dit Gally, alors vous êtes au courant, vous aussi?

— Monsieur?

— Vous savez que cette Simmons est la cousine de Parsloe?

Le menton de Beach s'affaissa d'un degré supplémentaire.

— La cousine de sir Gregory, monsieur Galahad?

— Vous ne saviez pas?

— Je ne m'en serais jamais douté.

— Alors pourquoi vous arrachez-vous les cheveux?

D'une main tremblante, Beach posa une pièce d'étoffe

vert-de-gris sur la cage du bouvreuil. On eût dit un premier ministre donnant à la Chambre des Communes une séance à huis clos.

— Monsieur Galahad, je ne sais comment vous dire...

— Hein ?

— Non, monsieur, je ne sais comment vous dire.

— Allez-y, Beach, dit Penny. Vous tournerez de l'œil plus tard.

D'un pas mal assuré Beach s'approcha du placard aux liqueurs.

— Je pense que vous voudrez bien m'excuser, monsieur Galahad, mais j'ai besoin d'une goutte de porto.

— Versez-en deux, dit Galahad.

— Et pourquoi pas trois ? dit Penny. Un gobelet de ce bon vieux jus pour chacun des partenaires, Beach. Et remplissez le mien au ras.

Beach les remplit tous au ras et donna une nouvelle preuve de son agitation, s'il en était besoin, en vidant son verre d'un trait. En temps ordinaire il dégustait lentement, en connaisseur, faisant rouler le précieux liquide au creux de sa langue.

Le reconstituant fit son effet. Beach put enfin parler.

— Monsieur, Madame...

— Encore une petite rasade ? dit Penny.

— Merci, Mademoiselle. Bien volontiers. Je pense que vous devriez en faire autant, monsieur Galahad, car ce que je vais vous dire va vous donner un grand choc.

— Continuez, Beach. Nous n'allons pas passer la nuit là-dessus.

— Je connais un jeune homme du nom de Jerry Vail, un auteur de romans à sensations, dit Penny d'un ton badin, qui commence ses romans de cette manière. Ce n'est qu'à la vingt-quatrième page que l'on commence à comprendre. Il appelle cela l'effet de recul.

— Allez-y, Beach, immédiatement et sans délai. Vous

m'entendez ? Ne me forcez pas à vous chauffer la plante des pieds !

— Très bien, monsieur Galahad.

Avec un effort visible le maître d'hôtel commença son récit.

— Je reviens juste du bourg de Blandings, monsieur Galahad. Je m'y étais rendu pour acheter un certain produit. Je ne sais pas si vous avez remarqué, Monsieur, que depuis quelque temps j'ai pris un peu d'embonpoint, accident naturel pour nous, maîtres d'hôtel, qui sommes en fait des sédentaires.

— Beach !

— Laissez-lui le temps d'y arriver, dit Penny. C'est la méthode Vail. Il faut créer l'ambiance. Continuez, Beach, vous vous en tirez très bien.

— Merci, Mademoiselle. Eh bien ! comme je le disais, ayant été dernièrement quelque peu inquiet de cette augmentation de poids, j'ai vu par hasard dans le journal une réclame pour un nouveau produit qui s'appelle Slimmo. Ce produit assure la perte de tout embonpoint, ne renferme aucune base nocive, ni toxique, et est recommandé par les plus grandes sommités médicales. Cela m'a décidé à aller chez Bulstrode, le pharmacien de la grand-rue, pour en acheter une fiole. C'était assez embarrassant d'entrer dans la boutique et de demander ce produit, et j'ai eu l'impression que le jeune assistant de Bulstrode me jetait un coup d'œil aigu, comme pour dire : « Tiens, tiens ! » Néanmoins j'ai tenu bon. Le jeune assistant de Bulstrode a enveloppé soigneusement la fiole dans un joli papier de soie et en a fixé les extrémités avec un cachet de cire rose.

— Je vous ai prévenu, Beach !

— Du calme, Gally. C'est là tout ?

— Excusez cette expression triviale, Mademoiselle, mais vous n'en avez pas encore ingurgité la moitié.

— Il y en a encore beaucoup ?

— Encore beaucoup plus que ça, Mademoiselle.

— Eh bien! je vous écoute, Beach. La main en cornet acoustique près de l'oreille.

— Merci, Mademoiselle.

Beach ferma les paupières une seconde, comme pour demander au ciel de lui accorder de la force.

— A peine avais-je payé mon achat et ramassé ma monnaie que la sonnerie du téléphone retentit. Le jeune assistant de Bulstrode décrocha l'appareil.

— Et un cadavre en tomba ?

— Mademoiselle...

— Excusez-moi. Je pensais aux romans policiers de M. Vail. Continuez.

Il dit quelques mots dans l'appareil. « Bien, chef », je me souviens de celui-là, puis : « D'ac..., mon vieux. » D'où je conclus que son interlocuteur devait être un membre de cette classe inférieure qu'on appelle parfois la petite bourgeoisie. Il se tourna ensuite vers moi avec un sourire et dit : « Eh bien! c'est ce que j'appelle une coïncidence, monsieur Beach. C'était Herbert Binstead. Et savez-vous ce qu'il me demandait ? Six bouteilles de Slimmo, grande taille. »

Gally sursauta comme si un baronnet lui mordait le mollet.

— Quoi !

— Oui, monsieur Galahad.

— Ce Binstead achetait du Slimmo ?

— Oui, monsieur Galahad.

— Bon sang!

Penny les regarda alternativement d'un œil perplexe.

— Pourquoi n'en achèterait-il pas lui aussi ? Peut-être est-ce une sommité médicale.

Gally prit une voix sépulcrale.

— Herbert Binstead est le maître d'hôtel de Gregory Parsloe. Et si vous croyez qu'il a peut-être acheté cette drogue amaigrissante pour son usage personnel, détrompez-vous. Il est mince comme un hareng. Ses intentions sont évidentes. On lit dans l'homme comme dans un livre. Suivant les consignes de Parsloe, Binstead, le maître d'hôtel, s'apprête à remettre ce Slimmo à la Simmons, sa complice, qui versera furtivement le contenu dans la ration quotidienne de l'Impératrice, lui faisant ainsi perdre du poids et permettant à la Reine de Matchingham de gagner la course dans un fauteuil. Est-ce bien cela, Beach ?

— J'en ai peur, monsieur Galahad. C'est la première idée qui m'est venue quand le jeune assistant de Bulstrode m'a révélé la teneur de cette conversation téléphonique.

— Seule l'explication que je viens de donner cadre avec les faits. Je vous avais bien dit que ce Parsloe était coriace, Penny. Il agit dans l'ombre et élabore d'étonnantes manœuvres.

Un silence tomba, un de ces lourds et profonds silences qui s'établissent à l'instant où les hommes de bonne volonté sentent que le moment est venu de venir en aide à leurs partenaires, mais ne savent comment s'y prendre ni par où commencer.

Mais il n'était pas dans la nature de l'Honorable Galahad Threepwood de se laisser déconcerter. Un esprit comme le sien, affûté comme le fil d'un rasoir par des années de relations avec les membres du club des Pélicans, ne pouvait être longtemps embarrassé.

— Eh bien! nous y voilà, dit-il. Le premier coup de canon a été tiré. La guerre est déclarée. Il faut étudier nos plans de campagne.

— Quels sont-ils ? dit Penny. Je ne vois pas ce que vous pouvez faire. Je suppose que l'idée générale est de ne pas quitter des yeux cette gourgandine de Simmons, mais comment faire ? On ne peut la surveiller du matin au soir.

— C'est exact. Aussi devons-nous avoir recours aux services d'une personne compétente, d'une personne entraînée à ce genre de travail, dont le métier soit de surveiller les couches criminelles de la population. Et nous avons la grande chance d'avoir une telle personne à portée de la main. Je veux parler de l'animatrice de l'agence Digby de police privée, service permanent jour et nuit.

Beach eut un sursaut qui fit trembler son double menton.

— Maudie, monsieur Galahad ? Ma nièce ?

— Exactement. Elle se nomme bien Mrs. Digby ?

— Non, Monsieur, Mrs. Stubbs. Digby était un nom qui servait de formule commerciale. Cependant...

— Cependant quoi ?...

— Je veux dire que tout en demeurant parfaitement d'accord avec Monsieur sur le besoin que nous avons de prendre à notre service un garde du corps exercé pour surveiller les moindres faits et gestes de cette demoiselle, je ne crois pas que Monsieur ait bien nettement réfléchi à ce que donnerait l'arrivée de ma nièce ici. Rien que son allure...

— Je crois me souvenir qu'elle a tout de Mae West.

— C'est précisément pourquoi je crains fort que cela ne vous convienne pas.

— Je ne vous suis pas, Beach.

— Je pense à lady Constance, Monsieur. Je sais que Milady est parfois assez pointilleuse sur le choix de ses hôtes et je doute que ses réactions soient entièrement favorables si Monsieur introduit au château un détective privé qui soit la nièce de son maître d'hôtel et ressemble à Mae West.

— Je n'ai pas l'intention d'agir ainsi.

— Vraiment, Monsieur ? Je croyais avoir compris...

— La personne qui viendra se présenter au château de Blandings à grand renfort de coups de trompe pour alerter la valetaille et faire baisser le pont-levis sera une certaine Mrs. Bunbury, une vieille amie de votre père, Penny. Vous

vous souvenez, n'est-ce pas, de cette charmante Mrs. Bunbury ?

Un profond soupir souleva la poitrine de la jeune fille.

— Vous pensez rapidement, Gally.

— Il faut penser rapidement lorsqu'un homme comme Gregory Parsloe crache déjà dans ses mains et se prépare à chercher qui dévorer. A propos, Beach, pas un mot de tout cela à lord Emsworth. Nous n'avons pas besoin qu'il se morfonde et qu'il abandonne dès les premières dix minutes, ce qu'il ne manquerait pas de faire s'il était au courant. C'est un brave garçon, Clarence, mais un lamentable conspirateur. Vous me suivez, Beach ?

— Oh! oui, bien sûr, monsieur Galahad.

— Penny ?

— Oh! de mon côté, rien à craindre.

— Brave petite. L'enjeu est trop important pour que nous prenions aucun risque. Les espoirs et les rêves de mon frère Clarence reposent sur Maudie, et aussi le sort des quelques piécettes que vous et moi, Beach, avons misées sur l'Impératrice. Appelez-la immédiatement au téléphone...

— Est-ce qu'on peut avoir l'Impératrice au téléphone ? demanda Penny émerveillée, pensant qu'on pouvait tout attendre de cette étonnante bête.

Gally fronça les sourcils.

— Je veux parler de Mrs. Maudie Beach Montrose Digby Stubbs Bunbury. Joignez-la immédiatement et dites-lui d'empaqueter sa brosse à dents et ses verres grossissants et de venir nous retrouver dès qu'elle le pourra.

— Très bien, monsieur Galahad.

— Allez-y carrément. Faites-lui miroiter tous les agréments du château de Blandings et dites-lui qu'elle trouvera non seulement un oncle très cher, mais l'un de ses plus ardents admirateurs de la belle époque du Critérion.

— Oui, monsieur Galahad.

— Je vais maintenant apprendre à ma sœur Constance qu'à la pressante demande de Miss Donaldson j'ai invité la vieille amie de son père, Mrs. Bunbury, à venir passer une semaine ou deux parmi nous. Je ne crois pas qu'elle refuse, mais si elle émettait la moindre objection ou faisait la tête, je l'écraserais comme un vermisseau.

— Vous écrasez les vermisseaux ? fit Penny, intéressée.

— Fréquemment, répondit Gally.

Et il s'éloigna pour reparaître quelques minutes plus tard, exultant de joie derrière son monocle.

— Tout va bien. Elle a acquiescé comme un agneau. Elle semble avoir un respect infini pour votre père, Penny, sans aucun doute à cause de son écœurante fortune. Et maintenant, continua Gally, maintenant que nous avons terminé le travail préparatoire, nous pouvons nous détendre un peu. Je crois que quelques gouttes supplémentaires de porto feraient notre affaire. Qu'en dites-vous, Penny ?

— Pour moi, allez-y comme si c'était de l'eau.

— Et pour vous, Beach ?

— Merci, monsieur Galahad. Un peu de porto sera le bienvenu.

— Alors, attrapez la bouteille, et versez. Et tout en versant, poursuivit Gally, dites-vous bien que la tempête peut se calmer et les nuages noirs se dissiper. Tant que votre sort est entre les mains de Galahad Threepwood, tout est pour le mieux.

CHAPITRE III

I

Bien qu'il soit de bon ton, en notre XXe siècle, de dénigrer l'ère du machinisme, de renifler avec mépris devant ces petites inventions, ces trucs et ces machins qui épargnent la peine et les efforts des hommes et de soupirer après les beaux jours où la vie était plus simple, il n'en est pas moins vrai que ces trucs et ces machins ont bien des avantages.

Si Penny Donaldson avait été une princesse de l'ancienne Egypte, désireuse de communiquer avec l'homme qu'elle aimait, elle eût été obligée de griffonner sur un papyrus une longue missive, avec des têtes d'animaux et des tas de choses bizarres, puis de le faire porter par un esclave nubien, et Dieu sait quand ce message serait parvenu à Jerry Vail, car le seul moment où les esclaves nubiens accéléraient le pas était quand quelqu'un les poursuivait avec une lance. Vivant à l'époque moderne, il lui avait été facile de télégraphier et moins de deux heures s'écoulaient avant que Jerry, dans son modeste appartement de Battersearoad, Londres, S. W., reçût la joyeuse nouvelle qu'elle serait avec lui le lendemain.

Les joies subites provoquent des réactions qui varient suivant les personnes. Les uns éclatent de rire et chantent à tue-tête. D'autres font des sauts. D'autres caressent les chiens. Jerry Vail s'assit et se mit à écrire un roman destiné à une revue américaine, si une revue américaine en voulait bien. Il y était question d'un détective privé de New-York, bourré de whisky et de sex-appeal, qui ne tarderait pas à se trouver aux prises avec des personnages dotés de noms bizarres, comme Otto-le-Bœuf et Bertha-bien-en-chair.

Le lendemain après-midi il achevait son roman — car les histoires de détectives privés new-yorkais, n'ayant jamais exigé un grand effort cérébral, peuvent se rédiger en très peu de temps — quand la sonnerie du téléphone l'arrêta au milieu d'une phrase.

Il y a toujours quelque chose de troublant et de stimulant dans la sonnerie du téléphone. Est-ce, nous demandons-nous, la jeune femme que nous aimons ou quelque Dupont qui, désirant communiquer au plus vite avec Durand, a la mauvaise fortune de s'être trompé de numéro ? Jerry, quoiqu'il fût toujours heureux de bavarder avec les inconnus qui s'étaient trompés de numéro, souhaita que ce fût Penny.

— Allô, commença-t-il, d'un ton débordant de sentiment... à tout hasard.

— Allô, Jerry. C'est Gloria.

— Eh ?

— Gloria Salt, crétin, répondit la voix à l'autre bout du fil, avec un soupçon d'impatience.

Il était un temps où, au nom de Gloria Salt, le cœur de Jerry Vail eût bondi. Entre cette jeune fille et lui il y avait eu dans le passé quelques tendres liens qui auraient pu devenir plus tendres encore si la dame n'avait pas eu un jugement réaliste — cette forme de jugement qui empêche les jeunes filles de s'engager inconsidérément avec des jeunes gens séduisants, mais sans fortune. Gloria Salt n'avait pas grand-chose en commun avec Mr. Donaldson, de la firme « Au Régal du Caniche », mais elle le rejoignait en un point : celui de savoir garder ses distances envers des prétendants impécunieux.

Mais bien qu'elle eût éteint ce feu ardent sous la douche de la raison et que, du côté de Jerry, ce brasier ne fût depuis longtemps qu'un tas de cendres, leurs relations étaient demeurées cordiales. Ils se rencontraient de temps en temps pour un parcours de golf et, parfois, déjeunaient ensemble. Tout cela s'était transformé en une franche amitié sans équivoque et c'est avec un chaleureux plaisir qu'il lui répondit.

— Hello, Gloria, cela fait une éternité que je ne vous ai pas entendue. Qu'avez-vous fait ces derniers temps ?

— Rien de sensationnel. Un peu de tennis par-ci, un peu de golf par-là, un peu de cheval, un peu de natation... Ah ! oui, et je me suis fiancée, ajouta-t-elle après un temps.

Jerry fut enchanté de la nouvelle.

— Bien, bien. C'est parfait. J'aime voir les jeunes gens se ranger. Et quel est le partenaire ? Orlo-le-Bœuf, je suppose ?

— Qui ?

— Oh ! pardon. Je pensais à autre chose. Votre milord Vosper, je présume ?

Il y eut un silence, puis Gloria parla, d'une voix étrange, métallique.

— Non, pas mon milord Vosper, merci bien ! Je n'épouserai pas Orlo, tout lord Vosper du diable qu'il soit, même pour prolonger les jours d'une grand-mère à l'agonie. S'il fallait me trouver avec cette purge au pied de l'autel et que le curé me dise : « Alors, ma vieille Gloria, voulez-vous prendre Orlo pour époux ? » Je répondrais : « Jamais de la vie, vieille branche, pas pour tout l'or du monde. Si vous me demandiez si j'aimerais assister à son enterrement, ce serait une tout autre affaire, mais si, comme j'ai tout lieu de le penser, vous avez derrière le crâne l'idée que je puisse devenir sa légitime épouse, permettez-moi de vous dire, cher homme de Dieu, que je préférerais pourrir dans un fossé. » Orlo Vosper! Juste ciel! Bien sûr que je dirais non.

Jerry fut navré. Il y avait là une tragédie, et aussi un mystère. Comme beaucoup des amis de la jeune fille, il avait toujours pensé que c'était une question de temps pour que le couple fît publier les bans. Tout le monde leur supposait des affinités. Ils avaient été « vus » ensemble à Cannes, « surpris » ensemble aux courses d'Ascot, « remarqués » comme partenaires du double-mixte dans le tournoi de tennis d'une plage à la mode. Les propos aigres-doux tenus par Gloria Salt à l'endroit d'Orlo, lord Vosper, lui paraissaient aussi ahurissants que si Rivoire avait dit du mal de Carret ou Otis de Pifre.

— Mais, bonté divine! j'avais toujours cru...

— Oui... Oui... Je sais. Et cependant les choses sont comme je vous l'ai dit. J'ai remisé Orlo Vosper et dois prochainement, si le ciel le permet, devenir l'épouse de sir Gregory Parsloe, baronnet de Matchingham, dans le comté du Shropshire.

— Que vous est-il donc arrivé ?

— Ce serait trop long au téléphone. Je vous conterai tout cela ce soir, lorsque nous nous retrouverons. Je désire que vous m'emmeniez dîner « Chez Mario ».

— Ce soir, dites-vous ?

— Oui, ce soir. Etes-vous devenu sourd en prenant de l'âge ?

Jerry n'était pas sourd, mais considérablement agité. En de telles circonstances, le plus placide des agneaux bêlants aurait eu pour cela quelques excuses! Ce soir entre les soirs était consacré à son dîner avec Penny. Il comptait les minutes qui le séparaient de cette réunion sacrée, vérifiant avec soin le plastron de sa chemise empesée, choisissant sa cravate blanche, se donnant un mal inouï pour que ses souliers vernis et son chapeau claque brillent de tout l'éclat que commandait une telle solennité. Et quand on a été brutalement séparé de la seule femme qui vous intéresse, quand une chance absolument imprévue vous est offerte de dîner avec elle au Savoy, de la regarder dans les yeux au Savoy, de serrer sa petite main au Savoy, il est fort contrariant de voir surgir d'autres filles — fussent-elles de vieilles amies — qui veulent à toute force vous entraîner « Chez Mario ».

— Ecoutez-moi, chère vieille, je ne puis ce soir me libérer. Voulez-vous demain ?

— Impossible. Je pars en province. Et puis, je ne veux pas vous voir uniquement pour le plaisir de votre compagnie. J'ai une bonne surprise pour vous. Vous souvenez-vous de m'avoir dit un jour que vous cherchiez à emprunter deux millions pour monter une maison de repos pour gens cinglés ?

Le projet pour lequel Jerry cherchait la somme indiquée ne consistait pas, nous l'avons vu, à s'assurer une participation dans la direction d'un asile pour déficients mentaux, mais ce n'était pas le moment de s'engager dans de longues explications. Il resta bouche bée et il lui sembla que les murs de la pièce chancelaient sur leur base.

— Vous ne voulez pas dire...

— Si, je crois avoir trouvé le moyen de les obtenir !

— Grands dieux, Gloria, vous êtes merveilleuse ! Quand la douleur et l'angoisse ravagent les cœurs, vous arrivez, tel un bon ange gardien. Donnez-moi vite tous les détails...

— Ce soir... A présent ce serait trop long. Je vous attends à huit heures précises « Chez Mario ». Et je vais m'habiller. Parce que si on vient en tenue de ville « Chez Mario », ils vous fourrent dans la galerie, au premier étage, chose que mon amour-propre ne peut envisager un instant. Avez-vous un plastron et des manchettes glacées en celluloïd ?

— Mais, Gloria, juste une seconde !...

— Non, c'est tout pour l'instant. Rien de plus. Il faut

que je me hâte, j'ai quelqu'un à voir pour une raquette de tennis.

Quand le téléphone fut redevenu silencieux, un observateur qui se serait tenu dans l'appartement 23 de la pension Prince de Galles de Battersea-Park-Road aurait eu devant les yeux ce qu'on appelle communément un jeune homme à la croisée des chemins. Fallait-il prendre à droite ? Fallait-il prendre à gauche ? Gerald Anstruther Vail se débattait désespérément contre lui-même, partagé entre des émotions contradictoires. La pensée d'être obligé d'annuler son dîner avec Penny, de ne pas la voir, de ne pas la regarder dans les yeux, de ne pas caresser sa petite main, lui paraissait la plus insupportable qui eût jamais torturé son esprit. Il n'est pas excessif de dire qu'il était rongé de chagrin jusqu'au plus profond de son être.

Mais si ce qu'avait dit Gloria était vrai, si, allant la retrouver « Chez Mario », il avait une chance de trouver un moyen de se procurer ces deux millions, ne serait-ce pas une folie de laisser échapper cette occasion ?

Après bien des déchirements, il finit par se décider. Cet argent lui ouvrirait les portes du ciel et il connaissait assez bien Gloria pour savoir que, bien que pleine d'amicale générosité, elle était assez susceptible. Si on la vexait, elle restait vexée. Refuser de la retrouver « Chez Mario » et de prendre connaissance du plan qu'elle semblait avoir formé pour faire sortir miraculeusement ces deux millions signifiait fâcherie, ressentiment et rupture définitive. Elle laisserait tomber la question et l'on n'en parlerait plus.

Péniblement, accablé sous le poids de son cœur trop lourd, il se leva et se mit à feuilleter les pages de l'annuaire téléphonique. Penny lui avait dit qu'elle allait abriter son bref séjour dans la capitale chez une certaine lady Garland; or, il y avait bien une lady Garland qui habitait dans Grosvenor Square, suivant les renseignements fournis par la liste des adresses à la lettre G. Il composa le numéro et accrocha au bout du fil quelqu'un qui semblait être le maître d'hôtel.

— Pourrais-je parler à Miss Donaldson ?

Ce n'était pas possible. Apparemment Penny était sortie pour boire un coup. Hein... quoi ?... Ah ! pour voir son couturier. Bien. Vous n'avez pas la moindre idée de l'heure à laquelle elle reviendra ?

— Non, monsieur. Je regrette de ne pouvoir vous fournir d'autres précisions. Monsieur voudrait peut-être me laisser un message ?

— Oui. Voulez-vous dire à Miss Donaldson que Mr. Gerald Vail est désolé, mais qu'il se trouve dans l'impossibilité de dîner ce soir avec elle à cause d'une affaire à régler de toute urgence.

— Un rendez-vous d'affaire, monsieur ?

— C'est cela même. Un très important rendez-vous d'affaire.

— A vos ordres, monsieur.

C'était fait. Mais quel supplice ! Après avoir raccroché l'appareil, Jerry s'écroula de tout son poids dans la chaise la plus proche, avec la vision nette que des démons ricaneurs déchiraient son âme en lambeaux à coups de pincettes incandescentes.

A Wiltshire House, dans Grosvenor Square, résidence de Dora, veuve du dernier sir Everard Garland, baronnet depuis l'époque du roi Charles, lady Constance Keeble se sentait également fort mal à l'aise. Jerry avait téléphoné au moment même où Riggs, le maître d'hôtel, lui servait le thé ainsi qu'à lord Vosper, venu pour grignoter quelques toasts beurrés et bavarder avec Penny, et l'événement lui faisait perdre tout intérêt aux plaisirs de la table.

« Sinistre histoire » : telle fut l'expression qui germa aussitôt dans son esprit. Riggs avait répondu « monsieur », ce qui indiquait que l'interlocuteur appartenait au sexe masculin, et lady Constance n'arrivait pas à comprendre comment un inconnu pouvait savoir que Penny se trouvait à Londres à ce même moment. Il fallait qu'elle le lui eût dit! Et si elle le lui avait dit, cela supposait un degré d'intimité qui lui donnait la chair de poule.

— Qui était-ce, Riggs ?

— Un Mr. Gerald Vail, Madame, qui exprimait ses regrets de ne pouvoir convier Miss Donaldson à dîner ce soir.

En pareil cas, l'éducation joue! « Une grande dame ne doit jamais laisser percer ses émotions », lui avait enseigné autrefois une gouvernante avertie, et cette maxime était demeurée sa règle de vie. Là où d'autres femmes de moindre éducation seraient tombées à la renverse en s'écriant « doux Jésus! », elle sourcilla à peine.

— Oui... je vois. Merci, Riggs.

Elle reprit d'un geste rapide le gâteau farci de confitures qui s'était échappé de ses mains fiévreuses, et le croqua dans une sorte de transe. Que Pénélope Donaldson, sous prétexte d'aller dîner avec une vieille amie de son père, Mme Bunbury, eût purement et simplement projeté d'aller faire bombance en cachette avec un personnage si douteux qu'elle ne s'était même pas senti le courage de dire son nom, elle en était épouvantée. Cette jeune enfant ne pouvait qu'appartenir à la catégorie de ceux que son frère Galahad appelait les bambocheurs impénitents, et tous ceux qui par malchance ont eu affaire avec des « bambocheurs impénitents » savent qu'il n'y a pas pire engeance.

Avec soulagement elle songea que, le lendemain soir, Penny Donaldson serait de nouveau à l'abri au château de Blandings et hors de portée de la sphère d'influence Vail. Une fois de plus lady Constance apprécia la sécurité et le refuge qu'offrait Blandings Castle. Blandings avait toutes les qualités : du bon air, un décor pittoresque, une vie paisible comme au bon vieux temps, et, par-dessus tout, pas un Vail à cent lieues à la ronde.

II

Quand de jeunes personnes comme Gloria Salt, organisant un dîner avec un vieil ami, disent qu'elles vont s'habiller, elles emploient ce mot au pied de la lettre, c'est-à-dire qu'elles s'apprêtent à se harnacher de telle sorte que les autres clients, dans la salle de restaurant, feraient bien de se munir d'une paire de lunettes noires. Jerry, l'attendant trois heures plus tard dans le hall de « Chez Mario », crut s'évanouir à la vue de ce qui approchait en se balançant à travers le tambour d'entrée, avec une vingtaine de minutes de retard sur l'heure fixée pour le rendez-vous.

Si l'on songe que, depuis plusieurs années, leurs rencontres s'étaient bornées aux terrains de golf et aux tables de lunch, on comprendra que Jerry ait oublié à quel point Gloria pouvait être éclatante quand elle s'habillait pour le soir.

Gloria Salt était grande et mince et du dernier chic dans l'élégance langoureuse. Bien qu'elle pût envoyer rouler une balle de golf à plus de trois cents mètres et battre son service en foudroyants canons sur un court de tennis, sa beauté brune était celle même de Cléopâtre. Un individu un peu nerveux la rencontrant ce soir-là aurait eu quelques excuses à ne savoir que lui offrir d'un cocktail ou d'un aspic.

Il aurait eu tort dans les deux cas. Elle eût refusé le serpent, comme elle venait de refuser de partager un martini avec Jerry.

— Je n'y touche jamais. Impossible de rester en forme si vous avalez de tels ingrédients. C'est ce que j'ai expliqué à mon futur seigneur et maître, dit Gloria comme ils s'asseyaient à leur table. « Renoncez au gin à l'angoustoura, Greg, lui ai-je dit, évitez le whisky et, pendant que vous y êtes, abandonnez toute alimentation lourde. Faites de la culture physique chaque matin, car une jeune fille qui épouse un homme doté de votre silhouette doit avoir la désagréable impression de devenir bigame. »

— Et comment a-t-il pris cela ?

— Il a beaucoup ri de la plaisanterie, mais un peu moins des recommandations.

— Il est corpulent, ce Parsloe ?

— Il aurait une belle valeur marchande s'il était vendu au poids.

Jerry avait hâte d'en finir avec les préambules et d'en arriver à la grande affaire de ce dîner, mais il faut demeurer courtois lorsqu'on traite ses amis. On ne doit pas parler affaires avant d'avoir attaqué le saumon froid. Il était, en outre, extrêmement curieux de connaître le fond de la sombre histoire à laquelle son invitée avait fait allusion — si l'on peut dire — lorsque, quelques heures plus tôt, elle lui avait parlé de lord Orlo Vosper. Jerry, qui connaissait ce précieux ornement de la pairie depuis sa plus tendre enfance et l'aimait beaucoup, était attristé de voir ces deux cœurs séparés.

— Le vieux frelon a bien changé, commença-t-il.

— Quel vieux frelon ?

— C'était le surnom de Vosper quand il était gamin. Nous allions en classe ensemble.

— C'est vrai. A Borsal, je crois. Lui donniez-vous des coups de pied ?

— Bien sûr que non. Je ne lui ai jamais donné de coups de pied. Je l'aimais comme un frère.

— Il a perdu la seule chance de sa vie, dit Miss Salt d'un ton amer. Car s'il avait reçu quelques bons coups de pied deux ou trois fois par jour lorsqu'il était en classe, les dimanches compris, il ne serait pas l'insupportable pou vaniteux qu'il est devenu.

— Vous trouvez que c'est un pou vaniteux ?

— Oui, et je le lui ai jeté en pleine face!

— Et quand cela ?

— Sur le court de tennis, à Eastbourne, et je le lui ai répété en regagnant les bâtiments du club. Je lui aurais dit la même chose au vestiaire s'il y avait été, mais les femmes ont leur vestiaire à part. « Vous êtes le champion du monde des poux vaniteux », lui ai-je dit, en lui restituant sa bague de fiançailles.

— Oh! vous étiez officiellement fiancés ?

— Je vous en prie, n'insistez pas. Tout le monde a le droit de se tromper.

— Je n'avais pourtant rien vu de cela dans les journaux.

— Nous devions l'annoncer immédiatement après le tournoi Wimbledon.

— Qu'a-t-il pu faire pour vous mettre dans un tel état ?

— Je vais vous le dire. Nous jouions ensemble dans le double-mixte. Je reconnais que je n'étais pas tout à fait dans ma forme habituelle, mais ce n'était pas une raison, quand nous eûmes perdu le premier set, pour venir patauger dans le carré du court que je défendais et reprendre les balles à ma place comme si j'étais une vieille tante paralysée des deux jambes et qui aurait appris depuis une semaine à jouer au tennis par correspondance. « A moi, hurlait-il. A moi, à moi », et que pouvais-je faire ? Me ratatiner modestement dans un coin en le suivant avec des yeux béants d'admiration, en disant : « O toi, mon champion adoré. » Eh bien! non, monsieur. Je lui ai dit que s'il ne cessait pas à l'instant de piétiner mes plates-bandes, je lui brûlerais la cervelle, s'il en avait une. Cela le calma un certain temps. Il se tint plus tranquille. Mais chaque fois que j'avais la malchance de rater une balle, et cela peut arriver à n'importe quelle femme un peu émotive, surtout après un pareil incident, il levait le sourcil d'un air supérieur et ricanait : « Lamentable... lamentable! » Et lorsque nous eûmes perdu — 2/6, 3/6 — il me dit que c'était pitoyable et que si je l'avais laissé... Bref, c'est alors que tout a été rompu. Peu de temps après je me suis fiancée à Parsloe.

Jerry fit entendre un claquement de langue, et comme son invitée lui demandait, non sans humeur, la raison de ce bruit idiot, et s'il se croyait au Grand Prix en train d'encourager son cheval à sauter la rivière des tribunes, il lui expliqua que toute cette histoire lui faisait de la peine. Oui, vraiment de la peine. C'est une grande tristesse de voir deux vieux amis se disputer. Il était très attaché à lord Vosper depuis le temps où ils se lançaient des fléchettes en papier trempées dans l'encre et gardait à Gloria toute l'affection que les hommes éprouvent pour les femmes qu'ils auraient pu épouser.

— Le frelon est-il au courant ?

— Je suppose. La nouvelle a paru dans le *Times*.

— Cela a dû lui faire un choc.

— Je l'espère bien.

— Où est-il maintenant ?

— Dieu seul le sait. Moi, pas. Pour l'amour du ciel, n'en parlons plus. Je croyais que vous auriez attaché plus d'intérêt à ce que je vous ai dit cet après-midi au téléphone. J'imaginais que vous me bondiriez dessus pour m'assaillir de questions. Et vous n'y avez même pas fait allusion !

Jerry s'étonna qu'elle prît en mauvaise part une discrétion qui n'était que courtoisie.

— Grands dieux ! bien sûr, je suis terriblement intéressé, mais j'attendais votre bon plaisir. Je n'aurais pas voulu vous laisser croire que c'était uniquement pour cela que je dînais avec vous.

— Cela vous fait plaisir de dîner avec moi ?

— Bien sûr, voyons !

— Vous n'aviez pourtant pas l'air tellement ravi.

— C'est que, voyez-vous, j'avais un autre engagement pour ce soir et je trouvais un peu difficile de le reporter.

— Une femme ?

C'était une façon bien vulgaire de décrire le plus sublime spécimen de l'espèce, mais Jerry laissa passer...

— Oui, une femme.

Les yeux de Gloria s'adoucirent d'un reflet de sympathie. Elle se pencha au-dessus de la table pour lui tapoter la joue.

— Je suis vraiment navrée, Jerry. Je ne savais pas. C'est sérieux ? Vous aimez vraiment ? Oui, je le vois rien qu'à la façon dont vous roulez des yeux. C'est bien, très bien. Quand cela vous est-il arrivé ?

— Il n'y a pas longtemps. J'ai fait un saut l'autre jour vers New-York et elle était sur le bateau, au cours du voyage de retour.

— Et quand vous mariez-vous ?

— Jamais. A moins que je ne trouve le moyen de me procurer ces deux millions !

— Vous en êtes là ? Vos romans ne rapportent-ils donc rien ?

— Pas la moitié de ce qu'il faudrait.

— Oui. Eh bien ! comme je vous l'ai dit, je regrette d'avoir été indiscrète, mais c'était ma seule chance de vous mettre la main dessus. Je pars demain en voiture dans le Shropshire pour un séjour dans un endroit qui s'appelle le château de Blandings.

Jerry sursauta.

— Le château de Blandings ?

— Vous le connaissez ?

Jerry hésita. Devait-il tout lui révéler au sujet de Penny ? Au fond de lui-même, il pensait que non. Moins on parle, mieux cela vaut.

— J'en ai entendu parler, dit-il. Un coin délicieux, je crois.

— C'est ce que tout le monde dit. Ce n'est qu'à deux ou trois kilomètres de l'endroit où gîte Gregory. Nous pourrons ainsi avoir quelque chance de nous rencontrer de temps à autre. Je pense, d'ailleurs, que c'est la raison qui a incité lady Constance à m'inviter. Tâchez maintenant de graver les mots « Château de Blandings » profondément dans votre crâne. Ce sont les clés du problème. Et je vais vous expliquer en quoi ce problème consiste.

Un garçon apporta du roastbeef saignant et elle en prit une mince tranche. Jerry en prit deux avec quelques pommes de terre et Gloria lui conseilla d'être très prudent dans son alimentation. Elle était convaincue que c'était sa passion de toujours pour la bonne chère qui avait fait de sir Gregory Parsloe l'homme qu'il était... ou plutôt, car c'était une jeune femme qui aimait la précision, les deux hommes qu'il était devenu.

— Où en étions-nous ? demanda-t-elle après le départ du garçon.

— Vous étiez sur le point de me donner les clés du problème.

— C'est exact. Eh bien! voilà. Ecoutez-moi avec toute votre attention, car ce qui va suivre vous intéresse au plus haut point.

Elle avala un chou de Bruxelles. L'avantage des choux de Bruxelles est que vous pouvez en dévorer autant qu'il vous plaît sans risquer d'atteindre les proportions de sir Gregory Parsloe, baronnet du domaine de Matchingham.

— Je ne connais rien de la flore du château de Blandings, dit-elle, et je ne doute pas qu'elle présente un aspect chatoyant et varié, mais sa faune comprend, entre autres, Clarence, neuvième comte d'Emsworth, et sa sœur, lady Constance. J'ignore quelles relations existent entre ce noble lord et mon fiancé, mais lady Constance est en termes très amicaux avec lui. Au point que lorsqu'il a été question de trouver un nouveau secrétaire pour lord Emsworth, elle lui a demandé s'il pouvait faire quelque chose. « Avec joie, chère madame », a répondu Greg, et aussitôt il a décroché le téléphone pour me prier de m'occuper de la question, si toutefois cela ne me dérangeait pas trop. « Pas du tout, ô mon roi, lui ai-je dit. En effet, je connais quelqu'un. » Vous êtes ce quelqu'un.

Jerry resta bouche bée. La tranche de roastbeef se mit à danser dans son assiette.

— Vous ne voulez pas dire...

— La place est à vous si le cœur vous en dit et je vous conseille fortement de la prendre, car, bien que cela ne saute pas aux yeux, tout notre plan en dépend. Mais je présume que vous allez prendre cela de très haut et me dire qu'un Vail ne s'abaisse pas à solliciter un emploi de secrétaire.

Jerry se mit à rire. Qu'il pût refuser un poste dans la maison même où vivait Penny, une maison entourée d'épais buissons de roses et de recoins discrets, avec des tonnelles ombragées où ils se retrouveraient et deviseraient à leur aise, cette pensée lui semblait extravagante. Si on le lui avait demandé, il aurait accepté d'y travailler comme plongeur ou comme cireur de bottes.

— Je vais m'y rendre tout de suite. Vous ne pouviez rien me proposer qui me convienne mieux.

— Alors, c'est parfait. Voici maintenant le plan. J'ai rencontré il y a un an un garçon avec qui j'allais danser à l'époque d'Edouard le Confesseur, un jeune homme du nom de Hugo Carmody. Il m'a invité à déjeuner et m'a raconté mille choses au sujet de Blandings Castle. Il a été pendant un certain temps le secrétaire de lord Emsworth et m'a fait mourir de rire en me racontant toutes sortes d'histoires divertissantes sur son compte. Vous me suivez ?

— Bien sûr, je vous suis!

— J'avais complètement oublié Hugo et tout le reste quand Greg m'a appelée au téléphone et le mot de « secrétaire » joint à celui de Blandings Castle m'a fait ressouvenir de tout. J'ai entrevu alors que je pouvais accomplir ma bonne action du jour. Il ressortait des propos de Hugo que le vieux bonhomme — je parle du comte neuvième du nom — est complètement entiché de tout ce qui concerne les cochons. Il consacre tous ses soins à une truie de grande valeur, une bête de concours appelée l'Impératrice de Blandings. On peut même dire qu'elle est son unique préoccupation. La position de secrétaire de Hugo avait été souvent assez menacée, mais il n'avait pour l'affermir qu'à entamer le chapitre des cochons. Il y eut même des moments où son éloquence porcine atteignait de si hauts sommets qu'il avait l'impression que lord Emsworth lui aurait fait cadeau de tous ses biens, y compris la moitié du comté. Si j'ai pensé à vous quand Greg m'a parlé d'un secrétaire, c'est que je me suis dit qu'en arrivant au château de Blandings avec les derniers tuyaux sur la vie et les conditions d'amélioration de l'élevage des cochons, vous pourriez peut-être obtenir de lord Emsworth ce prêt de deux millions dont vous avez besoin. Naturellement, je ne dis pas que ce soit tout à fait sûr. Beaucoup d'hommes d'âge mûr, aussi bienveillants qu'ils soient à l'égard d'enthousiastes jeunes gens, tiquent et rentrent dans leur coquille si ces derniers ont l'air de vouloir leur sauter sur les genoux pour fouiller dans la poche intérieure de leur veston. En ce qui vous concerne, il ne s'agit nullement d'un cadeau. Ce n'est en réalité qu'un simple emprunt, offrant toute garantie si l'on veut bien se rendre compte que de telles stations de cure ramassent l'argent à la pelle. Il faudrait lui présenter cela sous l'apparence d'une proposition commerciale : « Lord Emsworth, commenceriez-vous, ne voudriez-vous pas augmenter vos revenus ? Si cela vous intéresse, j'ai une affaire pour vous », et vous enchaîneriez sur votre proposition d'achat en lui offrant un large intérêt pour le capital investi. Un vieil hibou dans son genre doit certainement avoir placé toutes ses disponibilités en bons du Trésor à trois pour cent. Vous renifleriez avec mépris devant les bons du Trésor et lui offririez un placement de tout repos à dix pour cent. Je crois qu'il fléchirait. Mais attention! je ne dis pas que vous allez débarquer demain après-midi au château de Blandings avec la certitude d'empocher un chèque de deux millions avant le couvre-feu. Mais après quelques semaines, après l'avoir amadoué par votre connaissance encyclopédique en matière de cochons, je ne vois pas pourquoi vous ne tenteriez pas la chance. Réfléchissez bien.

Jerry réfléchissait et il émit une objection.

— Mais je ne possède aucune connaissance encyclopédique en matière de cochons.

— Il y a des millions de livres que vous pouvez lire à ce sujet. Allez au muséum et demandez tous les ouvrages traitant de la question. Si j'étais à votre place, je vous jure bien que je deviendrais experte en la matière en deux jours. Vous ne supposez tout de même pas que Hugo Carmody ait pu posséder de grandes notions sur les cochons! Toute son information tenait dans le bacon qu'il mangeait à son breakfast. Quand il se sentait sur le point d'être congédié et qu'il entendait par anticipation la porte claquer, il se faufilait à la faveur de la nuit dans la bibliothèque de lord Emsworth et piochait dans les bouquins jusqu'à l'heure du petit déjeuner. A ce moment, m'a-t-il dit, malgré une certaine tendance à s'endormir sur son siège, il pouvait parler de cochons. Vous êtes bien capable de faire ce que Hugo a fait, n'est-ce pas ? Ou n'êtes-vous qu'un vermisseau sans entrailles, incapable d'aucun effort ?

Ainsi se serait adressée Cléopâtre, à qui elle ressemblait si étrangement, à celui de ses soldats qui aurait eu besoin de regonfler son courage avant la bataille d'Actium. Et de même qu'à ces mots le soldat se serait redressé sur ses ergots avec des yeux de flamme, de même fit Jerry en bondissant hors de son siège avec un regard incendié.

— Vous voulez danser ? demanda Gloria.

Jerry frissonnait de la tête aux pieds.

— Ce que je veux, c'est vous serrer dans mes bras et couvrir votre visage renversé de baisers brûlants.

— Vous ne pouvez pas le faire ici. Et vous semblez avoir totalement oublié que chacun de nous est fiancé à quelqu'un d'autre.

— Vous n'avez pas compris. Ce serait des baisers de reconnaissance. De la même famille que ceux qu'un frère peut donner à sa sœur si elle les mérite. Je ne sais comment vous remercier, chère vieille Gloria. Vous parliez d'accomplir votre bonne action du jour. Ce que vous avez fait ce soir vous comptera au moins pour deux années, même si vous ne deviez pas accomplir une seule bonne action d'ici là. Eh bien! je suppose que tout ce que je peux vous dire tient en ce simple mot : merci.

Elle lui tapota la joue.

— Inutile d'en parler, dit-elle. Allons danser.

III

Allongée dans son lit dans sa coquette petite villa du faubourg de Valley Fields, Maudie Stubbs, née Beach, s'abandonnait au plaisir d'une dernière cigarette avant d'éteindre ses lumières.

Tout était prêt pour son voyage du lendemain. Les bagages soigneusement fermés, ses cheveux mis en plis, son chat Freddie placé en pension chez une amie au bas de la rue. Elle pouvait maintenant rêver tout à loisir ce que son oncle Sébastien lui avait dit la veille au téléphone.

L'histoire qu'il lui avait racontée avait été nécessairement brève et sommaire et elle ne savait pas encore en détail ce que l'on attendait d'elle à son arrivée à ce château de Blandings dont elle avait tellement entendu parler. Au cours de son récit, oncle Sébastien avait mentionné un certain sir Gregory Parsloe comme un individu dangereux pour son maître et pour lui-même. Elle se demandait si ce n'était pas, par hasard, le Tubby Parsloe qu'elle avait si bien connu quand elle était Maudie Montrose.

CHAPITRE IV

I

A l'exception, peut-être, de Mrs. Emily Post, de quelques duchesses et de feu Cornelia, mère des Gracques, la barmaid anglaise, habituée dès son plus jeune âge à se conduire avec une dignité royale dans les circonstances les plus difficiles, sait mieux que quiconque garder son calme et son sang-froid.

Ce ne fut pas une timide et balbutiante Maudie Stubbs qui débarqua du train le lendemain à la gare de Market Blandings. Alors qu'une autre représentante de ce qu'on appelle parfois la petite bourgeoisie se fût rongé les sangs d'angoisse à la pensée d'affronter les membres d'une aristocratie aussi collet monté que celle de Blandings Castle, c'est avec sérénité qu'elle envisageait cette perspective, aussi calme et maîtresse d'elle-même que le prophète Daniel pénétrant dans la cage aux lions ou que les trois illustres jeunes gens chantant dans la fournaise. Dans l'exercice de son métier elle avait vu expulser de son bar trop de membres de la Chambre des lords pour que le « sang bleu » l'impressionnât encore.

Gally, avide de renouer les liens d'une amitié rompue par le temps et les changements de situations, s'était rendu à la gare et il y eut sur le quai d'attendrissantes effusions.

Après quoi, il l'emmena se rafraîchir à l'auberge des Armes d'Emsworth. Elle devait en avoir grand besoin après ce long voyage et, outre le désir charitable d'empêcher une vieille amie de défaillir sur le bord de la route, il pensait qu'il ne serait pas inutile de s'assurer rapidement, avant le lever du rideau, qu'elle connaissait bien son rôle.

Quand deux vieux amis se rencontrent après une longue séparation, ils commencent toujours par battre le rappel des souvenirs. Le premier demande au second des nouvelles de Jimmy Chose et le second lui répond en s'inquiétant de ce qu'a pu devenir Bobby Machin, ce qui ne manque pas d'entraîner d'autres investigations au sujet du petit Louis, du grand Edouard et du gros Henri, sans oublier le vieux Joseph — comment donc s'appelait-il ? — qui était inégalable dans son imitation d'une bataille de chats par une nuit sans lune, après son troisième whisky.

Ayant épuisé les rites de ce cérémonial entre la gare et l'auberge, maintenant qu'ils se trouvaient installés autour d'une table rustique dans le jardin et buvaient cette bière onctueuse qui avait fait la réputation des « Armes d'Emsworth », ils avaient le loisir de changer de conversation. Un homme aussi bien élevé que l'Honorable Galahad ne pouvait que commencer par payer son tribut de compliments à la beauté de sa compagne et il s'en acquitta immédiatement.

— Mais dites donc, dites donc, fit-il en la contemplant avec une admiration non dissimulée. Savez-vous que vous n'avez pas changé d'un brin, Maudie ? C'est extraordinaire !

De fait, les années avaient à peine effleuré la Maudie d'autrefois. D'un aspect un peu plus imposant que la petite fille en forme de sablier qui jouait le rôle de saint Bernard auprès des voyageurs mourant de soif égarés dans les dédales du Critérion, elle faisait encore beaucoup d'effet, et le propriétaire des « Armes d'Emsworth », son fils Percy, déjà adolescent, ainsi qu'une bonne demi-douzaine de jeunes gars des alentours alignés à l'aplomb de la façade extérieure, avaient souligné son passage de coups d'œil émerveillés. Bref, son entrée avait été un triomphe social.

— C'est ahurissant, dit Gally. On en a le souffle coupé. Mettez-vous en costume de bain, présentez-vous à n'importe quel concours de reines des plages, et vous verrez les membres du jury pousser des cris d'enthousiasme, vous envoyer des baisers et vous faire demander si vous ne seriez pas libre pour le prochain samedi soir.

Maudie avait été submergée d'hommages du même genre par des milliers d'admirateurs plus ou moins éméchés aux jours lointains du Critérion; et de même qu'elle souriait alors avec indulgence, c'est avec indulgence qu'elle sourit aujourd'hui encore.

— Merci, mon cher, répondit-elle. C'est très gentil de votre part. Vous-même ne semblez pas si mal non plus, ajouta-t-elle avec, dans la voix, cette légère nuance de surprise qu'avaient toujours ceux qui, rencontrant Gally après des années, le retrouvaient aussi rose et pétulant.

Le maintien en forme de cet homme était un mystère insondable. Parlant de lui, l'historiographe du château de Blandings a écrit : « Une vie dissolue a maintenu l'Honorable Galahad Threepwood, à l'encontre de toute justice, dans ce qui peut paraître la plus parfaite et la plus exubérante forme physique. Qu'un homme qui aurait dû avoir un foie désastreux eût aussi bonne mine, c'était là un constant sujet d'étonnement pour son entourage. Il paraissait incroyable qu'après avoir mené une aussi joyeuse vie, on pût, au déclin de l'âge mûr, jouir d'une santé aussi robuste. »

Formules frappantes, mais justes. Au lieu d'être la honte d'une famille orgueilleuse, comme le pensaient ses sœurs Constance, Julia, Dora et toutes les autres, il avait obtenu les mêmes résultats qu'un végétarien nourri depuis l'enfance de yaourt, de levure de bière, de flocons d'avoine et d'hydromel. Il attribuait lui-même sa santé au tabac, à l'alcool et à cette profonde conviction de toute sa vie que, pour rester en forme, il ne fallait pas se coucher avant trois heures du matin.

— Oui, je ne me défends pas mal, dit-il avec une certaine complaisance. La vie à la campagne me réussit.

— J'aurais cru que vous vous y ennuieriez à mourir.

— Non, j'aime ça. Ce n'est qu'une question de goût. Ce pauvre vieux Fruity Biffen n'a jamais pu s'adapter à nos conditions de vie rurale. Vous vous rappelez Fruity Biffen ? Il était parmi nous jusqu'à ces derniers jours, mais il n'a pu s'y faire et il est reparti. C'est une grosse perte pour nous. Il nous aurait été d'un considérable secours dans notre tâche, qui est de consommer la perte de Parsloe. Il manque un je ne sais quoi à votre oncle Sébastien, pourtant si remarquable en d'autres points, pour être parfait. Ce n'est pas le genre d'homme qu'on peut placer en avant-garde. Ce qu'il nous faudrait dans une crise comme celle-ci, c'est l'un de ces jeunes maîtres d'hôtel qui roulent des épaules, crachent à quinze pas et sont prêts à tout.

— Et comment va oncle Sébastien ?

— Aussi bien que possible, quand on songe à tout ce qui se passe. Un peu inquiet, naturellement. Le cerne noir que vous remarquerez autour de ses yeux vient du souci que lui cause l'avenir de l'Impératrice. La foire agricole approche et il a misé sur elle beaucoup plus qu'il ne peut se permettre de perdre. Et moi aussi, je me suis fortement engagé. Aussi nous comptons sur vous, Maudie, pour nous donner un coup de main. Surveillez sans relâche cette Simmons, car c'est dans son coin que le péril rôde... Votre oncle Sébastien vous a-t-il complètement exposé la situation ?

— Pas complètement, mais j'en ai compris l'essentiel.

— Le concours de cochons ?... Le danger menaçant ?... L'absolue nécessité d'une vigilance infatigable ?...

— Oui, tout cela. Mais qui est cette Mrs. Bunbury que je suis censée être ?

— Une amie de toujours de Mr. Donaldson, père de notre invitée Miss Pénélope Donaldson, un roi parmi les fabricants qui fournissent aux chiens d'Amérique leur biscuit journalier. Aussi quand Connie se mettra à parler de lui, ne faites pas comme Clarence en demandant : « Qui est ce Mr. Donaldson ? » Clarence, c'est mon frère, lord Emsworth; et Connie, c'est ma sœur, lady Constance Keeble. C'est elle qui menace le succès de notre entreprise.

— Je croyais que c'était lord Parsloe.

— Aidé et encouragé par Connie. Non pas qu'un vieux filou comme Bouboule Parsloe ait besoin d'être aidé ni encouragé.

Maudie s'était dressée d'un bond.

— Bouboule ?

— Comme c'est drôle! s'exclama Gally. Je ne crois pas l'avoir appelé par ce sobriquet depuis trente ans. Notre rencontre donne un coup de remontoir à la vieille pendule. Bouboule, surnom du bon vieux temps, dû à son embonpoint obscène. L'auriez-vous par hasard rencontré, quand vous étiez au Critérion ?

Maudie haletait d'émotion. Une étrange lueur éclairait ses prunelles bleues.

— Si je l'ai rencontré! Mais je devais l'épouser.

— Quoi ?

— Seulement... il n'est jamais venu.

— Jamais venu ?

— Jamais venu. Je l'ai attendu pendant plus d'une heure un quart sous le porche de l'église avec un bouquet de muguet à la main, et puis, de guerre lasse, je suis partie...

Gally n'appartenait pas à cette caste de gandins qui passent leur temps à faire sauter leur monocle hors de l'orbite pour le polir. Il réservait ce geste spectaculaire pour souligner au passage une émotion particulière et celle-là en était une. Il demeura silencieux sur son siège pendant une minute et demie, occupé à essuyer d'un air pensif la lentille de cristal avec son mouchoir, tandis que sa partenaire, l'esprit noyé dans le passé, levait son verre de bière à une cadence qui trahissait une âme agitée.

— C'est très mal, finit-il par dire.

— Oui, et cela m'a beaucoup affectée, je le confesse.

— Je veux bien vous croire. On le serait à moins. La même chose est arrivée à Mariana de la Grange-aux-Monts et elle en est tombée malade. Vous dites bien qu'il n'est jamais venu ?

— Pas le moindre signe de vie. J'ai toujours pensé qu'il avait flambé l'argent de notre voyage de noces aux courses et n'avait pas eu le courage de me l'avouer. Tout était prêt. Il vivait alors à Shepperton-on-Thames et m'avait adressée une lettre fixant tous les détails de la cérémonie. Je pourrais en citer les moindres mots, comme si elle datait d'hier : « Soyez à Saint-Sauveur, Pimlico, le 7 juin à deux heures précises », me disait-il. Rien ne pouvait être plus clair, n'est-ce pas ? Puis il s'étendait sur une foule de détails concernant notre projet de voyage à Paris. Je ne sais quelle est votre opinion, mais je trouve que ce n'est pas bien joli de dire à une jeune fille d'aller vous attendre à l'église pour devenir votre épouse et de ne plus lui donner signe de vie, conclut Maudie avec une pointe d'amertume. Ce genre d'aventure n'est amusant qu'à travers les chansons de Vesta Victoria... Vous rappelez-vous ?

Gally opina :

— Je me rappelle... « Devant l'église, je t'attendais. »

— « Je t'attendais... »

— « Je t'attendais... »

— « Car tu étais parti, en me laissant bredouille. O doux Jésus! combien j'ai pu pleurer... »

— « Combien j'ai pu pleurer... »

— Oui, dit Maudie, interrompant le duo, c'est très amusant sur une scène de music-hall, mais ce n'est plus qu'une sale blague quand cela vous arrive, vous pouvez m'en croire. Une fille se sent plutôt bête. Et c'est lui, maintenant, sir Gregory Parsloe ?

— Sir Gregory Parsloe, baronnet. L'un de ses cousins étant mort, il a hérité du titre. Vous ne l'avez réellement jamais revu ?

— Non.

— Il ne vous a pas écrit ?

— Pas un mot.

— Il s'est évanoui comme un rêve aux approches de l'aurore ? Hé oui, c'est bien du Parsloe, conclut Gally sur un ton d'ironique philosophie. Qu'auriez-vous pu attendre d'autre d'un homme qui s'est montré capable de bourrer d'entrecôtes mon chien Towser un soir de concours de chasse aux rats. Mais je comprends que tout cela ait été une fort désagréable expérience pour vous, ma pauvre amie. Vous avez dû en garder une fâcheuse idée des représentants du sexe masculin. Néanmoins, vous vous en êtes sortie.

— Oui, j'ai pu m'en sortir.

— Et fort bien, même. Avez-vous été heureuse avec ce M. Stubbs ?

— Oh! oui. Cedric et moi, nous avons été très heureux.

— A la bonne heure, dit Gally d'un ton allègre. Tout est bien qui finit bien. Inutile de s'attarder en regrets sur ce qui aurait pu être. Laissons les morts enterrer les morts, la vie continue. Je suis très content que vous m'ayez raconté tout cela, Maudie. Je m'en sens d'autant plus stimulé et encouragé. Si le jeune Parsloe vous a laissé tomber de cette façon grossière, vous allez être d'attaque pour affronter le sort et tenter par tous les moyens de rendre à ce bâtard la monnaie de sa pièce. Vous allez tout mettre en œuvre pour déjouer ses combinaisons machiavéliques. C'est exactement l'état d'esprit dans lequel nous souhaitions vous trouver dans cette conjoncture. Encore un peu de bière ?

— Non, merci.

— Faisons donc quelques pas jusqu'à la prochaine station de taxis pour prendre la voiture de M. John Robinson. Je crois qu'il est temps de vous présenter au conseil des Anciens. Surtout, gardez votre calme lorsque je vous présenterai Connie. Et quand vous verrez Beach, pour l'amour du ciel, ne perdez pas la tête en vous jetant dans ses bras et en criant : « O mon bon oncle Sébastien! » Traitez-le plutôt avec une hauteur un peu distante et, si vous pouvez laisser tomber un « Merci, mon bon » ou un « Beach, mon brave homme », cela aidera beaucoup notre petite mise en scène.

II

Dans toute demeure provinciale qui se respecte, il est d'usage de consacrer les heures libres entre le thé et le dîner à écrire des lettres. Les différents membres de la compagnie se retirent dans leur chambre, tout alourdis de brioches au beurre, pour s'adonner paresseusement à leur correspondance. Ceux qui s'endorment font un nouvel essai le lendemain.

Lady Constance Keeble, qui possédait à la fois un boudoir et une chambre particulière, s'y était rendue tout de suite après avoir pris le thé sur la terrasse afin de relater les derniers événements de Blandings Castle à Mr. Donaldson de Long Island City. Elle venait juste de terminer et se reposait en fumant une cigarette quand la porte s'ouvrit et son frère Galahad entra.

— Oui ? dit-elle de cette voix que les sœurs comme elle emploient pour parler à des frères comme Gally. Oui ? reprit-elle avec un léger froncement de sourcils.

Son hardi visiteur n'était pas de ceux qui se laissent démonter par ce genre d'attitude.

— Sortez de votre toile, ma Joconde, dit-il d'un ton guilleret. Je viens vous demander ce que vous pensez de Mrs. Bunbury.

C'était un point sur lequel il était anxieux d'avoir une information de première main. Quand Maudie avait été présentée à lady Constance devant la table à thé, il avait vu la châtelaine de Blandings cligner deux fois des paupières, rapidement, comme une femme qui vient de recevoir un poisson humide entre les deux yeux et cette constatation l'avait quelque peu déconcerté. Il n'avait pas attendu Beach pour savoir qu'en matière d'invités sa sœur avait une échelle de valeurs très stricte et Maudie avait été sans nul doute soumise à un examen critique serré. Il se demandait avec inquiétude si elle avait passé cet examen avec succès.

Mais après ce premier moment, où il y avait eu de l'électricité dans l'air, il lui avait semblé que tout allait comme sur des roulettes, et cette impression était exacte. Mise en présence de Maudie, Lady Constance avait, bien sûr, cligné des paupières, mais elle s'était presque aussitôt souvenue que son invitée était Américaine. On doit toujours, elle le savait, excuser certains détails extravagants dans l'apparence des femmes de la bonne société des Etats-Unis. Ayant fait cette concession, elle s'était rapidement laissé séduire par l'aisance et la correction de Maudie et, en conséquence, la lettre pour Mr. Donaldson, qui reposait sur son bureau, débordait d'enthousiasme. Le jugement qu'elle portait sur l'animatrice de l'agence Digby, Surveillance de police privée, Permanence jour et nuit, rejoignait celui de tous les gars du canton de Shropshire, du propriétaire de l'auberge

« Aux Armes d'Emsworth » et du jeune fils de ce dernier, Percy.

— Charmante personne, il me semble.

— Charmante. Je viens d'écrire à Mr. Donaldson pour lui dire à quel point elle me plaît.

— C'est magnifique. C'est splendide. C'est comme cela qu'il faut parler.

— Je ne vois pas pourquoi vous êtes si intéressé.

Gally lui lança un regard chargé de reproches.

— Ma chère Connie, dit-il, je suis très intéressé, comme vous dites, parce que j'ai beaucoup d'affection pour Penny Donaldson et je ne voudrais pas qu'elle fût contrariée le moins du monde. Cette Mrs. Bunbury est une amie intime de son père et, naturellement, elle est très désireuse qu'on l'accueille bien. Imaginez les sentiments de la pauvre enfant si vous aviez déployé à l'endroit de Mrs. Bunbury vos airs distants de reine. Et cela aurait très bien pu arriver. Je vous ai vu cent fois jouer les grandes dames de l'aristocratie anglaise et c'est une attitude qui vous nuit auprès de tout le monde.

— Laissez-moi vous rassurer. Mrs. Bunbury est peut-être un peu excentrique, mais je trouve que c'est une personne très agréable.

— J'en suis également persuadé.

— Cela n'a d'ailleurs aucune importance. Au revoir, Galahad.

— ... Et Clarence, lui aussi, grâce à Dieu, est de mon avis. Je ne l'ai jamais vu accueillir avec autant d'enthousiasme une personne du beau sexe. D'habitude, lorsqu'on tente de lui faire dire trois mots à la moindre d'entre elles, on le voit disparaître comme un diable dans sa boîte. Or il ne serait pas exagéré de dire qu'il a presque serré Mrs. Bunbury sur son sein. Il ne l'a pas quittée d'un pas. En les voyant s'éloigner côte à côte pour aller rendre visite à l'Impératrice, je me suis souvenue d'un couple de marins en bordée à Marseille. Ahurissant!

— J'ai beaucoup à faire, Galahad.

— Hein ?

— Je dis que j'ai beaucoup à faire.

— Vous n'avez absolument rien à faire. Je vous ai trouvée les pieds sur la cheminée en train de griller une cigarette.

— Mes pieds n'étaient pas sur la cheminée.

— Et dix minutes plus tard je vous aurais surprise, ronflant comme une toupie.

— Comment osez-vous dire que je ronfle ? Je ne ronfle jamais.

— Ce n'est pas là ce qui m'importe, dit Gally. Ce qui m'importe, c'est la façon dont vous me traitez depuis que je suis entré. Votre attitude est plutôt singulière et me froisse énormément. Si votre propre frère ne peut venir vous faire une petite visite amicale sans s'exposer à se voir dévisagé de haut avec une moue méprisante comme s'il était le dernier des débardeurs, toute vie de famille devient impossible en Angleterre.

La conversation prenait un tour qui permettait d'augurer l'éclatement d'une violente scène entre frère et sœur, car les deux antagonistes étaient de fort méchante humeur quand, par bonheur, lord Emsworth surgit en s'adressant à eux de cette voix plaintive et aiguë de ténor qu'il employait pour protester contre certains manques d'égards à son endroit.

— Mes timbres, criait-il. Je suis en train d'écrire une lettre et je ne retrouve plus mes timbres. Avez-vous pris mes timbres, Constance ?

— Je n'ai pas pris vos timbres, répliqua Constance. Vous avez simplement épuisé la réserve enfermée dans votre boîte et oublié de demander à Beach de la remplir de nouveau. Je puis vous en donner un, si cela peut vous faire plaisir.

— Merci, dit lord Emsworth, redevenu calme. C'est capital, oui, capital. Je suis en train d'écrire à l'Association des Eleveurs de Porcs des Shropshire, Herefodshire et Galles du Sud réunis.

— Est-ce leur anniversaire ? demanda Gally avec intérêt.

— Euh ! non, pas que je sache. Ils m'ont écrit pour me demander de faire une conférence sur les particularités de l'Impératrice. J'ai trouvé cela très flatteur. C'est avec grand plaisir que je... Mon Dieu ! s'exclama lord Emsworth, pris d'une angoisse subite, croyez-vous que je sois forcé de porter un chapeau haut-de-forme pour la circonstance ?

— Naturellement.

— Et un col empesé ?

— Ma foi, Clarence, croyez-vous réellement qu'on puisse faire un discours en pyjama ?

Lord Emsworth se rendit à l'évidence.

— Non, non, je comprends ce que vous voulez dire. Non, c'est impossible en pyjama. Mais un col dur, par un temps pareil.

— *Noblesse oblige,* dit Gally.

— Hein ?

— Je crois que Galahad veut vous rappeler les obligations de votre rang.

— Exactement, dit Gally. Il faut que vous produisiez la meilleure impression sur ces satanés éleveurs de cochons. Il faut leur donner de la jaquette, du pantalon à rayures, du col cassé et du chapeau haut-de-forme; alors vous les verrez se dire : « Sacrebleu ! Ces comtes sont de rudes lapins. » Tandis que s'ils devaient vous recevoir dans votre tenue actuelle, ils vous radieraient sur-le-champ et feraient éclater une révolution. Il faut les domestiquer, Clarence, les impressionner. Il faut qu'ils se disent : « Il n'a pas dit la moitié de ce qu'il savait », comme le pensait la reine de Saba après sa rencontre avec Salomon. Vous ne pouvez pas obtenir ce résultat avec un blouson de chasse vieux de dix ans et percé aux coudes.

— Ni avec un pantalon de flanelle qui n'a pas été repassé depuis des semaines, ajouta lady Constance. Vous avez l'air d'un clochard, et je me demande quelle opinion Mrs. Bunbury peut avoir de vous.

Lord Emsworth sursauta et sa figure s'assombrit.

— Vous croyez que Mrs. Bunbury me prend pour un clochard ?

— Tout dépend de savoir, dit Gally, si elle vous a mis dix francs dans le creux de la main en vous priant de ne pas les dépenser pour boire. L'a-t-elle fait ?

— Non, non. Je ne me souviens pas qu'elle l'ait fait.

— Alors, tout est pour le mieux. C'est une délicieuse personne, cette jeune femme, Clarence.

— Ravissante.

— Vous aviez l'air d'être au mieux avec elle.

— Au mieux, en effet.

— Oui... dit Gally.

Il s'approcha de la fenêtre et regarda au dehors.

— Je disais à Connie que vous me rappeliez un couple de... Hello!

— Qu'y a-t-il ?

— Un étrange jeune homme traverse la terrasse.

— Un étrange jeune homme ?

— Voyez par vous-même.

Lord Emsworth le rejoignit auprès de la fenêtre.

— Où ? Je ne vois personne. Ah! oui, je regardais du mauvais côté. Ce n'est pas un étrange jeune homme. C'est mon nouveau secrétaire.

— J'ignorais que vous aviez un nouveau secrétaire.

— Je ne le sais moi-même que depuis très peu de temps.

— Vous feriez peut-être bien d'aller à sa rencontre et de lui consacrer une partie de cette journée.

— Je lui ai déjà consacré une grande partie de cette journée et je dois reconnaître que, aussi désagréable que ce soit pour moi d'être toujours flanqué de ces satanés secrétaires, les perspectives sont cette fois plus riantes qu'à l'habitude. Par un heureux hasard, ce garçon s'avère être une véritable encyclopédie en matière de cochons et nous nous sommes dès l'abord tout à fait entendus. Nous avions à peine échangé les premières civilités qu'il me dit de but en blanc : « Je me demande si vous vous intéressez aux cochons, lord Emsworth ? — Ah! mon Dieu, oui, lui ai-je répondu. Vous aussi ? — Passionnément. Je crains parfois même d'importuner les gens à cause de cette manie », continua-t-il avec un petit rire et il se mit à me rapporter un tas de choses nouvelles que j'ignorais complètement. Il a toute une documentation sur l'élevage des porcs au temps des Pharaons. Il semble, d'après lui, que les anciens Egyptiens croyaient que le voisinage des cochons donnait de bonnes récoltes et calmait les mauvais esprits.

— On ne pouvait guère leur en demander plus.

— En ce qui concerne les cochons au temps de Christophe Colomb...

Lady Constance frappa sur la table.

— Clarence!

— Oui.

— Allez-vous-en.

— Quoi ?

— Je suis rentrée dans ma chambre pour être seule. Ne puis-je donc avoir un moment à moi ?

— Venez, Clarence, dit Gally. Connie est d'une humeur impossible. Nous ne sommes pas désirés ici et je brûle de connaître ce remarquable jeune homme. Quel est son nom ?

— Le nom de qui ?

— De ce remarquable jeune homme.

— De quel remarquable jeune homme ?

— Ecoutez-moi bien, Clarence. Vous avez un nouveau secrétaire, n'est-ce pas ?

— Oh! oui, oui. Certainement.

— Eh bien! j'aimerais connaître son nom.

— Ah! son nom ? Vous voulez dire son nom ? Parfait! Parfait! C'est... non... je l'ai oublié...

— Smith ? Jones ? Brown ?

Lord Emsworth s'arrêta pour réfléchir.

— Non... Ah! je l'ai, c'est Vail.

— Vail !

— Gerald Vail. Il m'a demandé de l'appeler simplement Jerry.

La porte se referma derrière eux. Ils attribuèrent au grincement des gonds le cri aigu, inarticulé, que laissa échapper lady Constance.

III

Ayant marché ensemble jusqu'au bout du couloir en s'entretenant agréablement de sujets variés : les chapeaux haut-de-forme, les secrétaires, le sale caractère de leur sœur Constance, les deux frères se séparèrent dans une parfaite harmonie, Lord Emsworth pour aller consulter dans la bibliothèque l'ouvrage de Whiffle sur *L'élevage des cochons* et Gally pour respirer au dehors quelques bouffées d'air pur.

Tout en se promenant, Gally se sentait pris d'une profonde perplexité. Il était possible, bien sûr, qu'il y eût plusieurs Gerald Vail de par le monde et que celui qui se trouvait au château de Blandings fût un Gerald Vail parmi les autres, mais cela lui semblait douteux. Il était plutôt tenté de croire que, grâce à des ruses féminines et à d'astucieux stratagèmes, Penny Donaldson avait réussi à introduire en contrebande dans le cercle familial cet indésirable jeune homme à qui elle avait donné son cœur et il éprouvait une profonde admiration pour l'esprit d'entreprise et l'ingéniosité de la génération nouvelle. Là où les Emilienne et les Gertrude du début du siècle victorien, arrachées à des prétendants jugés non convenables, auraient tout juste risqué un pleur amer pour consentir à se laisser marier ensuite suivant la ligne de conduite de la famille, les demoiselles Penny d'aujourd'hui, bouillonnantes d'esprit rebelle, relevaient les manches et agissaient.

Ce genre de conduite faisait vibrer une corde fraternelle chez ce vieux flibustier et flattait en lui les goûts dont s'indignaient ses sœurs Constance, Julia, Dora et autres. Il brûlait d'admiration, fier d'avoir gagné l'amitié d'une pareille jeune fille, quand il se cogna contre quelque chose de solide et constata que c'était l'homme de ses rêves, en chair et en os.

— Oh! Excusez-moi, dit Jerry.

— De rien, dit poliment Gally. C'est un plaisir.

En voyant de près l'objet précieux des amours de Penny, il se sentit favorablement impressionné. Pour un homme de lettres, Jerry Vail avait plutôt bonne apparence, la plupart des hommes de lettres ressemblant — comme chacun sait — à une variété dégénérée de poissons, à moins qu'ils n'aient un profil d'oiseau. Sa physionomie, si elle ne donnait pas l'impression qu'il pût à l'occasion accomplir les travaux d'Hercule, n'avait rien de désagréable et Gally comprit qu'il pût avoir un certain charme dans le clair-obscur d'un pont de bateau. Il comprit aussi pourquoi Penny l'avait décrit comme un agneau bêlant. A première vue on pouvait en effet le classer dans cette catégorie.

De son côté, Jerry, examinant Gally, avait découvert que ce n'était pas un inconnu qu'il avait bousculé.

— Bonjour, monsieur Threepwood, dit-il. Vous ne vous

souvenez pas de moi, mais nous nous sommes déjà rencontrés. J'ai eu le plaisir de vous être présenté par l'amiral Biffen.

Gally n'avait aucun souvenir d'une rencontre antérieure, mais le nom respectable de Biffen le fit tressaillir comme un coup de clairon.

— Vous connaissez Fruity Biffen ?

— Je le connais depuis toujours. C'est un grand ami de l'un de mes oncles, le major Basham.

Les dernières réticences que Gally, se considérant un peu comme le père de la jeune fille, aurait pu manifester quant au choix de ce prétendant tombèrent soudain, le nom du major Basham suscitant le même respect que celui de Fruity Biffen.

— Vous voulez dire que Plug Basham est votre oncle ? Dieu soit loué, comme dirait mon frère Clarence. C'est l'un de mes plus vieux amis.

— Oui, je l'ai souvent entendu parler de vous.

— Nous avons toujours été aussi unis que Damon et... Machin-chose. Un jour, j'ai mis un cochon dans sa chambre.

— Vraiment ? Et pourquoi avez-vous fait cela ?

— Une idée qui me semblait drôle. C'était le soir du bal des célibataires à Hammer's Easton. Le cochon était celui du vieux Wivenhoe. Nous le lui empruntâmes, Puffy Benger et moi, pour le cacher dans la chambre de Plug. Ayant dû partir de bonne heure le lendemain matin, je n'ai jamais su exactement ce qui s'est passé quand il l'a découvert. Je suppose qu'ils se sont assis l'un en face de l'autre, autour de la table ronde, pour discuter le coup. Un sacré gars, Plug Basham ! Je l'ai vu balancer un quartier entier de bœuf à la tête d'un type au Romano. Il l'avait étendu raide et tous les entrepreneurs de pompes funèbres présents faisaient des offres pour l'enterrer. Comment va-t-il à présent ?

— Plus costaud que jamais.

— Nous parlions de lui, Fruity et moi, il y a à peine une semaine. Fruity était ici. Pas au château, car il ne peut souffrir ma sœur Constance, ce que je comprends fort bien, mais je l'avais décidé à prendre une petite maison sur le bord de la route de Shrewsbury, pas très loin d'ici. Je l'avais rencontré à Londres et il m'avait paru un peu déprimé. J'en avais déduit qu'un peu d'air lui ferait du bien. Mais il n'a pu s'y faire. A cause du bruit. Il prétendait qu'il y avait un régiment de punaises et d'insectes de toutes sortes qui, à longueur de nuit, faisaient un vacarme de réveillon. Il est retourné à Piccadilly où, dit-il, on peut goûter un peu de calme. Il me manque beaucoup. Vous a-t-il jamais parlé du jour où lui et moi...

Gally s'interrompit. L'histoire qui s'arrêtait sur ses lèvres était amusante, mais il avait bon cœur et il comprit que ce n'était pas le moment de s'étendre en anecdotes, si intéressantes fussent-elles.

— Je ne veux pas vous importuner par mon bavardage. Vous devez avoir envie de retrouver Penny. Oh! je suis au courant, dit Gally en remarquant que son jeune ami avait bondi comme si un fer rouge venait d'être appliqué au fond de sa culotte. Penny m'a tout raconté.

L'émotion de Jerry se calma. Il n'était pas très sûr que l'idée qu'un étranger pût partager ses plus tendres secrets lui plût, mais cet homme aimable lui paraissait si amical que peut-être, dans ce cas, on pouvait faire une exception.

— Je pensais justement, quand vous êtes arrivé, dit Gally, que c'est une fille véritablement exceptionnelle pour avoir réussi à vous glisser ici comme secrétaire de mon frère Clarence sans éveiller le moindre soupçon chez ma sœur Constance. Elle ne manque pas de cervelle. Comment diable a-t-elle pu machiner tout cela ?

— Mais Penny ne sait pas que je suis ici.

— Quoi ? Mais alors, comment ?...

— C'est une jeune fille appelée Gloria Salt qui m'a fait obtenir ce poste.

— Gloria Salt ? Ah! oui, je me souviens. Elle doit venir ici également.

— Elle est déjà là. Elle m'a conduit dans sa voiture. C'est une de mes bonnes vieilles amies.

Jerry hésita. Puis il décida de ne rien cacher.

— Elle s'est dit que si je devenais le secrétaire de lord Emsworth, je pourrais... Penny ne vous a-t-elle pas exposé les projets que j'avais en tête ?

— Elle m'a tout raconté. Je dois même dire qu'elle a tenté de me taper des deux millions.

— Oh! mon Dieu. Elle n'aurait jamais dû faire une chose pareille.

— Elle a bien fait. Je n'avais jamais eu le plaisir de rencontrer quelqu'un qui me crût capable de posséder deux millions. Hé! oui, je suis au courant de cette idée de maison de repos. Le problème, comme toujours, c'est de trouver l'argent. Où en êtes-vous à ce sujet ? Vous avez quelque chose en vue ?

— J'allais vous le dire. Gloria a pensé...

— Si vous n'avez pas le moindre mouton à tondre sous la main, vous ne pouvez faire mieux que de reporter vos espérances sur mon frère Clarence.

— C'est justement ce que Gloria...

— Mon frère Clarence, continua Gally, est un personnage très spécial. Il ne rêve, ne mange, ne boit et ne parle que cochon, et il vient de m'apprendre quel extraordinaire intérêt vous portez aux cochons. Vous l'avez sidéré par l'étendue de vos connaissances sur la question.

— Oui, vous savez... je...

— Et il m'est venu à l'esprit que si vous savez mener le jeu adroitement, lorsque vos relations seront devenues suffisamment amicales, vous vous trouverez placé dans une posture assez favorable pour pouvoir le taper de la somme nécessaire. Oh! je sais, poursuivit Gally en surprenant le regard de son interlocuteur, dont les yeux s'exorbitaient, cela vous paraît une idée baroque, saugrenue. La tableau que vous vous faites de ma personne est celui d'un homme qui parle à tort et à travers. Mais je connais mon frère Clarence. Dans des circonstances normales, c'est un partenaire difficile, mais il peut prêter une oreille bienveillante à la dialectique d'un véritable amateur de cochons. Patientez un peu et vous verrez si j'ai raison.

Jerry semblait comme frappé de ravissement. Il se mit à bégayer.

— Quelle étonnante coïncidence! dit-il. C'est exactement ce que m'a dit Gloria.

— Vous voulez dire qu'elle vous a suggéré de vous adresser à Clarence ?

— C'est pour cela qu'elle a voulu que je vienne ici comme secrétaire.

— De façon à taper avec lui sur l'échine de sa truie favorite et à vous montrer sous un jour si étincelant que vous puissiez finalement placer votre requête ?

— C'est tout à fait cela.

— Je vois que c'est une fille intelligente.

— Oh! pour cela, elle est très intelligente. Elle...

Jerry s'arrêta court. Gally, qui le surveillait du coin de l'œil, vit sa figure s'illuminer comme sous le pinceau d'un projecteur. Et, se retournant pour s'enquérir de la cause exacte de cette transfiguration, il aperçut Penny qui s'approchait.

— Ah! dit-il, comprenant tout.

La seule ombre au tableau, c'est que Penny n'était pas seule. A son côté marchait un grand jeune homme admirablement proportionné, dont le ténébreux et romantique visage, à la lord Byron, était celui de quelque vedette qui aurait trompé la vigilance de ses gardiens et se serait échappée d'un des studios de la Goldwin-Mayer. Comme il le retrouvait à tous les repas depuis plus de deux semaines, Gally n'eut aucun mal à reconnaître en lui lord Orlo Vosper.

Penny paraissait distraite. Tout en marchant, ses yeux restaient fixés sur le gazon. On aurait pu ne voir là qu'une expression de méditation féminine, mais cette attitude parut étrange à Gally et il se demanda ce qui n'allait pas. Il leur souhaita la bienvenue et Penny leva les yeux. Alors elle resta clouée au sol, le regard fixe, tandis que les couleurs abandonnaient ses joues. Gally se souvint d'une jeune femme nommée Mabel qui, se promenant avec lui, en 1906, à la garden-party du palais de Buckingham, s'était tout à coup aperçue qu'elle avait un scarabée dans le dos.

— Ah! Penny, dit-il avec son inégalable à-propos. Je suis heureux de pouvoir vous présenter le nouveau secrétaire de mon frère Clarence. Il s'appelle, comment m'avez-vous dit ?

— Vail, dit Jerry d'une voix étranglée.

— Vail, reprit Gally. Un gentil garçon. Supérieur sur la question cochon. Monsieur Vail, lord Vosper.

Lord Vosper, à l'exemple de Penny, ne semblait pas très à son aise. Il fit à Jerry un signe de tête morose.

— Oh! nous nous connaissons. Nous allions à l'école ensemble. Ça va, Jerry ?

— Ça va, Frelon. Alors, vous aussi, vous êtes ici ?

— Comme vous le voyez. Et vous également ?

— Oui.

— C'est bien ce que j'avais compris, conclut lord Vosper, et il se replongea dans ses méditations.

Il y était encore plongé, et le silence qui avait suivi n'était pas encore rompu, quand Sébastien Beach apparut, venant dans leur direction.

— Pardon, M'lord, dit Beach. Un certain M. Wapshot

est au téléphone et désire vous parler. Il dit que c'est urgent.

Lord Vosper sortit de sa prostration.

— Wapshot ?

— Oui, M'lord. Il s'est présenté comme le représentant de la firme Wapshot, Wapshot, Wapshot et Wapshot.

— Cela me rappelle, dit Gally, qui n'en manquait pas une, l'aventure de ce type de New-York qui téléphonait à une agence de conseillers juridiques appelée l'Agence Shapiro, Shapiro, Shapiro et Shapiro. « Allô, commença-t-il, puis-je parler à M. Shapiro ? — M. Shapiro est au Palais. — Bien, passez-moi M. Shapiro. — M. Shapiro est en conférence avec un client important. — Alors, branchez-moi sur M. Shapiro. — Je regrette beaucoup, mais M. Shapiro passe cette journée au golf. — C'est parfait. Et maintenant, passez-moi M. Shapiro. — C'est moi-même à l'appareil. » Qui est ce Wapshot ?

— Celui qui s'occupe de mes impôts sur le revenu, dit lord Vosper. Il vaut mieux que j'aille voir ce qu'il me veut.

Il s'en alla, suivi de Beach, et Gally les regarda s'éloigner. Il lui semblait que Beach avait l'air accablé, et cela le contrariait profondément. Il y a des moments qui mettent le moral d'un homme à l'épreuve et, en de telles occasions, on n'aime pas s'apercevoir que le maître d'hôtel est rongé de soucis, surtout si ledit maître d'hôtel est censé prendre part avec vous à une campagne qui réclame vélocité et efficacité de la part de tous ses participants.

Se retournant, il vit que Penny continuait à dévisager Jerry de la même manière muette et bizarre. Il reprit ses esprits d'un bond.

— Seigneur Jésus, dit-il, excusez-moi si je piétine vos plates-bandes. Je comprends, Penny. Vous désirez de toutes les fibres de votre être pouvoir plonger dans les bras de ce gamin, mais la pudeur vous retient. Comment se montrer soi-même et s'épancher devant ce vieux tableau qui m'examine derrière son monocle comme s'il était au premier rang d'une piste de cirque, avec ses sucettes et son cornet de cacahuettes ? Vous avez raison. Je vais voir ailleurs ce qui se passe.

Il existe un spécimen d'éclat de rire, aigu et amer, qui ressemble à s'y méprendre à un râle d'agonie et ne fait aucun bien ni aux bêtes ni aux gens. Lady Constance l'employait chaque fois qu'elle entendait dire que son frère Galahad était un homme charmant. C'est un rire de cette sorte qui s'échappa des lèvres de Penny Donaldson et, pour la première fois, Jerry eut le soupçon qu'il s'était trompé en supposant que ce jour était le plus beau de l'année et que le monde dans lequel il vivait était le meilleur des mondes.

— Ne vous donnez pas cette peine, Gally. Je n'ai pas le désir de sauter dans les bras de Mr. Vail. Voulez-vous entendre une petite histoire ?

— Une histoire ? Bien sûr. Allez-y. Mais que signifie ce « Mr. Vail » ?

— Vous vous rappelez que je vous avais dit que je devais dîner avec Mr. Vail hier soir ?

— Oui, certainement. Mais...

Penny poursuivit, parlant d'une voix étrange et métallique qui rappelait à Jerry Gloria Salt exprimant ses griefs à l'égard de lord Vosper.

— Nous étions convenus de nous retrouver au Savoy à huit heures, après mon essayage de l'après-midi. Quand j'ai regagné la maison de mes amis vers six heures, un message téléphonique m'attendait. Il m'apprenait que Mr. Vail regrettait de ne pouvoir donner suite au projet de dîner prévu pour le soir même, à cause d'une affaire imprévue dont le règlement ne pouvait attendre. J'en fus très désappointée.

Elle ne put étouffer un sanglot et une larme roula le long de sa joue. A cette vue Jerry fut rongé de remords.

Il comprit ce que peut éprouver le bourreau d'une cour orientale qui vient d'étrangler une odalisque avec un nœud coulant.

— Mais Penny...

— Je vous en prie.

Elle lui jeta un regard écœuré, du genre de celui qu'une femme jette à une chenille trouvée dans la salade, et se tourna vers Gally.

— J'étais naturellement déçue, m'étant fait une fête de cette rencontre, mais j'ai parfaitement compris que ces choses peuvent arriver.

Gally acquiesça d'un léger mouvement de tête.

— Pour nous éprouver.

— J'ai compris que ces choses peuvent arriver...

— Pour nous élever l'âme.

— Je répète que j'ai compris que ces choses peuvent arriver, reprit Penny, élevant la voix et jetant à Gally un regard du même modèle que celui dont elle avait gratifié Jerry, et je me suis dit naturellement que si Mr. Vail avait une importante affaire à traiter, il n'avait pas le choix entre elle et moi.

— Mais Penny...

— Aussi quand lord Vosper, qui se trouvait là, a proposé de m'emmener dîner, j'ai pensé que ce serait là une excellente façon de passer la soirée. Lord Vosper est très emballé sur un restaurant nommé « Chez Mario » et il m'y a conduite.

Elle s'arrêta de nouveau, mais cette fois parce que Jerry, dont les yeux sortaient de leurs orbites, avait laissé échapper un cri de loup pris au piège.

— Nous ne nous étions pas habillés, reprit-elle, si bien que nous avons été placés dans la galerie du premier étage. Connaissez-vous « Chez Mario », Gally ?

— Depuis toujours.

— On est très bien dans cette galerie. On y a une vue

d'ensemble de la grande salle qui se trouve juste en-dessous. Et la première chose que j'ai aperçue dans cette salle, c'est Mr Vail en train de régler cette urgente affaire. Elle consistait en un dîner en tête à tête avec une fille qui avait l'air d'un serpent déhanché et qui, de temps à autre, lui caressait les joues de petites tapes affectueuses.

Le monocle de Gally se tourna brusquement vers Jerry, comme l'œil d'un dragon crachant des flammes. Son visage était dur et fermé.

— Répugnant petit pourceau!

— Oh! il ne faut pas dire cela, Gally, fit Penny, protestant d'un ton doux. Je suis sûre que M. Vail peut nous fournir des explications satisfaisantes. Sans doute cette demoiselle est-elle l'éditeur d'un grand magazine et discutait-elle avec lui des conditions de publication de l'un de ses romans. Les éditeurs ont l'habitude de caresser la figure de leurs auteurs. Cela crée et maintient une atmosphère amicale.

Jerry dut accomplir un prodigieux effort pour relever un menton volontaire et redresser le torse. Il le fit cependant. La certitude d'être le juste indignement accusé facilite toujours le maintien à la verticale de la colonne vertébrale.

— Je puis tout vous expliquer.

— Comment se fait-il, demanda Penny — parlant en l'air comme si elle s'adressait à quelque papillon — que les hommes disent toujours cela ?

— Je le dis, coupa Jerry avec force, parce que c'est vrai. La jeune personne que vous avez vue dînant avec moi est Gloria Salt.

— Joli nom. C'est une de vos amies ?

— Une de mes très bonnes amies.

— Vous aviez l'air, en effet, d'être au mieux.

— Elle m'a tapoté les joues deux fois.

— J'aurais cru davantage. Il est vrai que je ne m'étais pas munie d'un bloc-marqueur comme au bridge.

— Oui, deux fois, répéta Jerry obstiné. Et je vais vous dire pourquoi. Procédons par ordre et prenons ces tapotements l'un après l'autre. Le tapotement n° 1 visait à me féliciter quand je lui eus dit combien je vous aimais. Le tapotement n° 2 fut sa réponse aux remerciements que je lui adressais pour m'avoir suggéré le moyen d'emprunter les deux millions nécessaires à notre mariage. Voici pour vos tapotements. Quant à vous, continua Jerry en s'adressant à l'Honorable Galahad, si vous me traitez encore de répugnant petit pourceau, j'oublie tout le respect dû à vos cheveux blancs et vous expédie ma droite dans le maxillaire... Répugnant petit pourceau, vraiment! Mes intentions étaient pures comme l'eau de roche. Gloria Salt m'avait téléphoné dans l'après-midi pour me demander si je pouvais l'emmener dîner, me laissant entendre qu'elle me donnerait au cours de ce repas tous les tuyaux pour décrocher le magot, ce qui aurait été trop long au téléphone. Et c'est l'âme torturée et pressurée comme dans une machine à laver que j'ai annulé notre rendez-vous. J'ai donc dîné avec elle « Chez Mario ». Elle m'a exposé son plan. Je l'en ai remerciée avec effusion et elle m'a caressé la joue par sympathie. Je puis dire qu'elle a fait ce geste comme une gentille sœur à l'adresse d'un frère irréprochable. Aussi vous serais-je reconnaissant de vouloir bien cesser immédiatement de me fixer avec des yeux ronds comme si vous m'aviez pris en train de voler une pièce de monnaie dans la sébille d'un aveugle.

Penny avait depuis longtemps changé d'expression. La bouche béante de surprise, elle le contemplait de tous ses yeux. Et ce regard ne donnait pas l'impression qu'elle le crût capable de s'enrichir aux dépens d'un pauvre aveugle.

— J'irai même plus loin, ajouta Jerry. S'il vous faut d'autres preuves pour vous faire entrer dans le crâne que la dernière des choses à laquelle nous pensions était la bagatelle, sachez que Miss Gloria Salt, aussi pure que moi, sinon plus, est sur le point de se marier. Ses fiançailles officielles avec un certain sir Gregory doivent avoir lieu très prochainement. Je crois que ce monsieur ne réside pas loin d'ici.

Le monocle de Gally jaillit de son orbite.

— Parsloe ?

— Parsloe.

Gally réajusta son monocle, mais d'une main frémissante. C'était un homme légitimement fier de son courage tout britannique. « Que se dressent contre nous les deux tiers du globe et nous vaincrons quand même », avait-il affirmé avec force devant Beach et Penny, en faisant allusion au tandem Binstead-Simmons. Il se préparait vaillamment à tenir tête à une gardeuse de porc à la solde de Parsloe et à un complice qui achetait des bouteilles de produit amaigrissant, modèle grande taille. Mais ajoutez à cette gardeuse de porcs et à ce complice la fiancée de Parsloe et les choses commençaient à tourner à l'aigre. Il n'était pas surprenant que Beach parût rongé de soucis! Ce fidèle compagnon avait dû surprendre par le trou de la serrure quelques échanges de confidences entre cette demoiselle Salt et lady Constance qui confirmaient de mauvaises nouvelles.

— Ah! doux Jésus! s'écria-t-il, remué jusqu'au fond des entrailles.

Et, sans un mot de plus, il fonça vers l'office où se tenait Beach. De toute évidence l'acuité de la crise nécessitait la réunion d'une nouvelle conférence d'état-major.

— Enfin, je vous retrouve, dit Jerry, s'approchant de Penny d'un pas plein d'assurance. Je peux enfin vous embrasser.

— Juste ciel! Quelle salade! fit-elle d'un ton plaintif.

Jerry s'arrêta.

— Salade ? Vous croyez ce que je vous ai dit ?
— Oui, bien sûr, je le crois.
— Vous m'aimez ?
— Oui, bien sûr, je vous aime.
— Alors, c'est parfait. Qu'attendons-nous de plus ?
Penny fit un pas en arrière.
— Jerry chéri, j'ai peur que les choses soient beaucoup plus compliquées qu'elles ne le paraissent. Voyez-vous, quand j'ai vu cette jeune fille vous caresser ainsi les joues.
— Comme une sœur.
— Oui, mais voilà... cela n'avait pas l'air d'une caresse de sœur et je l'ai mal pris. C'est pourquoi, lorsque à la fin du dîner Orlo Vosper m'a demandé de l'épouser...
— Oh! mon Dieu!
— Oui, dit Penny d'une voix à peine perceptible. Il m'a demandé de l'épouser et j'ai répondu oui.

CHAPITRE V

I

Mais qu'est devenu pendant ce temps George Cyrill Wellbeloved que nous avons laissé, la langue pendante, devant un avenir désertique comme un horizon saharien ? Comment se fait-il, semblent nous dire avec force des millions de voix mécontentes, qu'aucune nouvelle mention n'ait été faite de ce nouvel abstinent malgré lui ?

Nous pouvons fournir une explication immédiate. L'ombre au tableau, dans le sort d'un écrivain consciencieux, c'est qu'il est obligé, pour mener à bien sa tâche, de laisser dans l'ombre des personnages auxquels il aurait préféré donner la vedette. Son devoir étant de brosser un tableau panoramique des évolutions d'un certain nombre de protagonistes, il n'a pas la liberté de concentrer son attention sur un seul personnage, quel que soit l'intérêt que ce dernier lui inspire.

Quand Edouard Gibbon, arrivé au milieu de son ouvrage sur la décadence de l'Empire romain, se plaignit un soir au docteur Johnson, dans un moment de lassitude, que le lot de l'historien consciencieux fût pire que celui d'un chien, c'est à ce côté particulier de la question qu'il songeait.

Dans la salade russe d'événements qui se sont déroulés au dedans et autour du château de Blandings, dans ce récit destiné à pénétrer l'esprit d'un public averti d'un mélange de pitié et de crainte, il nous a fallu consacrer tant de place à Jerry Vail, Penny Donaldson, lord Emsworth et autres, que George Cyrill Wellbeloved, nous en sommes parfaitement conscients, a été presque totalement négligé. A part sa courte apparition du début, on peut dire que jusqu'à présent il n'a figuré que pour mémoire.

C'est avec une authentique satisfaction que le ménestrel, accordant son luth, se prépare à chanter maintenant la complainte du pauvre gardien de cochon frappé par le destin.

Il n'est pire agonie que celle d'un homme qui aspire à quelques bonnes lampées et ne peut les avoir et l'on peut dire que dans les jours qui suivirent son entretien avec sir Gregory Parsloe, George Cyrill Wellbeloved en mesura toute l'horreur. Il serait d'ailleurs inexact de dire qu'il parcourut toute la gamme des émotions, car il n'en éprouva qu'une : un désespoir grandissant à la pensée que son maître omnipotent avait bouché toutes les échappatoires possibles. Il était pris dans une impasse sans recours.

Encore que personne, en le rencontrant, n'eût été tenté de confondre George Cyrill Wellbeloved avec le poète Keats, il était surprenant de constater à quel point pouvaient converger les pensées de ces deux hommes. « Oh! pour une coupe pleine de la chaleur du sud, pleine du nectar pur coulant de l'Hippocrène », chantait Keats en se passant la langue sur les lèvres. « Oh! pour une bonne pinte de bière avec, si possible, une goutte de gin dedans », soupirait George Cyrill Wellbeloved en passant sa langue sur les siennes. A la recherche de cet élixir, il avait battu tour à tour toutes les auberges du canton : les Armes d'Emsworth, la Meule, le Repos du cheminot, le Scarabée d'or, l'Arrêt du temps, les Joyeux Joueurs de cricket et autres lieux dont pouvait à juste titre s'enorgueillir le bourg de Market Blandings.

Partout c'était le même scénario : les barmaids avaient reçu des instructions et les garçons devaient respecter la consigne. Ils tenaient à sa disposition de la petite bière douce parfumée au gingembre, de la petite bière brune légère ou de la blonde tout aussi légère, sans trace d'alcool, de l'extrait de salsepareille, de la citronnade. Une fois, on lui avait même proposé un verre de lait! Mais toutes ses supplications pour obtenir une coupe pleine du breuvage qui efface les chagrins du passé et les craintes de l'avenir se heurtaient à un impitoyable *nolle prosequi*. Impitoyables et incorruptibles, les barmaids et les garçons refusaient de lui servir le moindre breuvage qui eût pu offrir quelque attrait au poète Omar Khayam et il avait dû battre en retraite, triste et le gosier sec.

Mais on a dit à juste titre que les éleveurs de porcs appartiennent à une classe d'hommes qui, même terrassés, parviennent toujours à se redresser. Vous élaborez toutes sortes de plans et de ruses et vous croyez avoir eu raison d'un éleveur de porcs, mais pendant ce temps son cerveau actif aura trouvé une porte de sortie. C'est ce qui se passa avec George Cyrill Wellbeloved. Au moment où l'image de l'Honorable Galahad Threepwood s'insinua dans son cerveau — sans qu'il sût pourquoi — ce fut comme si une lumière éclairait soudain les ténèbres où il vivait. Le désespoir fit place à un brûlant espoir et il crut voir luire au loin la vision d'une heureuse solution.

Bien qu'il n'eût pas eu, quand il travaillait au château de Blandings, beaucoup d'occasions de rencontrer Gally, George Cyrill, cependant, savait tout de lui. Gally, il le savait, était un homme au cœur sensible, un homme dont on pouvait attendre beaucoup d'indulgence à l'égard de ceux de ses contemporains qui ressentaient le besoin, impérieux et immédiat, d'un bon gargarisme. Pour ceux qui le connaissaient encore mieux, toute sa vie, depuis le jour où il avait atteint cet âge que l'on pourrait qualifier de « certain », avait été consacrée à s'assurer qu'on ne mourrait pas de soif à côté de lui. Un tel homme tournerait-il le dos à un étranger, si cet étranger pouvait lui démontrer, avec preuves à l'appui, que sa langue se desséchait à sa racine ? Peu probable, pensait George Cyrill Wellbeloved, et même s'il n'y avait qu'une faible chance de s'assurer le secours de cette fontaine vivante, il se devait de ne pas la négliger.

Pour un éleveur de cochons, penser c'est agir. Quand le dîner fut terminé et que son patron se fut retiré dans son cabinet de travail pour boire son café et fumer un cigare, il sortit son vélo et partit en pédalant dans la nuit d'été embaumée.

On ne pourrait dire que la réception qui lui fut faite a la porte de service du château de Blandings fut empreinte d'une débordante cordialité. Beach, informé qu'un « monsieur » le demandait, et découvrant que la personne ainsi dénommée était un gardien de cochons qu'il ne pouvait sentir au propre comme au figuré, l'accueillit avec raideur. Un peu comme un Père de l'Eglise recevant la visite inattendue d'une jeune recrue des bataillons de Midias.

George Cyrill, par contre, était tout frétillant d'aise. A la différence de la plupart des gens qui affrontaient cet homme redoutable, il ne craignait pas Beach. Il soutenait et l'avait plus d'une fois proclamé sans crainte dans la salle de brasserie des Armes d'Emsworth : Beach n'était qu'une vieille loque empaillée.

— Salut, vieille noix, dit-il, si incroyable que puisse paraître une appellation de cette sorte. Où est Mr. Galahad ?

Des stalactites se formèrent sur le visage du maître d'hôtel.

— Mr. Galahad est dans le salon ambre avec tout le monde, répondit-il d'un ton austère.

— Alors harponnez-le et ramenez-le ici, dit George Cyrill Wellbeloved, toujours en pleine forme. Je veux le voir. Dites-lui que c'est important.

II

En disant que Gally se trouvait dans le salon ambre avec tout le monde, Beach avait parlé sans être tout à fait au courant de la situation. Il était en effet dans le salon un moment auparavant, mais il venait tout juste d'en sortir pour s'installer sur la terrasse avec son amie Maudie. Si un observateur s'était trouvé sur les lieux, il aurait eu l'impression que sa compagne et lui étaient préoccupés. Alors qu'on aurait pu s'attendre à un joyeux échange de souvenirs, ils demeuraient tous deux silencieux, chacun absorbé dans ses pensées.

Il existe sans doute, de par le vaste monde, des femmes pleines d'angéliques dispositions qui, après avoir été abandonnées à la porte de l'église par un monsieur de leurs amis, sont capables d'accepter cette trahison avec sérénité, en se disant qu'après tout les hommes seront toujours des hommes, mais Maudie n'était pas de celles-là. C'était une nature fière et impétueuse et la rancune brûlait encore en son cœur. Elle avait, pendant des années, accumulé un certain nombre de choses bien senties qu'elle se proposait de dire à cet amoureux infidèle si jamais elle le rencontrait et il était assez amer de penser que, maintenant qu'ils étaient à trois kilomètres l'un de l'autre, cette rencontre était plus improbable que jamais. Dans sa position, elle pouvait difficilement demander qu'on la conduisît en voiture à Matchingham Hall et elle répugnait à faire le trajet à pied, en plein été, sous le soleil. Son opinion sur la marche à pied était sensiblement la même que celle de sir Gregory Parsloe.

Il y avait alors dans le décor du château de Blandings une telle collection d'âmes en détresse qu'on aurait pu difficilement lancer une tuile au hasard sans en frapper une. Et l'âme tourmentée de Maudie Stubbs, alias Bunbury, était en tête de liste.

La mélancolie de Gally pouvait aussi facilement s'expliquer. Avec la cousine du citoyen Parsloe en contact quotidien avec l'Impératrice, la fiancée du citoyen Parsloe installée dans la place, le citoyen Parsloe lui-même se frottant les mains en chantant : « Yo ho ho et une bouteille de Slimmo », on ne pouvait vraiment pas attendre de lui une bonne humeur à toute épreuve. Ajoutez à cela la tragédie qui avait assombri les amours de Penny Donaldson et de l'excellent jeune Vail; mettez encore en supplément la conversation téléphonique qu'il avait eue avec Gregory Parsloe quelques minutes avant le dîner et vous ne serez plus étonné qu'il ne se montrât pas aussi pétulant qu'à l'ordinaire.

Il est impossible de dire combien de temps dura le silence. Mais le charme fut rompu par l'arrivée de lord Emsworth qui surgit du salon comme s'il cherchait quelqu'un. En voyant Maudie se diriger vers la terrasse, il lui avait semblé que s'offrait une occasion unique de lui dire quelques mots hors du champ de vision de sa sœur Constance. Il n'aurait pu souhaiter de meilleures conditions pour un tête-à-tête. La lune sereine promenait sa trajectoire au milieu d'un ciel pur, les senteurs des floraisons nocturnes embaumaient l'air. Lord Vosper, qui, outre un revers terrifiant au tennis, possédait une jolie voix de ténor, chantait au piano une rengaine sentimentale et lord Emsworth sentait que se promener à la brume aux côtés de Maudie couronnerait le tout.

Un étrange et nouveau tourment chatouillait le creux de l'estomac de lord Emsworth depuis le jour où son frère lui avait présenté, sur cette même terrasse, la veuve du regretté Cedric Stubbs. C'était un homme qui, depuis la disparition de sa première femme, vingt ans auparavant, s'était donné pour tâche d'éviter toute compagnie féminine. Il ne pouvait, évidemment, prétendre les esquiver toutes, car les femmes emploient des moyens pervers pour surgir aux moments les plus inattendus, mais il savait agir vite et avait une façon de disparaître brusquement, comme un canard plongeant sous l'eau, qui donnait d'excellents résultats. Il était reconnu et admis, dans son petit cercle, que le neuvième comte d'Emsworth ne s'intéressait pas au beau sexe, et que toute femme qui essayait de lui arracher un compliment le faisait à ses risques et périls.

Pourtant, dès le début, il avait été étrangement attiré par Maudie. Sa personnalité le fascinait. « Séduisante » était le mot qui convenait. Quand il rencontrait le regard de Maudie, c'était un peu comme s'il rencontrait un regard signifiant : « Venez donc me voir un de ces jours », et aussi étrange que cela paraisse, cette idée lui semblait admirable. C'est pourquoi il était sorti sur la terrasse dans l'espoir d'une agréable conversation.

Ces choses-là, malheureusement, ne vont jamais à notre gré. Ici la terrasse, baignée de lune. Ici elle, baignée de lune. Mais ici aussi, détail imprévu, Galahad, également baigné de lune, et cette constatation arracha un brusque « Oh!... Ah!... » à ses lèvres. La présence d'un tiers fit fondre comme neige son humeur romanesque.

— Hello! Clarence, dit Gally. Comment ça va, mon vieux ?

— Très bien, très bien, répondit lord Emsworth, en se glissant de nouveau vers le salon à la manière d'un spectre familier déçu par la maison qu'il aurait eu pour tâche de hanter.

Maudie sortit de sa rêverie.

— N'était-ce pas lord Emsworth ? demanda-t-elle, car il

lui semblait avoir aperçu quelque chose qui s'agitait non loin d'elle.

— Oui, il vient de surgir, dit Gally, mais il est parti en grommelant je ne sais quoi. Il devait marcher en dormant, je suppose.

— Il est un peu distrait, n'est-ce pas ?

— Oui, je crois que c'est le mot qui convient. S'il lui arrive d'avoir les idées claires, c'est rarement en notre présence. Vous ai-je raconté l'histoire de Clarence et de la noce d'Arkwright ?

— Je ne crois pas.

— Bizarre. Cette histoire date de l'époque où j'étais votre client au Critérion et je l'ai racontée à bien des gens. Je me demande pourquoi je vous en ai privée. Les Arkwright habitaient à Bridgnorth et leur fille Amélie devait se marier. Mon frère Clarence fit un nœud à son mouchoir pour ne pas oublier d'adresser un télégramme de félicitations à la mère de la mariée le jour de cet heureux événement.

— Et il l'oublia ?

— Oh ! non. Il l'envoya. « Avec mes plus chaleureux compliments pour cet heureux événement. »

— Eh bien ! n'était-ce pas parfait ?

— Parfait. On n'aurait pu faire mieux. Le seul ennui, c'est que dans un moment de distraction il l'envoya non pas à Mme Arkwright, mais à une de ses amies, Mme Cart, qui avait eu la douleur de perdre son mari le matin même... Le diabète, triste chose ! Nous étions tous très affectés, mais sans aucun doute le télégramme la réconforta. Et l'histoire de Clarence et de la salade ?

— Non.

— Apparemment je ne vous ai raconté aucune de mes meilleures histoires. C'était à une époque où il était plus jeune et où je pouvais l'emmener à Londres de temps en temps. Même alors, il était difficile de le présenter sous un aspect brillant et avantageux aux yeux du monde et faire de lui le clou d'une réunion. Il possédait cependant un don : il savait admirablement préparer la salade. En tant que son imprésario, je mettais ce talent en avant en toute occasion. Quand les gens s'approchaient de moi pour me dire : « Dites donc, Gally, ai-je raison de croire que ce frère que vous remorquez dans tous les coins de la capitale est aussi dynamique qu'un bloc de saindoux et aussi amusant qu'une lettre de faire-part ? », je ne manquais jamais de leur répondre : « Jusqu'à un certain point, mon cher Jones ou Smith, vous avez raison. Clarence a des moyens limités en tant que feu d'artifice, mais vous ignorez avec quel chic il peut vous tourner une salade. Demandez-lui donc de vous en préparer une à l'occasion. » Cette réputation grandit. Les gens en étaient arrivés à se le montrer du doigt en pleine rue, disant : « C'est le fameux Emsworth, celui qui sait préparer des salades. » Vint un jour où je le présentai au Club des Pélicans, me sentant un peu comme l'imprésario d'une puce savante un soir de générale. On lui remit de la laitue, des tomates, on lui passa l'huile, le vinaigre et la ciboulette, puis il se mit à l'ouvrage.

— Et fit tout de travers ?

— Pas du tout. Ce fut un vrai succès. Il s'était coupé le doigt le matin même et portait un doigtier. J'avais même craint que cette poupée ne brisât son style habituel, mais il ne sembla pas gêné le moins du monde. Il détacha les feuilles, les tria, les mélangea, les redétacha, les lava, les remélangea avec un coup d'huile par-ci, un coup de vinaigre par-là, et la salade fut à point en temps voulu dans un énorme saladier, et tous les assistants se ruèrent à l'assaut comme une bande de loups affamés.

— Et cela leur plut ?

— Ils adorèrent cette salade. Ils la dévorèrent jusqu'au

dernier brin. Il ne resta même pas un grain de ciboulette ou une parcelle de laitue dans le récipient. Et tandis que tout le monde venait féliciter Clarence et lui appliquer de grandes claques dans le dos, je remarquai qu'il paraissait malheureux et ennuyé. « Qu'y a-t-il, mon vieux ? lui demandai-je. Quelque chose qui ne va pas ? — Oh! non, dit-il. Tout est parfait, parfait. Seulement, je crois que j'ai perdu mon doigtier. » Cela, c'est du Clarence tout pur. Un garçon en or, que j'adore comme le propre frère qu'il est d'ailleurs pour moi, mais un peu rêveur. Mon neveu Freddie nous disait une fois, je m'en souviens, que si l'on envoyait Clarence chercher une livre de pommes, il reviendrait avec un éléphant, et il y avait du vrai dans cette remarque. Il titube. Il entre en transe. Et en ce moment vous le voyez sous son plus mauvais jour, car il est très préoccupé. Il doit faire un discours demain, ce qui exige col dur et chapeau haut-de-forme et, naturellement, il a beaucoup de souci à cause de sa truie et des machiavéliques combinaisons du citoyen Parsloe. L'ombre de Parsloe rôde autour de lui comme la purée de pois sur Londres. Vous avez vu cette brune à allure de sirène qui vient juste de débarquer ici ?

— Miss Salt ?

— Exactement. La fiancée de Parsloe. Cela vous donne à réfléchir, n'est-ce pas ? Le cercle se resserre sur nous, chère amie. L'étreinte d'acier se resserre. Avant longtemps... oh! zut, voici quelqu'un, dit Gally en faisant claquer sa langue. La malédiction de Blandings, c'est qu'on ne peut avoir une minute de solitude. Oh! non, tout va bien, c'est Penny.

C'était Penny, en effet. Lord Vosper, après avoir achevé sa ritournelle dans le salon ambre, venait d'en entamer une autre encore plus chargée de sentiment au centimètre carré et la jeune fille s'était sentie incapable d'en entendre davantage. Se levant en étouffant un sanglot, elle s'était précipitée vers la porte-fenêtre et s'en venait vers eux, pareille à la triste Ophélie.

— Par ici, dit Gally. Venez avec nous. Quelle belle nuit!

Penny se laissa tomber sur une chaise.

— Vous trouvez ?

— Allons, allons, dit Gally. Haut les cœurs, mes enfants! Il ne faut surtout pas vous laisser abattre. Il règne un esprit beaucoup trop défaitiste dans cette baraque. Je voulais d'ailleurs vous le dire, Maudie. J'ai remarqué que chez vous aussi le moral faiblissait. Quand je vous ai raconté l'histoire de Clarence et de la salade qui aurait dû vous faire tordre de rire, vous m'avez regardé avec une mine d'enterrement. Que se passe-t-il donc ? Vous ne vous plaisez pas ici ?

Maudie soupira. Le château de Blandings était pour elle un séjour de rêve.

— Si. Tout est magnifique. Mais je sens que je ne suis d'aucun secours. Je ne vous suis pas plus utile qu'un rhume de cerveau.

— Allons, allons.

— C'est la vérité. Mon oncle Sébastien...

— Pas si fort. Les châteaux ont des oreilles.

— Mon oncle Sébastien, continua Maudie en baissant la voix, a commis une erreur quand il vous a parlé de moi. Il semble m'avoir présentée comme une sorte de Sherlock Holmes. Or tout ce que j'ai fait depuis la mort de Cedric n'a guère consisté qu'à surveiller l'agence, à répondre au courrier, à expédier les factures et à jeter un petit coup d'œil sur les affaires courantes. Je n'ai jamais eu d'activité qui ressemblât de près ou de loin au travail d'un détective et ne saurais pas comment m'y prendre. Ce genre de travail regarde MM. North, Connor et Fauntleroy. Je suppose, par exemple, que vous avez besoin pour un divorce d'un constat de flagrant délit : vous venez me voir et je vous réponds : « Parfait, versez-moi des arrhes et donnez-moi tant par semaine d'enquête. » Puis je transmets le dossier à MM. Fauntleroy, Connor et North. Je ne vois pas l'intérêt pour vous de ma présence ici.

Gally lui tapota la main.

— Au contraire, il faut rester avec nous, ma chère enfant. Votre appui moral est inestimable. Et un de ces jours, vous allez avoir une idée formidable qui résoudra toutes nos difficultés. Une fille astucieuse comme vous ? Allez, allez, ne m'en dites pas plus. Je ne serais pas tellement surpris que vous mijotiez déjà quelque chose.

— Effectivement.

— Je vous l'avais bien dit.

— J'étais sur le point de vous proposer une solution quand Miss Donaldson est arrivée.

— Oh! mais vous pouvez parler librement en présence de Miss Donaldson qui est au courant de la plupart de mes affaires.

Maudie jeta, par précaution, un regard autour d'elle. Ils étaient seuls, loin de tous les regards. Dans le salon lord Vosper devait être en train de chanter, à en juger par le son, quelque chose de si plaintif qu'ils s'estimèrent heureux de ne pouvoir en saisir les paroles. Cependant, la mélodie seule impressionnait Penny.

— Ce que j'ai pensé, c'est ceci. Pourquoi ne dérobez-vous pas le cochon de Bouboule ?

— Quoi ?

La crainte d'avoir outrepassé la limite des choses permises à une femme bien élevée effleura Maudie pendant une seconde, mais elle s'en délivra très vite. Elle connaissait Galahad depuis trop longtemps pour croire qu'il pût se formaliser.

— Oui. Comme il semble prêt à essayer n'importe quoi pour faire du tort à votre truie, pourquoi ne tirez-vous pas les premiers ? L'attaque... Comment donc disent les gens ?

— L'attaque, c'est le meilleur moyen de se défendre.

— C'est exact. Si j'étais à votre place, je me glisserais chez lui et j'attendrais qu'il n'y ait plus personne.

Gally lui tapota la main une fois de plus.

— Ce que vous proposez, ma chère Maudie, serait sans aucun doute la solution idéale et votre suggestion confirme avec force la haute estime où je vous tenais. Mais il y a un obstacle. L'ennui, c'est qu'il y aura toujours quelqu'un là-bas.

— Comment le savez-vous ?

— Je le tiens de source autorisée. J'ai été appelé au téléphone juste avant le dîner. C'était le jeune Parsloe. Il m'avait lancé cet appel, me dit-il, pour me prévenir que si j'étais tenté d'entreprendre des travaux d'approche camouflés, je ferais bien d'y réfléchir à deux fois, car il avait muni son gardien de porcs, Wellbeloved, d'une solide carabine à répétition, en lui laissant toute liberté de tirer au jugé sur les ombres suspectes. Voilà maintenant où nous en sommes. Je ne sais pas ce que vaut cet imbécile comme tireur à la cible, mais je n'ai pas la moindre envie de m'en rendre compte par moi-même. Ce serait m'écarter de ma ligne de conduite habituelle que de me trouver pendant quelques semaines dans l'obligation d'absorber mes repas en station debout, parce que George Cyrill Wellbeloved m'aurait expédié une bonne charge de chevrotine dans le... vous me comprenez... d'ailleurs, pas plus là qu'à tout autre endroit! Comme je viens de vous le dire, je suis, en théorie, emballé par cette idée d'aller chiper le cochon de Parsloe. Nous pourrions le dissimuler dans la cabane des gardes-chasse à la corne ouest du petit bois et le garder là, au secret, indéfiniment. Mais les choses étant ce qu'elles sont...

Maudie secoua la tête.

— Je vois. On ne peut rien faire.

— Rien, je le crains, aussi longtemps que George Cyrill Wellbeloved...

Gally s'arrêta court. La voix de Sébastien Beach, résonnant brusquement par-dessus son épaule, le fit se dresser d'un bond comme un cabri au soleil du printemps. Absorbé par toutes ces considérations, il n'avait pas remarqué la présence du maître d'hôtel.

— Vous m'avez fait mordre la langue, Beach, dit-il d'un ton de reproche.

— Excusez-moi, monsieur Galahad. J'aurais dû tousser.

— Ou faire fonctionner le klaxon. Qu'y a-t-il ?

— Une personne est là qui demande à vous voir, Monsieur. Le porcher Wellbeloved, monsieur Galahad.

— Wellbeloved ? (Gally se redressa de toute sa hauteur.) Vous voulez dire ce renégat maudit de gardien de pourceaux, ce traître, ce résidu de marécage... Il est ici ?

— Je l'ai laissé dans l'office, Monsieur. Il a beaucoup insisté pour vous parler, disant qu'il s'agissait de quelque chose de tout à fait urgent.

Une subite pensée traversa le cerveau de Gally. Il se frappa le front.

— Mon Dieu, il vient peut-être pour trahir Parsloe. Il retourne sa veste une fois de plus. Comme John Silver... Avez-vous lu *L'Ile au trésor*, Beach ?

— Non, Monsieur.

— Ignorant! Ou croyez-vous qu'il soit venu ici comme espion ? Eh bien! non, dit Gally après avoir réfléchi une seconde, cela ne peut pas être ou pourquoi demande-t-il à me voir ? Est-ce qu'un espion à la solde de Napoléon Bonaparte se serait rendu dans le camp des Anglais avant la bataille de Waterloo pour demander une courte audience au duc de Wellington ? J'en doute. Hé bien! je vais de ce pas écouter ce qu'il a à dire. Je vous suis, Beach, je vous suis.

— Si Monsieur veut bien passer par ici.

Le départ du plus doué parmi les causeurs de ce petit groupe provoqua de nouveau un long silence. Maudie était une femme qui parlait rarement si on ne lui adressait pas la parole, et si Penny avait été en humeur de bavarder un brin elle en eût été détournée par les miaulements plaintifs de lord Vosper. Il modulait pour l'instant quelque chose comme : « Tu m'as brisé le cœur, il faut nous séparer... je le savais pourtant... depuis le premier jour. » Et une fille qui se prépare à monter à l'autel aux côtés d'un homme qu'elle a choisi par erreur n'a pas envie de bavarder quand elle entend ce genre de choses.

Une fois de plus, l'arrivée de lord Emsworth rompit le charme. Espérant que son frère Galahad s'était peut-être retiré, il sortit à nouveau du salon pour faire une autre tentative de tête-à-tête et constata que Galahad était remplacé sur la terrasse par Penny Donaldson! Il s'arrêta et murmura : « Euh!... »

Il y eut un nouveau et long silence.

— La lune, dit lord Emsworth, en pointant l'index vers cet astre.

— Oui, dit Maudie.

— Elle brille, dit lord Emsworth, lui rendant un hommage mérité.

— Oui, dit Maudie.

— Elle brille beaucoup, continua lord Emsworth.

— Oui, beaucoup.

Il parut sur le point de s'engager dans une brillante conversation, mais l'inspiration s'enfuit et, avec un : « Parfait, parfait, capital! », il disparut à nouveau.

Penny, d'un œil distrait, le regarda battre en retraite.

— Croyez-vous qu'il ait bu? demanda-t-elle.

C'était exactement ce que pensait Maudie. Aux jours anciens du Critérion, elle avait rencontré de nombreux clients qui se conduisaient d'une manière semblable, et ses yeux expérimentés ne trouvaient pas de différence entre son amphitryon et la multitude des jeunes gens qu'elle avait vu raccompagner gentiment par le coude à la porte de l'établissement.

Puis, un point de vue plus charitable l'emporta.

— Oh! vous savez, il est très distrait.

— Oui, en effet. Je crois qu'il l'est.

— Gally le disait à l'instant.

— Ah! oui...

Maudie hésitait.

— A propos de Gally, dit-elle, il m'a dit hier que vous...

— Oui...

— Il m'a dit que vous vous étiez fiancée par erreur.

— C'est tout à fait vrai.

Maudie se sentit rassurée. Comme toute femme, elle prenait un intérêt passionné à la vie amoureuse des autres femmes. Elle brûlait d'avoir une conversation à cœur ouvert avec Penny et elle craignait d'avoir parlé à contretemps, peut-être de l'avoir froissée.

— Eh oui, ainsi vont les choses, dit-elle. Personnellement, cela m'est arrivé une fois. J'ai été appelée un matin au téléphone, une voix m'a dit : « Coucou », j'ai répondu : « Oui », et cette voix a dit : « C'est Bouboule. » Alors j'ai dit : « Ça va, Bouboule ? » Et il m'a répondu : « Ça va, Maudie... dites-moi, voulez-vous m'épouser ? » Et j'ai répondu : « Oui, bien sûr. » Car j'étais très amoureuse de lui à cette époque et très contente d'une pareille demande. C'est seulement lorsque les projets de lune de miel ont été fixés que j'ai compris que ce n'était pas le Bouboule que je me représentais, mais un autre Bouboule qui ne me plaisait pas le moins du monde. Et je me trouvais là, fiancée. Je ris souvent lorsque j'y pense.

— Qu'avez-vous fait ?

— Oh! je l'ai balancé. Je lui ai dit d'aller se faire pendre ailleurs.

— Vous avez eu de la chance de pouvoir le faire.

— Une jeune fille peut toujours rompre des fiançailles, non ?

— Moi je ne peux pas.

— Pourquoi ?

— Parce que si je faisais cela, lady Constance écrirait à mon père, mon père me ferait réintégrer l'Amérique par le premier bateau et je ne pourrai jamais plus revoir Jerry. Il ne peut se permettre de passer son temps à aller en Amérique, avec les prix exorbitants des paquebots.

— Je comprends. Vous seriez séparés par l'océan.

— Séparés irrémédiablement.

— Eh bien! vous voilà dans une drôle de mélasse!

Penny convenait que le terme de « mélasse » résumait parfaitement la situation quand lord Emsworth reparut. Les Emsworth avaient fait l'admiration de tous au cours des siècles grâce à leur courage obstiné et il avait résolu de conduire l'opération Maudie jusqu'au bout.

— Euh!... dit-il. Euh!... madame Bunbury... Je... oui... ah!... je vais jeter un coup d'œil à l'Impératrice... Et je me demandais si vous ne m'accompagneriez pas.

— Volontiers, répondit Maudie.

— Capital, capital, dit lord Emsworth. Capital, capital...

Ils avaient à peine disparu qu'un bruit de pas se fit entendre et Gally surgit.

Même dans la lumière diffuse de la lune, il était facile de voir qu'il exultait. Ses yeux brillaient et tout son comportement était celui d'un homme qui aurait trouvé l'oiseau bleu. Quelle qu'ait été la teneur de sa conversation avec George Cyrill Wellbeloved, il était évident que cette rencontre avait eu sur lui l'effet d'un tonique.

Ses premiers mots ne laissèrent aucun doute à ce sujet.

— Je crois aux fées, dit-il. Le Père Noël existe. Penny, savez-vous ce qui se passe ?

— Quoi ?

— Ecoutez-moi de toutes vos oreilles. Cette gargouille

de Wellbeloved a épanché son cœur dans mon sein. Figurez-vous que Parsloe, afin de le maintenir en forme et le pied leste, l'a mis sans ménagement au régime sec et a donné l'ordre à tous les cafés de Market Blandings de ne plus lui servir à boire. Vous demandez si cette mesure a supprimé le soleil du ciel de Wellbeloved ? Bien sûr! Le pauvre type est au désespoir. Il s'est rappelé que j'avais un cœur compatissant et il est venu me demander de faire quelque chose pour lui.

— C'est-à-dire vous demander d'intervenir auprès de Parsloe ?

— Non, pas du tout. Cela ne sert à rien d'intervenir auprès d'un cœur de pierre comme celui de Parsloe. Cet homme n'a pas d'entrailles et ignore toute pitié. Wellbeloved m'a supplié de lui donner à boire. Comprenez-vous l'importance énorme de cela ?

— Non.

— Vous me décevez. Je vous aurais crue capable de tout comprendre sur-le-champ. Eh bien! que diable, cela veut dire que maintenant la voie est libre et que la menace de la carabine à répétition n'existe plus. J'ai donné l'ordre à Beach de le garder à l'office et de l'imbiber jusqu'à ce que l'alcool lui sorte par les narines. Pendant ce temps, je prends la voiture, fonce vers le repaire de Parsloe et emporte son cochon dans cette cabane à la corne ouest du petit bois dont je vous ai parlé. Avez-vous des questions à poser ?

— Oui, dit Penny. Le cochon de Parsloe n'est-il pas très gros ?

— Oh! énorme. Un colosse!

— Alors comment allez-vous le transporter ?

— Ma chère enfant, les cochons ont des anneaux passés dans le nez, ce qui facilite grandement toutes les opérations, soit pour les tirer, soit pour les traîner.

— Vous n'y arriverez jamais.

— Qu'est-ce que cela veut dire, que je n'y arriverai jamais ? J'y arriverai parfaitement. Quand Puffy Benger et moi avons volé le cochon du vieux Wivenhoe, le soir du bal des Célibataires à Hammer's Easton, nous avons dû lui faire grimper trois étages avant de pouvoir le cacher dans la chambre de Plug Basham et nous avons trouvé cette tâche on ne peut plus facile. Un vrai jeu d'enfant. Mon neveu Ronald, obéissant à des mobiles que je n'ai pas eu le temps d'approfondir, a réussi tout seul un jour à nous enlever l'Impératrice. Et l'insinuation que je suis incapable d'accomplir une tâche à la portée d'un jeune blanc-bec comme Ronnie Fish m'offense. Je n'y arriverai pas! poursuivit Gally, brûlant d'un légitime courroux, j'y arriverais en le portant sur ma tête, les yeux bandés et un bras attaché dans le dos. C'est pourquoi, si vous voulez participer au jeu, Penny Donaldson, vous ferez bien de vous secouer. Venez, Watson, venez, la partie commence!

III

Quelques dix minutes plus tard, Gloria Salt, restée silencieuse et pensive dans le salon ambre, se leva de son fauteuil pour demander à lady Constance la permission de lui souhaiter bonne nuit. Elle avait, dit-elle, deux ou trois points à régler avant de se retirer dans sa chambre et elle s'éclipsa.

Un long moment après son départ, lord Vosper, qui lui avait galamment ouvert la porte, resta immobile, la main sur la poignée, un éclat étrange dans les yeux. Le son de sa voix, l'odeur de son parfum, le fait de l'avoir sentie si près de lui qu'il aurait pu (mais il ne l'aurait pas fait, bien sûr) lui tapoter le creux de l'épaule, tout cela l'avait profondément troublé. Et tout en restant planté là, il luttait contre un grand désir de courir après elle pour la prendre dans ses bras et la supplier d'oublier le passé.

Cela se passe trop souvent ainsi. Une fille que nous avons placée sur un piédestal nous traite de pou vaniteux et l'amour meurt. Adieu tout cela, disons-nous en nous demandant ce que nous avions bien pu lui trouver. Mais voici qu'elle surgit un jour comme d'une trappe dans la maison amie qui vous abrite et, avant que vous ayez pu vous écrier : « Ciel! », l'amour s'est échappé de la stèle funéraire et accomplit sa tâche avec plus d'activité que jamais.

Lord Vosper retrouva pourtant son sang-froid. Après ce qu'un rédacteur de drame radiophonique eût nommé « un instant de folie », la raison reprit ses droits. Il se reprocha même de s'être laissé aller à des pensées indignes. Il avait été formé au collège de Harrow, et les anciens de Harrow, lorsqu'ils avaient juré fidélité à une demoiselle A, n'avaient pas pour habitude de courir après une demoiselle B pour la serrer dans leurs bras. Les anciens d'Eton, oui. Les anciens de Rugby, peut-être. Mais pas ceux de Harrow. Avec un soupir et d'un geste résigné, il referma la porte et retourna au piano. Reprenant sa place sur le tabouret, il se remit à chanter.

« *Le soleil est sombre* (*dada... dou... dou...*), *le ciel est gris...* (*tila... hita...*) *depuis que ma chérie* (*dada... dou... dou...*) s'en est allée », chantait Orlo Vosper et Gloria Salt, dans sa chambre à l'étage au-dessus, tordait nerveusement ses belles mains en écoutant les paroles qui montaient vers elle par la fenêtre ouverte et regardait dans le vide, les yeux perdus.

La jeunesse, d'après nos grands maîtres, est la saison de la gaieté et du bonheur de vivre, mais un coup d'œil sur cette jeune fille aurait suffi pour comprendre que personne n'aurait pu la convaincre de cette vérité. Son beau visage était crispé de chagrin et ses yeux noirs noyés d'angoisse.

Si elle avait figuré avec cette expression dans un vieux film muet, on aurait vu apparaître en sous-titre sur l'écran un texte de ce genre : MAIS VINT LE JOUR OÙ LE REMORDS DEVAIT S'EMPARER DE GLORIA SALT. SON CŒUR FIER SAIGNE EN PENSANT A CE QUI AURAIT PU ÊTRE. Et ce sous-titre aurait exprimé la réalité.

Pour Gloria Salt comme pour lord Vosper, ces quelques jours avaient été des jours d'épreuve et, sous l'effet des émotions violentes et contradictoires qu'elle avait éprouvées, Gloria ressemblait davantage à un volcan qu'à une jeune fille bénéficiant d'un handicap de six sur le terrain de golf. En se trouvant nez à nez, dès son arrivée au château de Blandings, avec un homme dont elle savait maintenant qu'elle ne l'avait jamais autant aimé, elle avait reçu un choc brutal et les tourments de son âme avaient redoublé lorsqu'elle avait appris que, depuis leur rupture, il s'était fiancé à cette espèce de sauterelle aux cheveux safran que l'on voyait s'agiter à tort et à travers dans tous les angles du château et qui répondait au nom de Pénélope Donaldson.

Ayant dû dans l'après-midi jouer un double-mixte avec Jerry Vail comme partenaire contre son ex-fiancé, lui-même assisté de la sauterelle, elle avait bu jusqu'à la lie la coupe d'amertume. Pour comble de malheur, la sauterelle, faisant montre au filet d'un brio particulier, avait brisé ses plus beaux revers. Et ce soir elle avait écouté chanter lord Vosper.

Bref, c'était bien le dernier moment qu'eût pu choisir un homme à quadruple menton comme le sieur Parsloe pour se rappeler à son souvenir. Ce fut pourtant, hélas! ce qui arriva. Nous avons dit que Gloria Salt avait les yeux perdus dans le vide, mais, peu à peu, les brouillards se dissipèrent et elle reprit une perception distincte des choses environnantes. La première chose qu'elle vit fut la photographie de sir Gregory installée sur la coiffeuse.

Il arrive qu'un voyageur, traversant les forêts vierges du Brésil, voie l'un des porteurs indigènes aux pieds nus s'arrêter bruquement, un masque de terreur sur le visage et le corps figé dans une attitude de cadavre, exception faite d'un léger tremblement des orteils. L'homme vient d'apercevoir un scorpion au milieu du sentier. C'est avec une expression pareille que Gloria détaillait l'image de sir Gregory Parsloe.

Il s'était imprudemment fait prendre de trois quarts et ses quatre mentons apparaissaient si nettement qu'elle frissonna et en eut le souffle coupé. Un autre coup d'œil et sa décision fut prise. Elle avait cru que ce serait possible, mais maintenant elle comprenait bien que non. Il y a des traits qui atteignent leur but, d'autres qui le manquent. Un jour viendrait où une jeune fille en voiles blancs s'approcherait de la sainte table aux côtés de ce corpulent baronnet pendant que les orgues joueraient *La Voix qui vient du Ciel,* mais cette jeune fille ne s'appellerait pas Gloria Salt.

D'un geste soudain, impulsif, elle arracha la photo de son cadre et, d'une brusque détente du poignet, la lança au gré des vents, par la fenêtre ouverte. Puis, se précipitant sur le bureau, elle prit de l'encre et du papier pour écrire une lettre.

Une demi-heure plus tard, Sébastien Beach, traversant le hall, s'entendit appeler par son nom et, se retournant, aperçut une forme sinueuse vêtue d'un déshabillé qui en accentuait, plus qu'il ne les voilait, les charmants contours.

— Mademoiselle...

Il savait qu'il avait affaire à la fiancée du professeur Moriarty de Matchingham et qu'il devait en conséquence la regarder avec une méfiante réserve, mais vingt années de maître d'hôtel lui avaient appris à porter un masque, et rien, dans son attitude, ne laissait suggérer qu'il éprouvait les mêmes angoisses qu'un personnage de Gerald Vail attiré dans un guet-apens au milieu des ruines d'un vieux moulin par un Chinois borgne.

— Je voudrais faire parvenir cette lettre à sir Gregory Parsloe, dit Gloria. Quelqu'un peut-il la lui porter demain matin ?

Sinistre, se dit Beach, vraiment sinistre. Une dépêche, probablement en code. Il répondit cependant avec sa politesse coutumière :

— Ce message peut être remis dès ce soir, mademoiselle. Le gardien de porcs de sir Gregory se trouve actuellement à l'office. Je vais le lui confier.

— Merci, Beach.

— De rien, mademoiselle. Ce garçon va partir sous peu à bicyclette.

S'il lui est encore possible de rouler en vélo après tout ce qu'il a absorbé, ajouta Beach intérieurement. Il se retira de son pas majestueux, puis se dirigea vers la cave pour prendre une bouteille de champagne. Les instructions de M. Galahad à l'endroit de son hôte était que, sauf la lune, rien ne devait lui être refusé; or George Cyrill Wellbeloved avait réclamé du champagne. Il en avait entendu parler, disait-il, par le maître d'hôtel de sir Gregory, son ami Herbert Binstead. Il se demandait ce que cela pouvait être et désirait en goûter.

IV

Le cérémonial de toute visite à l'Impératrice était, quand il se déroulait en compagnie de lord Emsworth, terriblement long. Près de quarante minutes s'écoulèrent avant que Maudie et son hôte fussent de retour sur la terrasse.

Lord Emsworth avait employé ces quarante minutes avec adresse et profit. Jouant sur la corde sensible qui vibre éternellement en toute femme, il avait fait part à

Maudie des angoisses qu'il endurait à la pensée de devoir prononcer un discours devant les membres des associations d'éleveurs de cochons des Shropshire, Herefordshire et Galles du Sud, et il lui avait arraché la promesse de l'accompagner le jour suivant pour l'assister dans cette épreuve. « C'est tellement autre chose, quand on peut compter sur la sympathie de quelqu'un en pareil cas », avait-il expliqué, et Maudie l'avait assuré qu'elle comprenait parfaitement. « Il leur faudrait, avait-il ajouté, se tenir prêts de très bonne heure, parce que l'Association des éleveurs de cochons des Shropshire, Herefordshire et Galles du Sud réunis avait choisi, entre autres lugubres endroits, pour réunir ses membres, un lointain pays du nom de Wolverhampton. » Maudie avait répondu qu'elle adorait se lever à l'aube et elle avait parlé de Wolverhampton comme si ce bourg reculé eût été l'un des plus beaux rêves de sa vie. En résumé, on peut dire que lorsqu'ils se trouvèrent de nouveau sur la terrasse, leurs relations étaient pratiquement celles de Tristan et Yseult.

La terrasse était déserte, car Penny avait accepté l'invitation de Gally à partir avec lui en voiture. Elle avait le cœur brisé, mais non pas au point de se tenir à l'écart d'une expédition qui consistait à voler un cochon.

A l'exception de ces petits êtres ailés qui hantent après la tombée de la nuit les terrasses des maisons de campagne anglaises, on ne pouvait distinguer rien de particulier sur les lieux, si ce n'est un objet oblong tombé à terre dans le sentier. On aurait dit une photographie, et lord Emsworth, le ramassant, constata que c'était en effet une photographie.

— Juste ciel! s'écria-t-il. C'est extraordinaire!

— De quoi s'agit-il? demanda Maudie.

— C'est la photo d'un de mes voisins, un certain sir Gregory Parsloe. Il demeure à Matchingham. Quelqu'un a dû la jeter par la fenêtre... quoique j'imagine difficilement que personne ait jamais pu désirer avoir une photo de Parsloe, ajouta lord Emsworth, s'étonnant des goûts excentriques de certains de ses semblables.

Maudie la lui prit des mains et l'examina en silence. Et la vue, après dix années, de ces traits familiers gonfla sa poitrine de sentiments trop violents pour être exprimés. A l'exemple de Gloria Salt, elle se transforma en volcan. La seule pensée claire qu'elle avait, outre la constatation que son ex-bien-aimé avait pris quelque embonpoint depuis leur dernière rencontre, était que, dût-elle faire à pied les trois kilomètres qui la séparaient de Matchingham, elle irait à la première occasion dire enfin à Parsloe ce qu'elle pensait de lui.

V

Beach n'avait pas besoin de se demander si son hôte pourrait franchir sans dommage les trois kilomètres qui le séparaient de chez lui. George Cyrill Wellbeloved, même dans un état de complète euphorie, comme c'était le cas, ne tombait pas de bicyclette. Il pouvait bien tanguer un peu à droite et à gauche de la route comme une hirondelle poursuivant un papillon, mais il reprenait toujours son équilibre à temps et restait en selle. Il arriva dans des délais raisonnables à la porte de service de Matchingham en fredonnant : « *Quand les doux yeux d'une Irlandaise vous sourient* », d'une agréable voix de baryton et se dirigea vers le bureau de sir Gregory pour lui remettre le message de Gloria Salt. Il eût été, certes, plus convenable de remettre la lettre à Binstead, qui l'aurait présentée sur un plateau d'argent, mais comme il se sentait d'humeur gaie, il sauta sur cette occasion de bavarder un peu avec son patron.

Ce dernier lisait un livre de cuisine lorsqu'il entra. Certains soutiennent que le comble de la tristesse et de la désolation est d'évoquer les temps heureux, mais sir Gregory trouvait un plaisir mélancolique à se reporter en pensée au temps de l'âge d'or en lisant les recettes de ces plats où l'on prend, pour commencer, une douzaine d'œufs frais et une livre de beurre. Il était plongé dans le chapitre des soufflés au chocolat, à l'endroit où l'auteur prend trois cuillerées de beurre et cent grammes de chocolat et il se demandait comment tout cela allait se terminer, quand il eut l'impression qu'une odeur particulière flottait autour de lui et, levant les yeux, il aperçut son visiteur.

— Que diable faites-vous ici ? dit-il en guise de bon accueil.

George Cyrill Wellbeloved lui répondit, avec un sourire édenté d'une indescriptible suavité, qu'il était venu lui apporter un message personnel. Il s'en fallut d'un cheveu qu'il ne traitât sir Gregory de « vieille branche », mais seulement d'un cheveu, et ce dernier lui jeta un coup d'œil pénétrant.

— Vous avez bu ! s'écria sir Gregory, en diagnosticien compétent.

George Cyrill Wellbeloved en resta pantois.

— J'ai bu, Monsieur ? Moi, Monsieur ? Oh ! non, Monsieur. Où aurais-je pu trouver à boire, Monsieur ?

— Vous êtes saoul comme une grive.

Cette charmante catégorie d'oiseaux ne mérite en rien pareil rapprochement, car les grives sont encore plus sobres que les plus fanatiques propagateurs de la tempérance et, en d'autres circonstances, George Cyrill Wellbeloved eût peut-être été tenté de les défendre. Mais l'accusation de son patron lui coupa le souffle et il s'effondra dans un fauteuil en écrasant une larme au coin de sa paupière.

— Monsieur, vous regretterez vos paroles, vous les regretterez même sur votre lit de mort. En ce terrible jour où nous serons appelés à rendre compte de toutes nos actions devant le Juge suprême, vous vous repentirez d'avoir été si dur avec moi. Oh! je ne suis pas fâché, mais extrêmement peiné, peiné.

— Cessez de radoter. Quelle est cette histoire de message ? Un message de qui ?

— Je ne pourrais vous le dire, Monsieur, je n'en sais rien. Il m'a été donné par Baitre, le beach d'hôtel du château de Blandings. Ou plutôt, reprit George Cyrill Wellbeloved, qui aimait l'exactitude, par Meach, le daître motel...

— Et puis-je vous demander ce que vous fabriquiez au château de Blandings ?

George Cyrill Wellbeloved, malgré les vapeurs de l'ivresse, sut éluder la question.

— Je revisitais les décors du passé, Monsieur. J'ai vécu de longues années heureuses au château de Blandings et j'avais envie de voir ce que devenait ce cher vieil endroit. Je ne sais pas si vous connaissez le poème qui commence par :

Combien douces à mon cœur sont les images de mon en-
[fance,
Quand de tendres souvenirs les rappellent à mes yeux.

Je l'ai appris à l'école du dimanche. Il continue par une histoire de vieux baquet de chêne.

Il y eut dans la façon dont sir Gregory maudit et envoya au diable non seulement son interlocuteur, mais aussi l'école du dimanche et le poème qu'il y avait appris, quelque chose qui blessa au vif le sensible gardien de porcs. Il tomba dans un silence douloureux et sir Gregory s'empara de la lettre. Il l'ouvrit et presque aussitôt un hurlement fit vibrer les murs de la pièce.

— Mauvaises nouvelles, mon vieux ? demanda aimablement George Cyrill en se levant et venant s'appuyer négligemment sur le bras du fauteuil de son patron.

Sir Gregory s'était jeté sur le téléphone et demandait fébrilement le numéro du château de Blandings.

— Beach? C'est sir Gregory Parsloe. Bonne soirée ou pas bonne soirée, peu importe. Je désire parler à Miss Salt. Quoi? Je me moque éperdument de savoir si elle est déjà couchée. Allez la chercher. Dites-lui que je tiens absolument à lui parler à propos de sa lettre.

— Faites-moi un peu voir cette lettre, dit brusquement George Cyrill Wellbeloved.

Il l'arracha des mains de sir Gregory Parsloe, et, non sans difficulté, car il avait de sérieuses raisons de ne pas y voir clair ce soir-là, se mit à la déchiffrer lentement en ponctuant cette lecture de « Hum » et « Tut-tut », tandis que sir Gregory essayait vainement d'obtenir Miss Salt à l'autre bout du fil.

— Je vous dis que... Oh! allez au diable! tonna sir Gregory en raccrochant l'appareil avec fracas.

George Cyrill Wellbeloved posa la lettre.

— Et maintenant, dit-il, je suppose que vous êtes impatient de savoir ce que je pense de tout cela.

Sir Gregory, s'apercevant à cet instant seulement que sa correspondance privée avait été lue par un gardien de porcs, et un gardien qui en portait sur lui l'odeur, fut tout juste capable de le fixer avec des yeux exorbités. George Cyrill poursuit :

— Eh bien! je puis vous le dire. C'est net, elle vous balance. Ce que vous avez bien pu faire pour briser ce gentil petit cœur, je l'ignore. C'est une question entre vous et votre conscience. Mais il n'y a aucun doute, elle vous envoie proprement promener. Et si vous avez déjà commandé votre trousseau, vieille branche, vous n'avez plus qu'à annuler la commande.

Un rugissement de fauve s'échappa des mâchoires de sir Gregory.

— Par tous les monstres de l'enfer, qui vous a permis de lire mes lettres ? Sortez ! Je vous chasse...

George Cyrill leva les sourcils.

— Vous ai-je bien entendu dire : « Je vous chasse » ?

— Oui, et je le répète. Sortez d'ici, vermine, et quittez les lieux demain matin à la première heure.

C'est en de pareils instants qu'un gardien de cochons se révèle sous son meilleur jour. Rien de plus impressionnant que la tranquille dignité avec laquelle George Cyrill Wellbeloved répondit.

— Très bien, dit-il. Comme il vous plaira.

Il s'arrêta une seconde, fortement tenté d'ajouter : « Je m'en moque totalement », mais la prudence l'emporta et il se contenta d'un simple : « O. K. ! patron. La foire ne va pas tarder et si vous voulez vous passer de mes services et voir votre sacré cochon remporter une simple mention honorable, cela vous regarde. Mais changez maintenant son manager, sir Gregory Parsloe, et la Reine n'a plus une seule chance. Plus une », répéta George Cyrill Wellbeloved, et il s'en tint là.

Dans une époque où l'évolution du goût des spectateurs bannit de nos théâtres les mélodrames à l'ancienne manière, on ne voit pas souvent un baronnet confondu. Mais quiconque aurait pu en cette minute jeter un coup d'œil par la fenêtre du cabinet de travail de sir Gregory Parsloe aurait joui de ce spectacle. Dans nos vieux mélos, le baronnet confondu avait l'habitude d'empoigner ses moustaches et de les tordre. Sir Gregory, étant imberbe, ne put suivre cette tradition, mais il fit de son mieux pour réparer cette lacune.

Il reconnut le bien-fondé des propos tenus par cet homme. Les cochons sont capricieux. On doit en tenir compte. Essayez de changer le gardien auquel ils sont accoutumés : vous les verrez refuser toute nourriture et se laisser mourir de faim. Si invraisemblable qu'il parût à sir Gregory de voir un porc d'intelligence normale trouver quelque charme à la personne de George Cyrill Wellbeloved, il savait qu'il en était ainsi. Il sortit son mouchoir pour se moucher, arborant ainsi le drapeau blanc des préliminaires d'armistice.

— Nous verrons cela demain, dit-il. Retirez-vous et tâchez de cuver votre alcool en dormant, conclut-il, un peu agressif.

George Cyrill Wellbeloved gagna la porte en zigzaguant et le laissa seul avec ses pensées. Que ce fût par une étrange survivance d'un tempérament bohémien qui aspire à de larges horizons, ou simplement pour le besoin de rafraîchir un cerveau surchauffé par ses récents excès, on n'aurait pu le dire : toujours est-il que, zigzaguant du cabinet de travail à la porte d'entrée, George Cyrill Wellbeloved zigzagua ensuite au travers des allées et plates-bandes et se retrouva devant la soue de la Reine de Matchingham.

S'accrochant à la barre de clôture, il modula un cri joyeux. Après cette scène désagréable avec son patron, un petit bonjour à une vieille connaissance comme la Reine de Matchingham était exactement ce qu'il lui fallait pour le remettre d'aplomb.

Habituellement il n'avait qu'à demeurer au bord de la clôture et à lancer ce cri pour que le noble animal sorte en trombe, tout frémissant d'allégresse et d'affectueuse impatience. Mais, ce soir, tout était silence. Aucun signe de vie ne venait de l'abri où la Reine de Matchingham se retirait pour passer la nuit. Il lança un nouvel appel et ne reçut pas de réponse. Un peu ennuyé de ce manque d'esprit de bonne camaraderie, il escalada, non sans difficulté, la barrière et plongea sa tête dans l'ouverture de la niche.

Une seconde plus tard il poussait un gémissement inintelligible. Et, traduit en mots, ce gémissement signifiait : « Partie... Partie sans une larme... » En effet, l'intérieur de l'abri révélait une absence complète de cochons de toute espèce.

Rien ne dégrise plus sûrement qu'une violente et brusque émotion. Un moment plus tôt George Cyrill Wellbeloved était un joyeux luron, un Bacchus couronné de pampre et imbibé de champagne. A présent, on aurait pu croire qu'il avait passé la soirée à boire la citronnade qu'on avait essayé de lui mettre sous le nez au Café du Marteau et de l'Enclume, ou le verre de lait qu'on lui avait fait l'insulte de lui offrir à l'Auberge des Joyeux Joueurs de Cricket.

S'il avait parlé avec tant de confiance en soi et d'assurance quand sir Gregory Parsloe lui avait exprimé sa volonté de le chasser, c'était parce que fermentaient en lui le gin, le whisky, la bière et le champagne. Ces ferments s'étant brusquement dissipés, il tremblait à la seule pensée de ce qui lui arriverait quand sir Gregory apprendrait la disparition de son cochon. Perdre sa place était pour lui la pire des calamités.

Combien de temps il resta là à patauger dans la souc à cochon, il n'eût pas été capable de le dire; mais, l'effet de la stupeur s'atténuant peu à peu, il se sentit enfin plus solide sur les jambes. Pâle et les traits tirés, il se traîna vers la maison et se dirigea vers l'office où se trouvait le maître d'hôtel. Il y a des moments où le besoin se fait sentir de la présence d'un ami et son meilleur ami à Matchingham était Herbert Binstead.

VI

Quand un homme qui s'est promené dans tout Market Blandings en pariant à cinq contre un sur le cochon de son maître et en recueillant le montant des paris de toute la jeunesse sportive du lieu apprend que ce cochon a disparu sans laisser de trace, il est excusable de laisser paraître quelque émotion. Binstead, qui lisait le journal du matin quand George Cyrill arriva apportant la triste nouvelle, déchira la feuille en deux d'un réflexe nerveux et bondit de sa chaise comme si on avait perforé le siège avec une broche à larder chauffée au rouge blanc.

— Escamotée ? gémit-il.

— R.r.r.r..., dit George Cyrill.

Et il ajouta, après avoir fait précéder ce nom d'une série d'adjectifs difficiles à reproduire, que c'était l'œuvre de l'Honorable Galahad Threepwood. Il cita une série de représailles, toutes de nature cruellement chirurgicale, qu'il aurait aimé infliger, s'il en avait eu la possibilité, à ce vieux gentilhomme astucieux.

Ayant dit tout ce que son imagination lui suggérait au sujet de Gally, il s'arrêta pour jeter sur Binstead un regard, non de confiance, mais d'espoir. Peut-être, pensait-il, pourrait-il suggérer quelque chose. Binstead, avec son visage de renard madré, était un de ces jeunes hommes à l'esprit vif qui ont généralement quelque chose à suggérer.

Son espoir ne le trompait pas. Un certain temps s'écoula avant que son compagnon fût capable de trouver la bonne voie, mais bientôt une soudaine lueur dans ses yeux révéla qu'il avait reçu l'inspiration souhaitée.

— Savez-vous, dit Binstead, où se trouve la truie de lord Emsworth ?

George Cyrill lui dit que l'animal se trouvait au château de Blandings et Binstead fit claquer sa langue d'impatience.

— A quel endroit de la propriété ?

— Par derrière, auprès du jardin potager.

— Et cette bête vous connaît ?

— Pour sûr qu'elle me connaît. Je l'ai soignée pendant plus d'une année.

— Alors si vous alliez la chercher pour l'emmener faire un petit tour, elle ne ferait pas de difficultés ?

— J'y suis, explosa George Cyrill, transporté par une si brillante idée. Il avait eu entièrement raison, se disait-il, de penser que ce vieux Herbert se montrerait une fois de plus à la hauteur de la situation.

— Elle se laissera faire ?

— Comme un agneau, affirma Cyrill. Sans pousser le moindre grognement.

Binstead devint dès lors le chef, l'homme qui conduit une mission jusqu'au bout.

— Alors venez, ordonna-t-il. Nous allons sortir la voiture du garage. Nous la chargerons à l'arrière.

George Wellbeloved respira profondément. Il y avait encore plus d'une ombre au tableau, mais un point essentiel était acquis. Quand, demain, sir Gregory Parsloe irait faire à la porcherie sa visite matinale d'inspection, il y trouverait un cochon.

CHAPITRE VI

I

L'AURORE du jour suivant fut brillante et claire. Le ciel était bleu, les oiseaux chantaient, toute la nature souriait. Mais l'exemple de la nature n'était pas suivi par lord Emsworth. Outre l'inconfortable obligation de mettre un col rigide, de porter un chapeau haut-de-forme et de partir très tôt, comme il l'avait dit, il avait attrapé un rhume. Eternuements et reniflements ponctuèrent les plaintes lamentables par lesquelles il découragea tout le monde au petit déjeuner. La présence même de Maudie, assise à ses côtés, ne sembla guère améliorer son humeur chagrine.

On réussit enfin à lui faire prendre le large, non sans peine, car il fallut à lady Constance toute son autorité pour l'empêcher d'aller en dernière minute dire un dernier adieu à l'Impératrice. Gally, sur la terrasse, dégustait son premier cigare de la journée, quand il aperçut lord Vosper venant vers lui. Ce dernier semblait vouloir lui parler.

Gally s'en étonna, car leurs relations n'avaient jamais été très cordiales. Il n'y avait rien dans leurs caractères qui pût préparer un terrain d'entente. Orlo Vosper, jeune homme bourré d'ambitions politiques, passait son temps, quand il ne renvoyait pas des balles de tennis au ras du filet, à lire tous les parchemins et ouvrages concernant les diverses conditions de la vie sociale et il prenait Gally pour un parasite désœuvré. Gally, pour sa part, voyait en lui, comme en d'autres échantillons d'une jeunesse dégénérée, un individu prétentieux et assommant absolument indigne de faire jamais partie du Club des Pélicans.

Néanmoins, malgré les tares qui lui interdisaient d'être présenté aux membres du Club des Pélicans, comme Fruity Biffen, Plug Basham et tout le dessus du panier, Orlo Vosper appartenait à l'espèce humaine et tous les membres de l'espèce humaine constituaient aux yeux de Gally un auditoire en puissance pour ses histoires. Il était possible, après tout, que ce jeune homme n'eût pas encore entendu celle du grand-duc, de la bouteille de champagne et de la femme-caoutchouc; aussi l'accueillit-il en agitant cordialement son cigare.

— Belle journée, dit-il. Ce sera certainement l'une des plus chaudes de la saison. Eh bien! nous avons réussi à faire partir ce vieux Clarence.

— En effet.

— Ce n'est jamais facile avec lui. Lancer Clarence dans une de ces expéditions est aussi compliqué que de lancer un navire de guerre. J'ai parfois l'impression qu'il conviendrait de lui briser une bouteille de champagne sur le crâne. A propos, connaissez-vous l'histoire du grand-duc, de la bouteille de champagne et de la femme-caoutchouc ?

— Non, dit lord Vosper. N'auriez-vous pas sur vous un flacon de sels ?

Gally roula des yeux stupéfaits. Il ne voyait pas où voulait en venir son interlocuteur.

— Un flacon de sels ?

— C'est cela même.

— Je regrette, dit Gally. Je crois bien avoir oublié de sortir avec le mien ce matin. Je suis si négligent. Pourquoi voulez-vous un flacon de sels ?

— Je crois qu'on s'en sert quand les femmes piquent des crises de nerfs.

— Des crises de nerfs ?

— Exactement.

— Mais qui peut bien piquer une crise de nerfs ?

— Cette grosse fille en pantalon. Celle qui s'occupe des cochons.

— La Simmons ?

— Est-ce son nom ?

— Monica Simmons, l'Orgueil du Roedean. Elle pique une crise de nerfs ?

— Oui.

— Et pourquoi pique-t-elle une crise de nerfs ?

Lord Vosper parut se réjouir que son compagnon se décidât à poser cette question.

— Ah! dit-il, c'est ce que je me demandais moi-même. Et c'est, de plus, ce que je lui ai demandé. Je me trouvais par hasard, tout à l'heure, à proximité de la porcherie quand je l'ai rencontrée et j'ai trouvé plutôt bizarre de la voir rire, pleurer, se tordre les mains, et le reste à l'avenant. Je lui ai demandé sans préambule : « Il y a quelque chose qui ne va pas ? »

— Et il y avait quelque chose qui n'allait pas ?

— Oui, comme je m'en étais douté dès le début. Elle a d'abord prononcé des paroles incohérentes, continuant à soupirer, à sangloter et à invoquer le nom du Seigneur, et ainsi de suite, puis la vérité peu à peu s'est dégagée. Elle a subi une grave perte. Apparemment le cochon de lord Emsworth, celui qu'on appelle l'Impératrice, s'est volatilisé.

En d'autres circonstances, Gally aurait demandé : « Désintégration moléculaire ou atomique ? », car il aimait les plaisanteries matinales, mais ces mots dévastateurs ne laissaient pas de place aux galéjades. C'était comme s'il avait reçu un coup de matraque sur la tête. Il ne put qu'émettre une série de gémissements inarticulés et lord Vosper trouva que cette émotion était toute à son honneur.

— Ennuyeuse histoire, dit-il. On a vraiment besoin d'un flacon de sels.

Gally retrouva la parole et dit d'une voix sourde et voilée :

— Vous dites bien que l'Impératrice n'est plus là ? Qu'elle est partie ?

— C'est cela même. Elle a filé... dans le vent. C'est du moins ce que m'a dit cette Simmons. D'après elle, sa niche était vide et elle n'avait pas défait son lit pour y dormir. Je veux parler de la litière de la truie, non du lit de la demoiselle Simmons. J'ignore tout du lit de la demoiselle Simmons. Ce que je sais, en revanche, c'est qu'elle y a dormi comme un loir. Je voulais dire...

Il aurait continué à expliquer l'événement, le rendant intelligible aux plus obtus, mais il aurait ainsi monologué, car Gally l'avait planté là. Sa mince silhouette, après avoir lestement franchi la terrasse, venait de disparaître d'un trait.

— Curieux, pensa lord Vosper. Extraordinairement curieux.

Il se dirigea vers les appartements de lady Constance pour voir si elle avait un flacon de sels. Il était convaincu que, d'une façon ou d'une autre, un flacon de sels avait son rôle à jouer dans l'histoire.

II

A Matchingham Hall, sir Gregory Parsloe se trouvait dans son cabinet de travail aux prises avec les mots croisés du *Times*. Il fronçait les sourcils, perdu dans la recherche d'un mot de quatre lettres commençant par un E et signifiant oiseau de grosse taille vivant en Australie. Il adorait les mots croisés, mais ne s'y montrait pas brillant. Tout ce qui dépassait en difficulté le fameux dieu solaire Râ le laissait le plus souvent déconcerté.

Il peut paraître étrange au lecteur qui se rappelle ses affres de la dernière nuit qu'un amoureux éconduit puisse s'employer à chercher le nom d'un oiseau australien dès le matin qui suit la fin de son roman d'amour. Mais les baronnets anglais, comme les gardiens de porcs anglais, ne manquent pas de ressort. Ils se servent de leur passé mort comme d'un tremplin vers une vie meilleure et rapidement aperçoivent l'arc-en-ciel dans un ciel d'orage. Une nuit de sommeil avait fait merveille pour le maître de Matchingham. Quand nous l'avions quitté, c'était un homme brisé. Nous retrouvons maintenant un sujet remis en état et, en fait, aussi bon qu'à l'état neuf.

Quand un homme de l'âge et de la nature de sir Gregory Parsloe apprend que sa fiancée a changé d'avis peu de temps avant la date fixée pour le mariage et que les cloches ne sonneront pas pour lui, il s'en trouve certes ennuyé, mais son chagrin n'a rien de comparable à ce que pourrait éprouver Roméo dans le même cas. La passion telle que la conçoivent les Roméo atteint très rarement les sir Parsloe de la création. Ce qui leur semble de l'amour n'est qu'une tiède préférence. Le poète Berlin, à la recherche d'éléments pour donner une suite à son œuvre *Que vais-je faire ?* n'aurait guère trouvé de nouvelle source d'inspiration dans l'âme et dans le cœur de sir Gregory Parsloe.

Sir Gregory Parsloe était tendrement épris de Gloria Salt et très séduit par l'idée de l'épouser, mais il n'avait pas eu besoin de réfléchir longtemps pour apercevoir les avantages que lui offrait sa vie de célibataire. Ce qui lui permettait de supporter ce revers avec tant d'abnégation, c'était la pensée que, puisqu'elle avait jugé bon de rompre ces satanées fiançailles, il n'avait plus besoin de se soumettre à des régimes stupides et à des exercices ridicules. De nouveau il était le maître de son destin, le capitaine de son âme, et s'il avait envie d'élargir son tour de taille, il pouvait le faire sans risquer aucune représaille. Depuis des jours il se desséchait de l'envie de boire de la bière avec une intensité presque wellbelovedienne, et voici qu'il pouvait maintenant satisfaire ce désir. Une chope était justement à portée de sa main et son geste pour la porter à ses lèvres eut quelque chose de joyeux, de libérateur. Une femme n'est qu'une femme et rien ne vaut une pinte de bière crémeuse. Mieux encore, deux pintes de bière.

Il appuya sur la sonnette et Binstead apparut.

— Dites donc, fit sir Gregory. Portez-m'en une autre.

— A vos ordres, Monsieur.

— Dites donc, reprit sir Gregory quand le maître d'hôtel fut revenu quelques instants plus tard avec le liquide réconfortant. Il venait de se rappeler une chose.

— Où avez-vous mis ce Slimmo ? demanda-t-il.

— Dans le placard du garde-manger, Monsieur. Voulez-vous que j'aille vous en chercher un flacon, Monsieur ?

— Pas du tout. J'ai eu des nouvelles de mon parent éloigné et il ne veut plus de cette drogue. Vous pouvez la jeter dans l'évier.

— Ne serait-il pas préférable de la rendre au pharmacien, Monsieur ? Il nous en remboursera peut-être le montant.

— C'est cela. Faites-le, si cela vous fait plaisir. S'il vous donne quelque chose, vous pouvez le garder pour vous.

— Merci beaucoup, Monsieur, dit Binstead.

Il ne récupérerait peut-être pas grand-chose dans l'affaire, mais un tout petit peu ajouté à ce que l'on gagne, cela fait tout de même un peu plus.

L'heure approchait où sir Gregory avait l'habitude de rendre visite à la Reine de Matchingham. Ayant achevé sa bière et abandonné tout espoir de résoudre le rébus de l'oiseau australien, il se leva, alluma un cigare frais d'un geste débonnaire et se dirigea vers la soue à cochons.

La première chose qu'il put contempler en arrivant fut George Cyrill Wellbeloved appuyé contre un tronc d'arbre donnant toute l'apparence de quelqu'un qui vient d'être victime d'une de ces calamités qui marquent une époque — une de ces calamités qu'on raconte à ses petits-enfants quand ils viennent se presser autour de vos genoux. Il ressemblait à l'un de ces détritus de poubelle que dédaignent les chats de gouttière eux-mêmes, et son aspect était si répugnant qu'après un bref bonjour, qui d'ailleurs fit sursauter le gardien de cochons comme une crème que l'on travaille au fouet, sir Gregory détourna les yeux pour les diriger vers l'occupante de l'enclos.

Alors il se sentit soudain comme paralysé, les yeux clignotants, le souffle coupé. Le cigare tomba de ses lèvres et il resta figé là, les paupières écarquillées.

— Quoi ? bégaya-t-il. Quoi ? Quoi ? Quoi ?

En un dixième de seconde, George Cyrill Wellbeloved se crut rendu au jour du Jugement dernier. Ce n'était pour l'instant que la voix de son maître qui criait son nom, mais l'illusion était créée.

— Monsieur, murmura-t-il faiblement en se pressant les tempes qu'un mauvais plaisant transperçait avec une broche chauffée à blanc.

— Venez ici, hurla sir Gregory.

George Cyrill, à contrecœur, obéit à son maître. Il n'avait pas été sans remarquer qu'avec son teint jaunâtre et ses jointures crépitantes, sir Gregory prenait l'aspect d'une divinité fétichiste qui, n'ayant pas eu sa ration quotidienne de sacrifices humains, en réclamerait un complément à coups de tonnerre. Il appréhendait la suite des événements.

— Que signifie tout ceci ? rugit son patron.

— Monsieur ?

— Qu'est-ce qui se passe dans ma maison ?

— Monsieur ?

— Ne continuez pas à bêler comme une chèvre, espèce d'excrément. Vous savez parfaitement ce que je veux dire. Où est ma truie ? Cet animal-là n'est pas ma truie. Qu'est devenue la Reine de Matchingham et que fait cette sacrée bestiole ici ? Vous avez déménagé ma truie pour la remplacer par cette bâtarde dégénérée !

A l'exception de lord Emsworth, dont nous avons déjà souligné les dons merveilleux, il n'y avait pas dans tout le Shropshire — ni probablement dans l'Herefordshire ni les Galles du Sud — de meilleur contradicteur ou champion de la réplique que George Cyrill Wellbeloved, et l'on aurait pu tout espérer de lui devant un tel danger. Mais pour pouvoir riposter avec toute la force adéquate, un homme doit se sentir en pleine forme, et nous avons été bien négligents si nous avons laissé nos lecteurs sous l'impression que George Cyrill était en pleine forme. Il n'était plus que l'ombre de lui-même, et son cerveau, si lucide en temps ordinaire, était aussi inerte qu'un caramel mou.

— Eh bien ?

George Cyrill Wellbeloved fondit devant la menace. Après un dernier et futile effort pour trouver une explication qui sauvât sa réputation, il se décida à tout avouer, sans omettre le moindre détail.

Cela se passa beaucoup mieux qu'il ne l'avait espéré. Certes, son auditeur ne se gêna pas pour ponctuer ses déclarations de qualificatifs peu flatteurs, mais il n'eut pas les membres rompus comme il avait pu le craindre à un certain moment. Il reprit un peu d'assurance, devint plus loquace, poursuivit son récit avec plus de brio. Quand il en arriva à son équipée au château de Blandings et au vol de l'Impératrice, quelque chose comme un léger sourire approbateur sembla passer sur le visage de son maître.

Et, en fait, sir Gregory n'était pas si mécontent. L'horizon s'éclaircissait. L'affaire se présentait comme dans un scénario de roman noir où les chefs de bandes rivales se seraient joué un mauvais tour. En de telles circonstances, le compromis et l'arrangement deviennent possibles. Sir Gregory se disait que s'il expédiait maintenant son gardien de cochons sur le territoire de Blandings, il serait peut-être possible de repérer l'endroit où ces chiens d'adversaires avaient caché la Reine de Matchingham. Cette retraite connue, quoi de plus simple que d'envoyer une expédition pour la délivrer ?

C'est pourquoi, quelques minutes plus tard, George Cyrill Wellbeloved, heureux de se trouver encore en vie, pédalait une fois de plus sur la vieille route familière, tandis que sir Gregory allait sortir sa voiture du garage. Il était décidé à braver lord Emsworth et sa vieille relique de frère au cœur même de leur donjon et à leur exprimer une ou deux fortes vérités.

— Lord Emsworth est-il là ? demanda-t-il au terme de son parcours.

Beach fut courtois, mais distant.

— Sa Seigneurie s'est rendue à Wolverhampton, Monsieur.

— Où est M. Threepwood ?

— M. Galahad est également absent.

— H'm, dit sir Gregory.

Il ne savait quelle solution adopter quand lady Constance traversa le hall.

— Ah! bonjour, sir Gregory, dit lady Constance. Vous êtes venu voir Clarence ?

— Euh! oui. Oh! pardon, bonjour. Je voulais lui parler à propos de quelque chose d'assez urgent.

— Je crains qu'il ne revienne pas avant ce soir. Il est à Wolverhampton.

— C'est ce que m'a dit Beach.

— Il est allé faire une conférence devant une association d'éleveurs de cochons. Mais je vais vous garder à déjeuner, n'est-ce pas ?

Sir Gregory réfléchit. Déjeuner ? Ce n'était pas une mauvaise idée. Il avait une grande estime pour les talents du cuisinier du château et surtout maintenant que Gloria Salt lui avait donné congé, il pouvait se régaler à son aise.

— Merci beaucoup, dit-il. Avec plaisir.

Il lui tardait de pouvoir s'empiffrer sous le regard de Gloria Salt, de s'octroyer d'un geste vainqueur une large portion de pommes de terre et de faire une véritable débauche de calories. Cela la remettrait à sa place.

III

Si Gally avait brusquement quitté lord Vosper au milieu de sa péroraison sur la terrasse, c'était avec l'intention de se rendre au plus vite à Matchingham Hall afin d'affronter le propriétaire. Il était dans une telle agitation qu'il lui fallut attendre d'avoir parcouru la moitié du chemin pour s'aviser qu'il aurait pu aussi bien prendre sa voiture plutôt que d'aller à pied. Comme il était trop tard pour faire demi-tour, il poursuivit sa route, coupant à travers champs, et c'est ainsi qu'il atteignit le but de sa randonnée dans un état voisin de l'ébullition.

La froideur de Binstead, lorsqu'il lui fit savoir que sir Gregory n'était pas chez lui, aurait pu le rafraîchir. Il était impossible à un aussi jeune maître d'hôtel d'être aussi glacial que Beach l'eût été en de pareilles circonstances, mais il fut néanmoins glacial autant qu'il pouvait l'être et déçu que son voleur de cochon de visiteur ne semblât pas remarquer son attitude rébarbative. Gally était trop épuisé par cette épreuve de marche accélérée pour se livrer à une étude approfondie des maîtres d'hôtel et noter s'ils étaient froids ou empressés.

— Je vais entrer pour l'attendre, dit-il.

Et Binstead, malgré un sentiment de révolte contre cette prétention, ne sut que trouver pour s'y opposer. A contrecœur, il conduisit Gally dans le bureau et Gally s'affala sur le sofa, les pieds sur les coussins, avec un soupir de soulagement. Il porta ensuite à son comble la réprobation de Binstead en réclamant un whisky-soda.

— Bien tassé, ajouta-t-il avec une telle autorité que le maître d'hôtel, qui s'était redressé de toute sa hauteur, lâcha pied avec un timide : « Oui, Monsieur. »

Quand il reparut avec le cordial, Gally venait de s'attaquer aux mots croisés du *Times*.

— Merci, dit-il. Dites-moi, ne connaissez-vous pas un gros oiseau vivant en Australie dont le nom en quatre lettres commence par un E ?

— Non, Monsieur, dit Binstead d'un ton glacé, et il se retira.

Gally, demeuré seul, se plongea dans les mots croisés, concentrant toute son attention. Mais les mots croisés ne sont qu'un palliatif : ils ne guérissent pas vraiment les souffrances d'un cœur meurtri. Bientôt la pensée de Gally se reporta vers le fardeau qui l'oppressait; il abandonna le journal avec un soupir de lassitude et retourna à ses préoccupations.

On pourrait supposer qu'un homme qui avait lui-même déménagé un cochon au cours de la nuit précédente aurait considéré d'un œil indulgent les vols de cochons des autres en partant du principe qu'on excuse chez les autres ses propres faiblesses. Mais il n'y avait aucune trace de tolérante sympathie dans les pensées que Gally ruminait au sujet de sir Gregory Parsloe. La noirceur d'âme et la scélératesse de cet individu le confondaient. Il ne pouvait lui trouver aucune excuse. Enfin, c'était ainsi, et il était inutile de se casser la tête davantage. Il essaya de prévoir ce qui se passerait si cet homme ouvrait les hostilités et se refusait à rendre l'Impératrice.

Un observateur superficiel aurait conclu dans sa hâte que les choses se trouvaient à égalité. Si l'Impératrice de Blandings avait disparu de la circulation, aurait-il pensé, la Reine de Matchingham avait fait de même. En d'autres termes, on pouvait dire que deux cochons avaient disparu et que ces deux bêtes s'annulaient mutuellement.

Mais Gally poussait plus loin ses raisonnements et frémissait de ce qu'il découvrait. Ce qu'un observateur négligent oubliait de considérer, c'est que, tandis que l'Impératrice était le seul et unique joyau de la couronne de lord Emsworth, le citoyen Parsloe gardait en réserve un autre cochon, qu'il pouvait exhiber dans l'arène au moment propice. Dans le tumulte des derniers événements, l'Orgueil de Matchingham, habituel défenseur des couleurs de Parsloe, avait été relégué au second plan, mais il était toujours là, poulain de l'écurie Parsloe et pouvait, si besoin était, entrer en lice.

Et de quelle façon magistrale et désastreuse! Deux années de suite l'Orgueil de Matchingham avait serré de près sa rivale dans le combat et, en l'absence de l'Impératrice, son triomphe était assuré. Bref, le citoyen Parsloe n'avait qu'à se préoccuper de conserver l'Impératrice à l'abri et à dormir sur ses lauriers.

C'est cette considération qui avait provoqué le changement d'attitude notable de sir Gregory à la fin de son entretien avec George Cyrill Wellbeloved.

Quand un homme qui n'est plus de la première jeunesse vient d'effectuer, par une chaude matinée d'été, un trajet de trois kilomètres, puis d'absorber un solide whisky-soda, étendu sur un sofa, il a une tendance à somnoler et, parvenu à ce point de ses méditations, Gally se mit à dodeliner de la tête.

Le calme se remit à régner dans le bureau de sir Gregory, un calme à peine troublé par un léger bruit, pareil au clapotis d'un radiateur. Puis la sonnerie du téléphone retentit et Gally se redressa d'un bond. Il décrocha le récepteur. Quelqu'un à l'autre bout du fil dit « Monsieur ? » d'une voix rauque, semblant venir d'outre-tombe.

— Qui est à l'appareil ?

— C'est Wellbeloved, sir Gregory.

Les derniers brouillards du sommeil se dissipèrent. De nouveau Gally se sentit vif et alerte. C'était un homme du monde et il savait que les gardiens de cochons n'ont pas pour habitude de déranger leurs employeurs au téléphone, sauf en cas d'extrême urgence. Wellbeloved, de toute évidence, voulait parler à son maître du complot et Gally se voyait dans la situation d'un agent du deuxième bureau en train de fouiller les documents d'un quartier général ennemi.

— Où êtes-vous ?

— Je vous téléphone de la taverne *L'Enclume et le Marteau,* sir Gregory, et je suis en train de me demander, sir Gregory (la voix prit ici des accents suppliants), si, vu les circonstances... il a fait tellement chaud aujourd'hui... et je suis tout épuisé... j'ai sué sang et eau pour défendre vos intérêts... si vous ne pourriez pas me permettre de prendre un verre... rien qu'un seul... verre de bière.

— Certainement, très certainement, répondit Gally avec chaleur. Prenez tout ce que vous voulez et dites-leur d'inscrire cela à mon compte.

Il y eut un silence. Le gardien de cochons semblait s'être évanoui. Quand il reprit l'appareil, il fut évident, rien qu'à son accent animé, qu'il avait compris qu'un grand changement s'était opéré dans l'esprit de son patron depuis leur dernière entrevue, et cela ramenait dans sa vie la douceur et la lumière.

— Eh bien ! Monsieur, dit-il d'un air triomphant. Je l'ai retrouvée.

— Hein ?

— La Reine, Monsieur.

Gally chancela. Ces mots avaient été pour lui comme un coup de poing entre les deux yeux. Il avait cru que son secret ne pouvait être percé par personne au monde, et voici qu'un gardien de pourceaux avait tout démasqué. Il resta un long moment sans pouvoir articuler une syllabe. Puis il réussit à murmurer :

— Grands dieux !

— Oui, Monsieur, cela m'a demandé un peu de travail, mais je l'ai fait, et je me suis rendu à *L'Enclume et le Marteau* pour vous indiquer où elle se trouve. Suivant vos instructions, je me suis dirigé vers le château de Blandings... A propos de bière, Monsieur, dit Cyrill Wellbeloved, faisant une diversion, permettez-vous une goutte de gin dedans ?

— Oui... oui... oui... d'accord !

— Merci, Monsieur. J'ai toujours pensé que cela donnait plus de goût. Eh bien ! Monsieur, comme je vous le disais, je me suis dirigé vers le château de Blandings, en me cachant sans me faire voir. Ce que je m'étais dit, en y réfléchissant, c'est que si la Reine avait été mise dans un vil cachot — c'est l'expression consacrée, Monsieur, je ne sais pas si vous la connaissez — il faudrait bien que quelqu'un lui porte sa nourriture sans trop tarder et j'ai pensé que ce travail serait fait par un subalterne — si vous comprenez ce mot — qui effectuerait sa sortie par la porte de service. Aussi je me suis caché non loin de là et, qui ai-je vu sortir, Monsieur ? Beach, le maître d'hôtel, avec un énorme seau à la main et qui jetait des regards anxieux à droite et à gauche comme pour dire : « Suis-je surveillé ? » Enfin, Monsieur, pour abréger une longue histoire, il se dirigea vers ce qu'ils appellent la corne ouest du petit bois, qui est un petit bois du côté de l'ouest, pour finalement s'arrêter devant une baraque dont je crois me souvenir qu'elle a servi à un moment de refuge aux gardes-chasse. Il entra. Il fit son entrée, rectifia George Cyrill Wellbeloved, et je surgis secrètement et regardai par la fenêtre et la Reine était là, Monsieur, large comme une armoire. Alors je suis reparti au plus vite pour vous téléphoner et vous mettre au courant de ce qui avait transpiré, en vous laissant le soin de prendre les mesures que vous penseriez appropriées, avec l'espoir de vous avoir donné pleine et entière satisfaction, ce qui est mon but constant. Et maintenant, Monsieur, avec votre permission, je vais raccrocher pour aller prendre livraison de ce verre de bière que vous m'avez si gentiment offert. Merci, Monsieur.

— Hé là! cria Gally.

— Monsieur ?

— Où se trouve l'Impératrice ?

— Eh bien! à l'endroit même où nous l'avons laissée, Monsieur, répondit George Cyrill Wellbeloved, étonné, et il raccrocha.

Gally remit le récepteur en place et resta pétrifié et abasourdi. Il formait des pensées sévères à l'égard de George Cyrill Wellbeloved et s'étonnait qu'il fût permis à de tels individus de circuler librement dans un pays civilisé. S'il avait appris à cet instant que George Cyrill Wellbeloved s'était pris le pied dans un trou du linoléum à l'auberge de *L'Enclume et du Marteau* et s'était cassé le cou, il se serait réjoui de tout son cœur.

Mais les hommes de la trempe d'un Galahad Threepwood ne demeurent jamais longtemps abasourdis et pétrifiés. Une minute plus tard, il décrochait le récepteur pour demander le château de Blandings, et bientôt il entendit la voix de Beach.

— Allô! ici la résidence de lord Emsworth. C'est Beach, le maître d'hôtel, qui vous parle.

— Beach, enchaîna Gally sans perdre de temps en formules de politesse, il faut prendre vos pieds plats à votre cou, filer comme un dard au petit bois et changer ce cochon de place. Ce maudit Wellbeloved vous a suivi à la trace, quand vous êtes allé nourrir cet animal. Je viens de l'apprendre de sa propre bouche au téléphone. Il croyait avoir affaire au citoyen Parsloe. Il faut trouver une autre cachette avant qu'il ne s'aperçoive de sa méprise et, par bonheur, j'en connais une autre qui sera parfaite. Vous rappelez-vous Fruity Biffen ? Ne soyez pas stupide, Beach, voyons, vous vous rappelez bien Fruity Biffen, mon ami, l'amiral Biffen. Il habitait, voilà encore quelques jours, une maison située sur le bord de la route de Shrewsbury. Vous ne pouvez pas la confondre avec une autre. Elle a un toit rouge et s'appelle Sunnybrae. Emmenez-y le cochon et mettez-le dans la cuisine. Quoi ? Qu'est-ce qui vous arrête ? Ce que dira l'amiral Biffen ? Il n'est plus là. Il est retourné à Londres et la place est libre. Aussi prenez le cochon... Quoi ?... Qu'y a-t-il encore ?... Comment faire ?... Prenez une brouette, mon vieux, oui, une brouette.

IV

Dans son bureau de Long Island City, N. Y., Mr. Donaldson, de la firme Donaldson et Cie « Au Régal du Caniche », dictait un message télégraphique à sa secrétaire.

— Lady Constance Keeble. Château de Blandings. Shropshire, Angleterre. Vous y êtes ?

— Oui, monsieur Donaldson.

M. Donaldson réfléchit une seconde. L'esprit divin souffla sur lui et il se mit à parler avec vélocité.

— Ne puis comprendre votre lettre reçue ce jour disant que trouvez vieille amie Mrs. Bunbury charmante. Stop. Que signifie cette histoire. Point d'interrogation. N'ai jamais eu vieille amie nommée Bunbury. Stop. Si personne s'appelant Mrs. Bunbury s'est glissée chez vous en prétendant être une vieille amie à moi, virgule, c'est une effroyable imposture et je vous conseille vivement la mettre dehors avec... Comment dit-on, mademoiselle Horwitt ?

— Avec perte et fracas, monsieur Donaldson.

— Merci, mademoiselle Horwitt. Vous conseille vivement la mettre dehors avec perte et fracas ou appeler la police. Stop. Se prétendre vieille amie à moi. Stop. Quel toupet! Stop. N'ai jamais entendu chose pareille. Stop.

— Faut-il ajouter : « Mais à part ça, tout va très bien. »

— Non. Simplement : « Respectueuses salutations. »

— Bien, monsieur Donaldson.

— Parfait. Faites-moi partir cela au plus vite.

CHAPITRE VII

I

Le banquet annuel de l'Association des éleveurs de porcs de Shropshire, Herefordshire et Galles du Sud réunis traîne toujours en longueur. Les éleveurs de porcs ont une nature affectueuse et n'aiment pas à se séparer trop brusquement de leurs confrères. Quand les différentes cérémonies et le banquet touchent à leur fin, ils aiment s'attarder en bourrant une pipe et en demandant aux copains s'ils connaissent l'histoire du jeune homme de Calcutta. Ce fut donc assez tard dans la soirée que la voiture qui avait amené à Wolverhampton lord Emsworth et Maudie — au volant le chauffeur Alfred Voules — prit le chemin du retour.

Nous avons déjà fait remarquer que lorsqu'un historien consciencieux se propose de relater le déroulement d'un certain nombre de faits, il n'a pas le droit de faire l'école buissonnière, si attrayant que cela puisse lui paraître. Il doit suivre fidèlement la route monotone et poudreuse de son histoire et nous devons le souligner de nouveau avec force pour faire comprendre à nos lecteurs pourquoi nous ne nous écarterons pas du fil de ce récit pour donner un compte rendu exact du discours de lord Emsworth. C'eût été une tâche agréable, car il y avait mis le meilleur de lui-même, mais, hélas! c'est impossible. La perte n'est heureusement pas irréparable pour les Belles-Lettres, et l'on peut en lire le compte rendu *in extenso* dans l'*Argus du Bridgnorth, Shifnal et Albrighton* que l'on trouve dans tous les foyers.

Nous ne pouvons non plus donner des détails sur la conversation qui s'échangea dans la voiture, pour la raison bien simple qu'il n'y en eut aucune. Lord Emsworth avait pour habitude, lorsqu'il se déplaçait en automobile, de s'endormir dès le début du voyage et de dormir jusqu'à la fin. Sans doute, étant donné les circonstances et l'ardeur d'une passion toute nouvelle, aurait-il pu demeurer éveillé, au moins durant les deux ou trois premiers kilomètres, mais le rhume dont il souffrait avait diminué sa résistance. L'obligation, d'un bout à l'autre de cette journée, de maintenir son chapeau haut-de-forme en équilibre sur sa tête l'avait complètement épuisé. La nature reprenait ses droits et Maudie en était ravie : le sommeil de son compagnon facilitait la réalisation de ses plans. Elle projetait une opération qu'il lui eût été difficile de mettre à exécution en compagnie d'un hôte alerte et jacassant à ses côtés.

Au moment où la voiture atteignait les limites du canton et où les pensées du chauffeur, Alfred Voules, dérivaient allègrement vers le souper et la chope de bière, il entendit glisser le panneau vitré à l'arrière de son siège tandis qu'une voix sourde murmurait : « Hep! »

— Ecoutez, souffla Maudie. Connaissez-vous un endroit appelé Matchingham Hall ? N'élevez pas la voix ou vous allez réveiller lord Emsworth.

Alfred Voules connaissait bien Matchingham Hall. Il répondit d'un ton rauque, à mi-voix, que c'était au premier virage et qu'ils y seraient dans un instant.

— Vous vous arrêterez là. J'ai besoin de voir sir Gregory Parsloe pour une affaire personnelle.

— Faudra-t-il attendre, Madame ?

— Non, ne m'attendez pas. Je ne sais pas pour combien de temps j'en aurai, dit Maudie, sentant que des heures et des jours pourraient s'écouler avant qu'elle eût fini de dire à Bouboule Parsloe toutes les choses bien senties qu'elle accumulait depuis dix ans. Il n'y a pas de fureur pire que celle d'une femme dédaignée et, quand une femme dédaignée commence à parler, elle prend son temps et n'éprouve pas le besoin de le faire montre en main.

La voiture dévala une pente et freina en souplesse devant un portail de fer forgé, qu'encadraient deux colonnes de pierre surmontées d'animaux héraldiques. Par delà les grilles, on apercevait une suite de gazons bien entretenus et, au bout de la longue allée, un manoir de pur style anglais si imposant que Maudie dut reprendre son souffle, après avoir laissé s'échapper un « Ah! » de stupéfaction. Bouboule, c'était évident, avait enfin accroché la fortune et parcouru beaucoup de chemin depuis les jours lointains du bar du Critérion où il la suppliait d'inscrire sur l'ardoise le montant de ses modestes rafraîchissements et lui expliquait que le crédit est le nerf du commerce, sans lequel les marchés et transactions manqueraient d'élasticité.

— Ça va très bien ainsi, dit Maudie. Déposez-moi là.

II

Sir Gregory Parsloe venait à peine de s'installer à table pour dîner lorsque retentit la sonnette de la porte d'entrée. Il avait pris trois cocktails et se préparait aux délices d'un de ces plantureux repas qui vous calent solidement et vous font perler la sueur au front. Il l'avait commandé le matin même, en détail, en apportant beaucoup de soins au choix des divers plats. Il y a des hommes qui, après avoir été abandonnés, s'adonnent à la boisson. Sir Gregory s'adonnait à la bonne chère. Libéré de la tyrannie de Gloria Salt, il avait la ferme intention de rattraper le temps perdu.

MENU DU DÎNER

Saumon fumé
Potage aux champignons
Filet de sole Murat
Goulach à la hongroise
Pommes mousseline
Betteraves au beurre
Haricots à la française
Pointes d'asperges mayonnaise
Parfait de Charlotte à l'Ambrosienne
Fromages
Fruits
Petits Fours et Mignardises

Le parfait de charlotte à l'ambrosienne est un plat que l'on obtient en mélangeant dans des proportions déterminées de la crème fouettée, des blancs d'œufs, du sucre en poudre, des raisins secs, des biscuits à la cuiller, des tranches de noix de coco et de la marmelade d'orange. Le baronnet apostat avait choisi ce chef-d'œuvre entre les chefs-d'œuvre pour marquer définitivement son indépendance reconquise. L'homme qu'une fiancée voulait condamner au régime et qui ose planter une cuiller de défi dans un parfait de charlotte à l'ambrosienne brise, d'un seul geste, les chaînes qui l'entravent.

Il avait défait les derniers boutons de son gilet et pressait le citron au-dessus du saumon fumé, quand un vacarme se fit entendre à la porte d'entrée. C'était Maudie qui insistait pour voir sir Gregory au plus vite, tandis que Binstead lui expliquait, poliment d'abord, puis d'un ton plus ferme, enfin d'une voix forte et irritée, que celui-ci se trouvait à table et qu'il ne pouvait être question de le déranger. Sir Gregory était sur le point de se mêler à la querelle en criant d'une voix de stentor « que diable signifie tout ce bruit ? », quand la porte s'ouvrit à deux battants et livra passage à Maudie traînant Binstead dans son sillage.

Le maître d'hôtel avait déclaré forfait dans cette lutte inégale. Il savait reconnaître une défaite.

— Mrs. Stubbs, annonça-t-il d'un air dégagé.

Et il sortit, se lavant les mains de ce désagréable incident et laissant à son patron le soin de débrouiller la situation.

Sir Gregory resta planté là, les yeux fixes, le saumon fiché à la pointe de sa fourchette. Il est toujours déconcertant de recevoir des visites inopinées aux heures des repas, mais cela devient plus déconcertant encore lorsqu'il s'agit du fantôme d'un passé mort. L'exemple le plus classique de ce genre d'incident est celui du spectre de Banco surgissant au milieu du festin pour trinquer avec Macbeth. Macbeth avait eu un choc et l'on pouvait voir à l'allure de sir Gregory qu'il suivait cet illustre exemple.

— Quoi ? Quoi ? Quoi ? Quoi ? Quoi ?... murmura-t-il, car c'était sa formule préférée dans les moments d'émotion.

Les yeux bleus de Maudie brûlaient d'une lueur menaçante.

— Ah ! vous voilà, dit-elle en grinçant légèrement des dents. Et je m'étonne que vous puissiez me regarder en face, Bouboule Parsloe.

Sir Gregory cligna des paupières.

— Moi ?

— Oui, vous !

Sir Gregory pensa alors qu'un autre morceau de saumon fumé rendrait peut-être un peu de force à un cerveau commotionné comme par l'éclatement d'une bombe au plastic.

Le poisson, il l'avait lu ou entendu quelque part, est le régénérateur du cerveau. Il prit une bouchée, espérant le miracle, mais rien ne se produisit. Tout continuait à tourbillonner devant lui. Le saumon fumé n'était sans doute pas le genre de poisson indiqué pour son cas personnel.

Maudie, qui avait enfin réalisé une rencontre attendue depuis dix ans, ne perdit pas son temps en d'inutiles préambules. Elle en vint droit au cœur du sujet.

— Vous pouvez être fier de ce que vous m'avez fait, dit-elle d'une voix qui semblait être la voix de la justice.

— Hein ?

— Me laisser ainsi à la porte de l'église...

Une fois de plus sir Gregory eut à combattre l'impression que sa raison s'égarait.

— Je vous ai laissée à la porte de l'église ? Je ne sais de quoi vous voulez parler.

— N'essayez pas ce truc avec moi. M'avez-vous ou ne m'avez-vous pas envoyé une lettre, il y a dix ans, me disant de me rendre pour me marier à Saint-Sauveur de Pimlico, à deux heures précises, le 7 juin ?

— Le combien ?

— Vous m'avez bien entendue.

— Je n'ai jamais rien fait de semblable. Vous êtes complètement cinglée !

Maudie éclata d'un rire violent, amer. Elle s'attendait à une attitude de ce genre. On pouvait faire confiance à Bouboule Parsloe pour se tirer d'affaire. Heureusement, elle était armée jusqu'aux dents de preuves irréfutables. Elle sortit la lettre de son sac.

— Vous ne m'avez pas écrit, n'est-ce pas ? Hé bien ! voilà la lettre. Je l'ai conservée pour le cas où nous nous rencontrerions un jour. Et voilà. Constatez vous-même !

Sir Gregory examina le document d'un œil trouble.

— C'est bien votre écriture, n'est-ce pas ?

— Oui, c'est mon écriture.

— Lisez ce que vous m'écriviez.

— « Maudie chérie... »

— Non, pas ça. Voyez l'autre page.

Sir Gregory tourna la page.

— Vous y voilà. « A deux heures précises, le 7 juin... »

Sir Gregory poussa un cri.

— Vous êtes bigleuse, ma vieille!

— Comment ça, bigleuse ?

— Ce n'est pas un 7.

— Qu'est-ce qui n'est pas un 7 ?

— Ce signe-là...

— Ce n'est pas le chiffre 7 ?

— Non. C'est le chiffre 4. Le 4 juin, aussi visible que l'obélisque. Celui qui aurait pu prendre cela pour un... Ayez pitié, Seigneur, des pauvres d'esprit! Vous ne voulez tout de même pas dire que vous êtes allée à l'église le 7 juin ?

— Bien sûr que j'y suis allée le 7 juin.

Sir Gregory avala une autre bouchée de saumon en étouffant un grognement sourd. Les écailles lui étaient tombées des yeux et il se reprochait tout ce qu'il avait pu injustement, pendant des années, penser de cette jeune femme. Il avait toujours été persuadé qu'elle l'avait laissé tomber avec cette froide détermination et cette insensibilité narquoise qui lui avaient fait à jamais perdre toute confiance dans le beau sexe. Mais maintenant il comprenait que ce qui était arrivé n'était que le résultat d'une de ces effroyables méprises qui brisent les cœurs et que dépeint si bien Thomas Hardy dans ses romans.

— J'y étais le 4 juin, reprit-il.

— Quoi !

Sir Gregory hocha la tête d'un air sombre. Ce n'était pas un homme d'une grande sensibilité, mais il pouvait apprécier l'aspect tragique de la situation.

— J'avais mon haut-de-forme, continua-t-il d'une voix tremblante. Je l'avais fait nettoyer, presser, mettre sous forme et frotter avec une brosse imbibée de bière afin de le rendre parfaitement reluisant. Ne vous voyant pas arriver et comprenant, après avoir fait le pied de grue pendant des heures, que vous ne viendriez pas, j'ai jeté mon chapeau par terre et l'ai écrasé à coups de talon. Tout cela m'avait profondément accablé. Comprenez-moi : lorsqu'un garçon dit à une jeune fille de venir le retrouver à deux heures précises, le 4 juin, devant Saint-Sauveur de Pimlico pour l'épouser et qu'arrivant sur les lieux il ne trouve personne, on ne peut tout de même pas reprocher à ce garçon de se sentir légèrement retourné. Eh bien! comme je vous le disais, j'ai sauté sur mon chapeau jusqu'à ce qu'il ne ressemble plus à rien, puis je suis parti à Paris avec l'un des deux billets que j'avais pris pour notre voyage de noces. J'ai eu la chance de pouvoir placer l'autre billet. J'ai fait un séjour très agréable à Paris, je me rappelle. Bien sûr vous m'avez manqué, conclut galamment sir Gregory.

Maudie le contemplait, les yeux ronds et les narines frémissantes.

— Est-ce vrai ?

— Bien sûr, c'est vrai. Vous n'allez tout de même pas imaginer que j'aie pu bâtir une histoire pareille sous l'inspiration du moment ? Vous ne me prenez pas pour un faiseur de romans d'aventures, non ?

Tout cela était si logique que les derniers doutes de Maudie se dissipèrent. Sa gorge se décontracta, ses yeux se voilèrent de pleurs, et, comme il lui offrait un morceau de saumon, elle le repoussa avec un cri strident.

— Oh! Bouboule. C'est épouvantable!

— Oui, tout cela est navrant.

— Et moi qui ai toujours cru que vous aviez dilapidé aux courses l'argent du voyage de noces!

— Je dois avouer, il est vrai, que j'en avais risqué une petite partie sur une épreuve au terrain de Sandown Park, puisque vous en parlez, mais par une veine inattendue j'ai touché un gagnant, Bounding Bertie, une bonne sauteuse dans la deuxième. A vingt contre un. Un coup magnifique! J'ai gagné cinquante billets, ce qui m'a permis d'acheter le fameux chapeau. Cet argent a aussi été le bienvenu à Paris. Une ville qui coûte très cher, Paris. N'écoutez pas ces gens qui prétendent qu'on y peut vivre à bon marché. On vous y guette à chaque coin de rue. Quoique, remarquez bien, l'on y mange admirablement et que la cuisine en vaille le prix.

Il y eut un silence. Maudie, comme Gloria Salt, songeait à ce qui aurait pu arriver; et sir Gregory, l'esprit reporté vers ce voyage de noces manqué et solitaire, essayait de se rappeler le nom de ce petit restaurant derrière la Madeleine où il avait si merveilleusement dîné un soir. C'est là qu'il avait pour la première fois dégusté une bouillabaisse.

Binstead, qui avait passé les dix dernières minutes tout pantelant dans l'office à essayer de reprendre ses esprits, car une calamité comme Maudie ne s'était encore jamais abattue sur sa paisible existence, réussit enfin à retrouver assez de force pour poursuivre sa tâche de maître d'hôtel. Il entra, portant une soupière, et sir Gregory se souvint à sa vue de ses devoirs de maître de maison.

— C'est la soupe, dit-il en l'accueillant d'un clair sourire. Dites, Maudie, maintenant que vous êtes là, vous allez accepter de partager mon dîner, ma vieille. Vous dites? Quoi? Vous devez partir? Ne soyez pas ridicule. Vous n'allez pas, après tant d'années, vous contenter de me dire « bonjour, bonsoir », et disparaître comme un lapin. Nous avons bien des choses à nous dire. Mon chauffeur vous raccompagnera où vous habitez. A propos, où êtes-vous installée? Et par quel hasard vous trouvez-vous dans notre région ? Vous m'avez vraiment coupé le souffle en tombant ainsi du ciel. Mrs. Stubbs et moi sommes de vieilles connaissances, Binstead.

— Vraiment, sir Gregory ?

— Nous nous connaissons depuis longtemps.

— Est-ce vrai, Monsieur ?

— Vous ne nous avez pas dit où vous perchiez, Maudie ?

— Je suis au château de Blandings.

— Comment diable avez-vous fait pour atterrir en cet endroit ?

— Galahad Threepwood m'a invitée.

Sir Gregory fit une moue désapprobatrice.

— Ce choléra !

— Allons, Bouboule. C'est un très gentil garçon.

— Un gentil garçon... mon œil ! Vous voulez dire un véritable pou à forme humaine Allez, approchez-vous, venez vous asseoir, dit sir Gregory, abandonnant ce sujet désagréable. Le goulach à la hongroise va se trouver à point d'un moment à l'autre et je crois que vous saurez l'apprécier. J'ai misé ensuite sur un parfait de charlotte à l'ambrosienne. C'est fait avec de la crème fouettée, du sucre en poudre, des blancs d'œufs, des raisins secs, des biscuits à la cuiller, des tranches de noix de coco et de la marmelade d'orange et je serais fort surpris si cela ne vous fondait pas dans la bouche.

La présence de Binstead à l'arrière-plan, oreilles aux aguets, prêt à recueillir tout ce qui pourrait un jour servir à la rédaction de ses Mémoires, coupait court à toute possibilité d'échanges plus intimes durant ce repas. Mais quand le café fut servi et Binstead disparu, sir Gregory, avec un soupir attendri, attaqua la corde tendre.

— Du tonnerre, ce goulach, dit-il. Il n'est pas donné à n'importe quel cuisinier de savoir le préparer. Il faut doser le paprika avec goût et il y a d'autres détails délicats que je n'estime pas utile d'aborder en ce moment.

Tout cela me rappelle... et je me demande, chère vieille amie, si vous vous souvenez encore d'un de nos repas à deux — je ne pourrais préciser lequel avait invité l'autre, car je crois bien avoir été obligé de vous laisser le soin de régler l'addition — dans un petit coin de Soho où l'on préparait un étonnant goulach à la hongroise.

— Oui, je vois, c'était au printemps.

— Oui. Un merveilleux soir de printemps, avec une brise légère qui venait de l'ouest; la nuit tombait et la nouvelle lune scintillait dans le ciel. Nous sommes allés là-bas, tous les deux, dans ce restaurant où nous avons mangé ce goulach.

— Vous en avez pris trois fois.

— Et vous de même, si je ne me trompe. Avec une omelette à la confiture pour continuer. Ce que j'ai toujours le plus admiré en vous, Maudie, c'est que vous n'avez jamais eu de penchant pour les régimes. Vous aimiez les bons mets et quand vous aviez été servie, vous en réclamiez une deuxième fois, sans vous inquiéter pour votre tour de hanches. Trop de jeunes femmes d'aujourd'hui ont la tête tournée par le genre athlétique, l'obsession de rester en forme, etc. Si vous voulez m'en croire, je les considère comme un danger pire que la trichinose et la fièvre aphteuse. L'un des plus dangereux spécimens de ce genre de poison est mon ex-fiancée, Gloria Salt. La forme physique était son bréviaire et elle accumulait désastres et ruines autour d'elle, comme un semeur qui sème à tous les vents.

— Vous n'êtes donc plus fiancé avec Gloria Salt ?

— Non, je ne le suis plus. Elle m'a adressé un billet hier soir en me disant d'aller me faire pendre ailleurs. Excellente idée. Je n'aurais jamais dû lui demander de m'épouser. Geste inconsidéré. On a parfois ainsi des coups de folie.

— Ne l'aimiez-vous pas ?

— Ne soyez pas ridicule. Non, bien sûr, je ne l'aimais

pas. J'étais seulement un peu attiré par elle, peut-être à cause de sa silhouette fine, mais je ne peux appeler cela de l'amour, ni de près, ni de loin. Je n'ai jamais aimé que vous, Maudie.

— Oh! Bouboule!

— Vous devriez le savoir. Je vous l'ai dit souvent.

— Mais il y a de cela des années!

— Les années ne changent rien quand un homme a vraiment donné son cœur. Et oui, que diable, je vous aime, ma chère vieille. J'ai essayé de refouler ce sentiment, remarquez. Croyant que vous m'aviez laissé tomber, j'ai tenté de chasser votre image de mon esprit. J'espère que vous me comprenez ? Mais quand je vous ai vue apparaître sur le seuil de cette porte, plus belle que jamais, j'ai compris qu'il était vain de lutter davantage. Le sort était jeté. Ce fut exactement comme si l'on m'avait ramené aux beaux jours d'autrefois. Je me suis trouvé de nouveau accoudé sur votre bar, les yeux perdus dans les vôtres, pendant que vous versiez le whisky et décapsuliez le soda.

— Oh! Bouboule!

— Et tout à l'heure, en vous regardant planter votre cuillère dans le parfait de charlotte à l'ambrosienne, dont visiblement vous vous régaliez (j'entends par là que vous compreniez quel chef-d'œuvre ce « parfait » représentait, que vous ne chipotiez pas comme le font certaines maudites créatures et que, bien au contraire, vous saviez pleinement apprécier sa qualité), je me suis écrié en moi-même : « Voilà ma vraie compagne, celle qui m'était destinée. » J'ai compris que nous étions des âmes sœurs, sans aucun doute possible.

— Oh! Bouboule!

Sir Gregory croqua une amande salée, qui lui fit faire la grimace.

— Vous êtes là à me répéter : « Oh! Bouboule », mais où cela peut-il bien nous conduire ? Je vous ai dit que nous étions des âmes sœurs et nous le sommes. Mais à quoi bon ? Tout cela ne peut nous mener nulle part. Je veux dire que nous ne pouvons tout de même pas oublier que vous êtes mariée !

— Je ne le suis pas.

— Excusez-moi. Vous l'avez peut-être oublié, mais j'ai bien entendu Binstead vous annoncer sous le nom de Mrs. Stubbs.

— Cedric est mort !

— J'en suis navré, dit poliment sir Gregory. Vivant aujourd'hui et mort demain, c'est la vie. Qui est Cedric ?

— Mon mari.

Sir Gregory, qui s'était emparé d'une autre amande salée, s'arrêta net.

— Votre mari ?

— Oui.

— Il est décédé ?

— Il est mort depuis cinq ans.

Sir Gregory fut si ému qu'il reposa l'amande salée dans la soucoupe.

— Racontez-moi tout, dit-il, sa voix et ses mentons tremblant de concert. Gardons tout notre calme et examinons froidement les choses. Vous dites que votre mari vous a quittée ? Il a passé l'arme à gauche... comme cela nous arrivera, hélas ! Alors, si je comprends bien, vous êtes comme moi tout à fait libre ?

— Oui.

— Rien au monde ne peut donc nous empêcher de nous marier quand nous voudrons ?

Sir Gregory lui saisit la main comme s'il s'était agi d'une tranche de parfait de charlotte à l'ambrosienne.

— Alors ? Qu'est-ce qu'on fait, chère vieille amie ?

— Oh ! Bouboule !... répondit Maudie.

III

La plupart des hommes qui, ayant commencé un voyage en compagnie d'une dame, auraient constaté en fin de parcours que la dame n'était plus à leur côté, se seraient sans doute un peu étonnés de cette disparition et auraient posé un tas de questions oiseuses. Lord Emsworth, que son chauffeur avait réveillé devant le château en lui enfonçant un index respectueux dans les côtes, n'avait, en se retrouvant seul, pas perdu de temps à se demander ce qui avait bien pu arriver à sa compagne de route. Il ne se créait jamais de soucis superflus en ce domaine. Si une jeune femme trouvait bon de disparaître de sa voiture comme par enchantement, cela faisait une femme disparue de plus, et voilà tout. Il n'y pouvait rien et tout s'expliquerait en temps voulu, à la grâce de Dieu. Il battit légèrement des paupières en disant :

— Eh, quoi ?... Nous sommes arrivés, sans doute ?... Parfait... C'est l'essentiel.

Il pénétra dans le château d'un pas légèrement vacillant, tout en éternuant, et Gally, qui traversait le hall en compagnie de Jerry, lui jeta un coup d'œil inquiet :

— Vous avez attrapé un mauvais rhume, Clarence, dit-il.

Jerry était du même avis.

— C'est vraiment un mauvais rhume que vous avez attrapé, ajouta Jerry.

Beach survint sur ces entrefaites et, d'un coup d'œil sur son patron, confirma le diagnostic.

— Votre Seigneurie a un mauvais rhume, dit-il.

Lord Emsworth, affalé sur une chaise, reniflait sans dire un mot, et les trois hommes s'interrogeaient du regard.

— Il n'y a qu'une chose à faire contre un rhume, dit Gally. Une boule chaude aux pieds et un cataplasme de farine de lin.

— J'aurais proposé du thé au citron avec une cuillerée de sucre en poudre imbibée d'alcool de menthe, reprit Jerry.

— Si je puis me permettre une suggestion, monsieur Galahad, ajouta Beach, j'ai lu ce matin dans les journaux qu'il existait un produit américain de suralimentation appelé « Granulés Mignons ». Il renferme soixante-deux pour cent de nutro-gluten et, d'après ce que j'ai cru comprendre, une seule cuillerée devrait être efficace.

— Permettez, dit Jerry. Si je faisais un saut jusqu'au bourg de Blandings pour rapporter les quelques médicaments utiles que je pourrais trouver à la pharmacie de la grand-rue...

— Excellente idée. Vous voulez dire chez Bulstrode ? Il est sans doute déjà fermé, mais l'animal habite au-dessus de sa boutique. Vous n'avez qu'à tambouriner dans la porte jusqu'à ce qu'il descende vous servir. Que pensez-vous faire, Clarence ? demanda Gally d'un ton ferme, car le malade s'était redressé, prêt à accompagner Jerry dans les vastes espaces.

— Je voulais jeter un coup d'œil sur l'Impératrice.

Gally et Beach échangèrent un regard complice : « Motus et discrétion », disait celui de Gally. « Oui, Monsieur. Parfaitement, Monsieur », répondait celui de Beach.

— Vous êtes cinglé, dit Gally. Avez-vous envie d'attraper une pneumonie ? C'est le lit qu'il vous faut. Beach vous servira à dîner sur un plateau. N'est-ce pas, Beach ?

— Très volontiers, monsieur Galahad.

— Et pas un mot à lady Constance. Nous ne voulons pas la voir arriver ici et empoisonner ce pauvre diable. La première chose qu'il faut éviter à un homme qui a pris froid, c'est tout contact avec les femmes.

— Lady Constance n'est pas au château en ce moment, Monsieur. Elle est allée assister à la réunion hebdomadaire du Cercle littéraire, à la cure, chez le pasteur.

— Excellente nouvelle. Cela nous préserve d'un gros ennui. Hop là! Clarence.

— Mais, Galahad, l'Impératrice ?

— Que lui voulez-vous ?

— Je voudrais voir comment elle va.

Il y eut un nouvel échange de coups d'œil complices entre Gally et Beach.

— Ne vous tourmentez pas pour l'Impératrice. Je viens de la voir à l'instant et elle est en pleine forme, le regard brillant et les joues roses. Venez au lit, mon bon ami, dit Gally. Et bientôt lord Emsworth se trouva confortablement installé entre les draps, avec une bonne bouillotte sous les orteils, le plateau du dîner sur les genoux et, sur la table de nuit, deux livres d'Edgar Wallace, que Beach avait apportés au cas où il se sentirait d'humeur à lire. Le plus jeune fils de lord Emsworth, Freddie Threepwood, avait confié à Beach sa collection de « Cherchez le coupable » qui passait pour être la plus complète de tout le Shropshire et Beach était toujours heureux de pouvoir contribuer à sa diffusion.

Mais lord Emsworth ne se sentait guère attiré par les monstres sans visages et les mystères de la nuit. Un coup d'œil au premier de ces ouvrages lui avait appris qu'il y avait un gorille qui grimpait le long du tuyau d'une gouttière pour aller, dans les heures creuses, s'emparer de force de jeunes femmes aux yeux gris et aux cheveux blonds; mais lord Emsworth était homme qui savait aussi bien s'intéresser aux gorilles que les négliger complètement. Il referma le livre et se mit à éternuer à petits coups en songeant à Maudie. Il était contrarié d'avoir, en s'endormant dans la voiture, manqué une occasion peut-être unique de glisser, dans le creux de son oreille d'albâtre, de brûlantes paroles d'amour.

Pour glisser dans le creux de son oreille d'albâtre de

brûlantes paroles d'amour, lord Emsworth se heurtait à quelques obstacles. Le château de Blandings fourmillait, dans ses coins et recoins, d'une multitude de gens qui fourraient leur nez partout et semblaient n'avoir d'autre souci que d'interrompre toute conversation de caractère privé, et la présence de ces importuns rendait difficile un tête-à-tête avec l'objet de ses rêves. Chaque fois que la scène se prêtait à un échange intime de vues, un intrus intervenait brusquement et tout travail était à refaire.

Il en était là de ses méditations quand son regard tomba sur le bureau qui se dressait au milieu de la pièce et il se souvint alors que notre civilisation moderne nous a pourvus de moyens de communication autres que la parole. Dans les petits casiers de ce bureau se trouvaient des feuilles simples de papier à lettre, des feuilles doubles du même papier, des cartes postales, des enveloppes, des formules de télégramme et quelques-uns de ces petits blocs sur lesquels on peut jeter les idées intéressantes qui vous passent par la tête. Sur la tablette du bureau il y avait des plumes, de l'encre, des gommes à effacer, de la cire à cacheter, et un objet bizarre assez semblable à l'instrument qui sert à ôter les cailloux dans le fer d'un cheval. Sautant de son lit de douleur, sans s'intéresser davantage aux gommes, à la cire à cacheter, ni à la curette pour fer à cheval, lord Emsworth s'empara de tout ce qu'il lui fallait pour écrire une lettre.

Tout lui vint à merveille. Ce n'était pas, en vérité, un très habile épistolier, mais après une série de faux départs sa prose passionnée se mit à jaillir comme un geyser. Quand il eut terminé, il relut son texte et fut étonné de son talent. Il y avait juste la dose de ferveur respectueuse qui convenait et il lui apparut que son petit somme dans la voiture avait favorisé ses plans, car il n'aurait jamais pu exprimer aussi facilement en paroles ce qu'il avait écrit. La prose qui s'étalait sur les quatre pages recto-verso du papier à lettres lui eût valu une fraternelle tape d'amitié de l'auteur du Cantique des cantiques.

Comme il passait la pointe de sa langue sur l'enveloppe, Jerry fit son entrée, chargé de paquets comme un mulet.

— Je vous ai apporté de la cannelle, de l'aspirine, du vapex, de la glycérine, du thymol, du thé noir et de l'ouate thermogène. Il vaut mieux avoir de quoi faire son choix, n'est-ce pas ? Voici encore un cataplasme de farine de lin et de l'huile camphrée. Et le vieux père Bulstrode m'a dit que vous feriez bien de boire du lait chaud et de porter une flanelle à même la peau.

Lord Emsworth reconnut que c'était évidemment un bon moyen, assez distrayant, de tuer le temps. Mais son esprit restait attaché à sa lettre.

— Eh! dit-il.

— Oui, dit Jerry, prêt à intervenir d'urgence, suivant la règle de conduite qu'il s'était fixée de répondre au moindre désir de son patron.

— Je me demande, dit lord Emsworth, si vous voudriez faire quelque chose pour moi, mon jeune ami.

— Tout ce que vous voudrez, tout ce que vous voudrez, dit Jerry avec chaleur. Dites-moi de quoi il s'agit!

— Voilà, j'ai écrit une lettre... une lettre... bref... une lettre.

— Je vois, dit Jerry. Vous voulez dire une lettre ?

— C'est cela même. Une lettre. Une lettre pour madame... euh... madame Bunbury. Je voudrais qu'elle lui parvienne au plus vite, et j'ai pensé que vous pourriez peut-être la lui porter vous-même.

— Bien sûr, bien sûr. C'est une excellente idée. Rien de plus simple. Je vais la lui remettre dès que je vais la rencontrer.

— Non... ne faites pas cela. Vous pouvez être sûr de vous faire repérer par quelqu'un. Vous savez comment ça se passe, ici. Il faut aller porter cette lettre dans sa chambre.

— Et la piquer sur la pelote d'épingles de sa coiffeuse ?

— Exactement cela. Il faut la piquer sur la pelote d'épingles. Votre idée est parfaite!

— Où se trouve sa chambre ?

— La deuxième à droite, en se dirigeant vers le fond du couloir.

— Vous pouvez considérer la mission comme remplie, dit Jerry.

Il n'aurait pas pu souhaiter de meilleur moyen, ni de plus simple, pour se faire valoir aux yeux de son patron. Il s'éclipsa en songeant que les choses prenaient bonne tournure.

Il était fort curieux de savoir pourquoi diable ce vieil oiseau écrivait à Mrs. Bunbury. Mais il pouvait difficilement le demander et si la tentation d'ouvrir l'enveloppe au-dessus d'une casserole d'eau bouillante effleura son esprit, il la repoussa résolument. Comme lord Vosper, il était un ancien du collège de Harrow.

CHAPITRE VIII

I

Lord Emsworth était allongé dans son lit. Sa lettre expédiée, il se demandait, comme tous les auteurs qui ont remis leur manuscrit, s'il n'aurait pas pu la fignoler davantage et lui donner ces dernières petites retouches qui font toute la différence. Cependant, toujours comme tous les auteurs, il savait que ce qu'il avait écrit, même sans ce dernier coup de burin, était simplement quelque chose d'étourdissant et c'est avec l'esprit tranquille qu'il reprit la lecture d'Edgar Wallace.

Il se disait qu'il n'aurait pas aimé être un gorille adonné au crime... Sommeil sans cesse interrompu... Pas d'emploi du temps régulier... Toujours obligé de s'exhiber le long des tuyaux de gouttière et ainsi de suite — quand un joyeux « debout les morts » interrompit sa rêverie. Son frère Galahad venait d'entrer.

— Alors, Clarence, dit Gally, comment vous sentez-vous à présent ? J'ai réfléchi au sujet de votre rhume et je vais vous dire le traitement qu'il vous faut employer. Vous faites une inspiration forcée et restez la poitrine gonflée le plus longtemps possible. Cela bloque les mauvais germes à l'intérieur de vos poumons, et comme ils ne peuvent eux-mêmes renouveler leur oxygène, ils étouffent. Lorsque vous videz enfin votre poitrine d'une rapide expiration, tous ces sacrés machins sont expectorés à l'état de cadavres. Il ne vous reste plus qu'à acheter une cravate noire et à assister à leur enterrement. Mais à quoi bon tenter de vous débarrasser de vos mauvais germes, ajouta-t-il en baissant la voix, quand vous pouvez à tout moment être la proie d'un superbacille comme Connie ?

— Hein ?

— J'ai tenu à vous prévenir. Vous allez recevoir sa visite.

— Oh! la barbe!

— Je comprends vos sentiments.

— Elle est donc rentrée ?

— Oui et le chignon en bataille. On m'a dit qu'elle est dans un état violent. Je ne l'ai pas vue personnellement, mais Beach, qui a eu un long entretien avec elle, m'a assuré qu'elle ressemblait à un gorille qui se martèle la poitrine en rugissant et se prépare à étriper ses semblables.

Lord Emsworth sembla frappé de ce rapprochement.

— J'étais justement en train de lire une histoire où il est question de gorille. Quel drôle d'animal!...

— Et que fait-il de particulier ?

— Eh bien! apparemment il passe la majeure partie de son temps à grimper le long des tuyaux de gouttière et à arracher les filles de leurs lits.

Gally ne parut pas impressionné. Il fit une moue dédaigneuse.

— Histoire à l'eau de rose. Un simple amateur, évidemment. Attendez un peu de voir Connie.

— Mais que me veut Connie ?

— Ah! dit Gally, je suis content que vous me posiez cette question. Je vous l'aurais d'ailleurs expliqué depuis longtemps, mais vous ne m'avez pas permis de placer un mot.

Il s'assit sur le bord du lit, rajusta son monocle et se mit à détailler une étrange histoire.

— Sans nous attarder à sa naissance, sa petite enfance et tout le reste, nous commencerons l'historique de Connie à son retour du Cercle littéraire de Market Blandings. La réunion avait été intéressante et Connie était d'excellente humeur. Elle déambulait avec une allure toute printanière et je n'aurais pas été surpris de l'entendre fredonner quelques bribes de chanson. Bref, un enfant aurait pu alors jouer avec elle, et elle serait même allée jusqu'à lui donner vingt francs pour qu'il s'achète des bonbons.

Lord Emsworth, comme presque toujours quand il écoutait une histoire, était un peu perdu.

— Je croyais que vous disiez qu'elle était dans un état violent.

— Elle le devint... quelques minutes plus tard et je vais vous en donner la raison. Un télégramme l'attendait sur la table du hall. Et quand je dis un télégramme, il s'agissait plutôt d'un câble adressé de Long Island City, des Etats-Unis d'Amérique, par le vieux Donaldson, le roi des biscuits pour chiens. Il y était question de Mrs. Bunbury.

— Je crois que ce sont de vieux amis.

— Ce n'est pas l'avis de Donaldson. D'après son télégramme, il n'a jamais entendu parler d'elle.

— Ça, par exemple!

— C'est exactement ce qu'a dit Connie. Elle s'est mise aussitôt en quête de Mrs. Bunbury, afin de lui demander quelques explications. Elle l'a trouvée dans le passage, au-dessous de l'escalier qui conduit à l'office de Beach. Beach la tenait serrée dans ses bras et l'embrassait tendrement sur les joues.

Lord Emsworth éternua.

— Beach, quoi ?

— Je comprends votre surprise. Ces mœurs, pensez-vous, sont plutôt révolutionnaires. Les maîtres d'hôtel n'embrassent pas les invitées. Les chauffeurs, peut-être;

les gardes-chasse, passe encore. Mais jamais les maîtres d'hôtel. Pour excuser cet étrange comportement, je dois vous faire savoir que Beach est l'oncle de Mrs. Bunbury.

— Son oncle ?

— Oui. C'est son oncle Sébastien. J'aurais dû vous le dire plus tôt et je me demande comment je n'y ai pas songé. Mrs. Bunbury n'est pas Mrs. Bunbury. C'est la veuve du sieur Stubbs. Son nom de jeune fille est Beach, naturellement, bien que, lorsque je l'ai connue comme barmaid au Critérion de Londres, elle se fît appeler Maudie Montrose.

Lord Emsworth semblait être sur le point de s'agripper à son couvre-pieds.

— C'est une barmaid ?

— C'était une barmaid. Plus tard, elle a épousé le propriétaire-exploitant d'une agence de police privée. Il repose maintenant au royaume des étoiles. Quand Beach m'a révélé les relations de sa nièce avec le monde spécial de ceux « qui marchent sur des semelles de feutre », j'ai eu l'idée de la faire venir ici pour surveiller à la dérobée le jeune Parsloe et déjouer ses machinations contre l'Impératrice. Je croyais qu'elle était rompue à ce genre d'exercice. Ce n'est malheureusement pas le cas. Elle n'y peut rien d'ailleurs, la pauvre chère, et il a été délicieux de l'avoir ici et de rappeler les histoires du vieux temps. C'est une compagne pleine de charme. Mais je ne veux pas m'écarter du sujet. Reprenons le fil du scénario. Connie, que la lecture de ce câble avait lancée sur les talons de cette vamp, fut extrêmement troublée au spectacle du maître d'hôtel bondissant dans tous les coins pour embrasser les gens. Sommes-nous au château de Blandings, se demanda-t-elle, ou aux Folies-Bergère ? Elle regagna son boudoir en chancelant, sonna Beach et le mit sur la sellette.

Gally s'arrêta courtoisement pour permettre à lord Emsworth d'en terminer avec ses gémissements, puis il reprit :

— Ce fut durant cet entretien que Beach fut frappé de la ressemblance qu'elle offrait avec un gorille atteint d'ulcère à l'estomac et nous pouvons difficilement le blâmer d'avoir succombé dans cette épreuve. Je n'ai jamais vu plus loyal buveur de porto que Beach, mais tout être humain a ses points faibles. Lorsque Constance se précipite sur les gens comme un loup dans une bergerie, elle est pire qu'une furie et je n'ai pas été surpris qu'au bout de quelques minutes d'un semblable traitement Beach ait perdu pied et mangé le morceau. Vous dites ?...

Lord Emsworth hocha la tête. Il avait simplement gémi une fois de plus.

Maintenant que Connie sait que je suis à la tête de la machination, car Beach m'a complètement démasqué, il est possible qu'elle vous soupçonne de complicité dans cette affaire. Vous la connaissez. Elle prend tout en mauvaise part. Aussi ai-je pensé qu'en toute amitié je devais vous prévenir au plus vite pour que vous vous teniez prêt à toute éventualité. Préparez votre histoire. Montrez-vous ferme avec elle. Prenez les choses de haut. Et pour l'amour du ciel, Clarence, ne continuez pas à gémir ainsi. Elle ne vous mangera tout de même pas. D'ailleurs je ne crois pas qu'elle en ait la moindre envie, car vous êtes bien la denrée la moins comestible que j'aie rencontrée dans ma vie.

Et, avec un « Haut les cœurs ! » final, Gally se retira, non sans avoir expliqué qu'il n'avait pas peur de Connie le moins du monde, mais qu'il y avait des moments où il valait mieux éviter la compagnie des femmes et attendre que l'orage fût passé. Il ne voulait pas, dit-il, d'une scène vulgaire.

Il laissa lord Emsworth glacé jusqu'aux os sur sa couche et semblable à la femme de Loth changée en statue de sel.

Lord Emsworth ne reniflait plus. Fait remarquable et digne d'une communication à la Faculté, entre tous les remèdes prescrits au cours de cette soirée pour la guérison de son rhume, il n'y avait que le choc des révélations apportées par Gally qui eût sensiblement amélioré son état. D'un seul coup, il était redevenu un homme bien portant, exactement comme s'il avait absorbé un thé au citron, entamé un paquet de « Granulés Mignons », fait une inspiration forcée et asphyxié tous les germes encombrant son organisme, sans considération d'âge ou de sexe.

Mais quoiqu'il se sentît en meilleure condition physique, le moral était au plus bas. Il est triste de devoir rapporter ce fait, mais son amour pour Maudie était mort aussi sûrement que si quelqu'un, le guettant au coin d'une allée sombre, lui avait assené un coup de massue sur la tête. La seule chose à laquelle il pouvait penser pour l'instant, c'est à ce que dirait sa sœur Constance, femme bien née, en apprenant qu'il avait écrit une lettre pour demander en mariage une ex-barmaid apparentée par les liens du sang au maître d'hôtel de la famille.

Et ce n'était pas tout. Il pensait également que lorsque Connie s'arrêterait de parler, si jamais cela arrivait, il se trouverait en présence de cette alternative : ou bien risquer les foudres de la loi pour rupture de promesse de mariage, ou bien s'exposer à appeler Beach pour le restant de ses jours « Oncle Sébastien ».

Jerry arriva sur ces entrefaites, resplendissant de joie. Il venait juste de rencontrer Penny dans le couloir et de recevoir une preuve renouvelée de son indéfectible amour. Certes, elle était encore la fiancée d'un autre, mais elle s'était littéralement jetée dans ses bras pour l'embrasser, et c'était suffisant pour faire de cette soirée une date historique. Il se précipita vers lord Emsworth.

— J'ai déposé votre lettre, dit-il comme un boy-scout qui vient rendre compte de sa bonne action journalière.

Lord Emsworth ressuscita. La statue de sel devint un sémaphore.

— Rapportez-la-moi, mugit-il en battant l'air de ses bras.

Jerry resta sidéré. Il ne comprenait pas le processus mental de son patron.

— La rapporter ?

— Oui.

— Vous voulez dire l'enlever à la pelote d'épingles ?

— Oui, oui, oui... Je n'ai pas le temps de vous expliquer, mais dépêchez-vous de me la rapporter !

Si Jerry avait eu quelque commentaire à faire sur cette étrange attitude, il n'aurait pas eu loisir de l'exprimer, car la porte de la chambre s'ouvrit brusquement et lady Constance entra.

Il eut l'impression qu'en le voyant dans la pièce elle lui jeta un coup d'œil plutôt froid, comme si le peu d'affection qu'elle avait ressenti pour lui s'était évanoui d'un seul coup. Mais un homme qui vient de recevoir un baiser de sa bien-aimée dans la pénombre d'un couloir ne fait guère attention aux regards plus ou moins froids des grandes dames de la société. Il lui adressa un aimable sourire et dit qu'il allait chercher ce papier.

— Quel papier ?

— Un papier sans importance que lord Emsworth m'a demandé de lui rapporter.

— Comment se fait-il que vous ayez besoin que Mr. Vail vous rapporte des papiers, Clarence ?

— Et pourquoi pas, que diable ! répliqua lord Emsworth que la crainte rendait agressif. Pourquoi ne me rapporterait-il pas des papiers ? Cela fait partie de ses attributions, je pense. C'est mon secrétaire, après tout !

Lady Constance suivit Jerry jusqu'à la sortie d'un regard plus froid encore.

— Il ne restera pas longtemps votre secrétaire, si j'arrive à mes fins, dit-elle d'un ton sec.

Lord Emsworth saisit au bond cette excellente occasion

de détourner la conversation des maîtres d'hôtel et de leurs nièces.

— Et pourquoi ne resterait-il pas mon secrétaire plus longtemps, si vous arrivez à vos fins ?

— Parce que je le soupçonne de faire la cour à Pénélope Donaldson et d'essayer de la détacher d'Orlo Vosper.

— Vosper ? Vosper ? Vosper ? Ah ! oui, Vosper ! dit lord Emsworth. Il était temps, car un « qui est donc Vosper ? » eût été du plus déplorable effet. Et qu'est-ce qui vous fait penser qu'il agit de la sorte ?

— Je vais vous le dire. Quand nous avons été à Londres, un mystérieux monsieur a demandé Pénélope au téléphone. Il s'est présenté comme s'appelant Gerald Vail et semblait avoir arrangé clandestinement un dîner avec elle. Or, le lendemain, il arrive ici comme votre secrétaire, suivant un plan évidemment établi à l'avance et d'accord avec elle. Et juste à l'instant, en passant dans le couloir, je viens de les voir l'un près de l'autre. Très près l'un de l'autre, dit lady Constance d'un air plein de sous-entendus.

— Grands dieux ! Quoi ? Que voulez-vous dire ? Enlacés ?

— Quand je les ai aperçus, ils n'étaient pas positivement dans les bras l'un de l'autre, si c'est là ce que vous voulez signifier par cet étrange mot, poursuivit-elle avec froideur. Mais le visage de Pénélope était cramoisi et je soupçonne le pire. Si je peux trouver le plus petit motif, je congédierai ce garçon. En vérité, avec tout ce qui se passe ici, le château de Blandings devient une véritable maison de fous. Les secrétaires embrassent les jeunes filles confiées à ma garde, les maîtres d'hôtel embrassent...

— Ah ! oui, Galahad m'a raconté tout cela, coupa lord Emsworth d'un air détaché. Il m'a dit quelque chose, si j'ai bonne mémoire, au sujet de Mrs. Bunbury qui ne serait pas Mrs. Bunbury.

— Elle s'appelle Stubbs, et c'est la nièce de Beach.

— Oui, il me semble me souvenir que c'est ce qu'il m'a

dit. Je me souviens même avoir pensé qu'il était curieux qu'une femme prétende être Mrs. Bunbury tout en n'étant pas Mrs. Bunbury. Cela me paraît ridicule. Etes-vous arrivée à savoir ce que tout cela signifie ?

Lady Constance le regarda bien dans les yeux.

— Et vous, qu'en pensez-vous ?

— Moi ?

— Etiez-vous dans le complot, Clarence ?

Lord Emsworth fronça les sourcils et fit appel à ses dernières forces.

— Que voulez-vous dire par complot ? Je n'ai jamais trempé dans un complot. Croyez-vous donc qu'un homme aussi occupé que moi ait du temps à perdre pour s'occuper d'un complot ? Allons, allons ! C'est insensé !

Une dame de moindre caractère eût cédé devant un si noble courroux. Lady Constance subit le choc sans broncher.

— Non, je ne pense pas que vous en soyez. Je suis sûre que c'est Galahad qui a tout échafaudé, sous l'influence et avec l'aide de Pénélope Donaldson, qui m'a dit que Mrs. Bunbury était une vieille amie de son père. Je suis choquée, je dois le dire, par la façon dont elle agit. Je la prenais pour une charmante jeune fille et elle se révèle être tout à fait sournoise et hypocrite. Si je n'avais pas reçu ce câble de Mr. Donaldson m'apprenant qu'il n'avait de sa vie rencontré une Mrs. Bunbury, je n'aurais jamais pu me douter de ce qui se passait ici. Bien entendu, mon premier réflexe a été de mettre cette femme à la porte.

— Alors, elle s'en va ? dit lord Emsworth, qui trouvait que dans l'ensemble les choses s'arrangeaient.

— Non, elle ne s'en va pas. Etant donné ce que Beach m'a appris, je ne puis faire autrement que de lui permettre de prolonger son séjour. Je ne peux pas vexer sir Gregory.

— Vous voulez dire... Parsloe ?

— Nous ne connaissons qu'un seul sir Gregory, n'est-ce pas ?

— Mais que vient faire Parsloe dans cette affaire ?

Lady Constance fit la grimace comme si elle avalait une dragée amère.

— S'il faut en croire Beach, cette femme et sir Gregory se sont fiancés ce soir même !

— Quoi ?

— Votre surprise ne me surprend pas.

— Je suis stupéfait, suffoqué. J'en suis, sacré diable, complètement abasourdi.

— J'ai été comme vous quand Beach me l'a appris. Je n'en croyais pas mes oreilles.

— Vous voulez dire que Parsloe, la rencontrant ce soir pour la première fois de sa vie, lui a demandé de l'épouser ? dit lord Emsworth avec une sorte de respect pour un homme si prompt à l'action.

— Il ne l'a pas rencontrée ce soir pour la première fois. Il paraît qu'ils se sont connus autrefois, avant que sir Gregory n'ait hérité de son titre. J'ai trouvé Beach en train de l'embrasser et il m'a expliqué qu'elle venait juste de lui annoncer la nouvelle et qu'il la félicitait. De toute façon, qu'elle soit Mrs. Bunbury ou Mrs. Stubbs ou tout ce qu'on voudra, elle va épouser sir Gregory et je ne peux insulter sir Gregory en la chassant de chez moi. La vie à la campagne est impossible si on ne vit pas en bon voisinage.

Une horrible pensée traversa le cerveau de lord Emsworth.

— Vous n'allez pas renvoyer Beach ?

— Je ne sais pas.

— Eh bien ! moi, je sais. Je veux être pendu si vous renvoyez Beach... Oui, pendu ! dit avec force lord Emsworth.

La vie sans Beach était une chose qu'il ne pouvait envisager.

— Non, dit lady Constance après un temps de réflexion. Non, je ne donnerai pas congé à Beach. Je considère qu'il a été détourné du droit chemin par Galahad. Galahad! Ah! celui-là! Je me souviens, continua-t-elle d'un air désenchanté, du jour, quand nous étions enfants, où il est tombé dans la mare du jardin potager. Au moment où il coulait à pic, un de nos jardiniers est arrivé juste à temps pour l'en sortir.

Elle s'arrêta comme pour marquer une sorte de regret profond. Il était clair qu'elle se trouvait en parfaite harmonie avec le poète qui a dit que, de tous les mots les plus tristes qui aient pu être écrits ou prononcés, les plus tristes sont encore ceux-ci : « Cela aurait pu arriver. » Elle s'arrêta un instant, évoquant en silence l'intervention intempestive de ce jardinier écervelé.

— Eh bien! reprit-elle, je vais aller dans ma chambre me bassiner les tempes à l'eau de Cologne. J'en suis à me demander si je ne marche pas sur la tête.

Elle sortit, et lord Emsworth, se laissant aller sur l'oreiller, put donner libre cours aux premières pensées agréables qu'il lui eût été donné de connaître depuis longtemps.

Ainsi elle était fiancée à Parsloe ? Il était donc sauvé à la onzième heure et n'avait plus à craindre ni la poursuite en rupture de mariage ni l'autre éventualité, plus affreuse encore. Quel plus heureux dénouement pouvait-on trouver aux ennuis d'un honnête homme!

Lord Emsworth s'était toujours demandé si ce qu'on appelle « des anges gardiens » existait vraiment. Les événements de la soirée l'en convainquirent. Seul un ange gardien à la page avait pu le tirer avec une stupéfiante dextérité du pétrin dans lequel il se trouvait et cela juste au moment où il allait couler à pic, comme Galahad dans sa mare.

Il regretta de n'avoir aucun moyen d'entrer en contact direct avec son bienfaiteur. Quelle joie c'eût été de pouvoir lui serrer la main!

II

Dans des maisons de la taille du château de Blandings, il y a toujours une multitude de coins et recoins dont on dirait qu'ils ont été spécialement conçus pour servir de refuges aux hommes qui désirent échapper à la colère des femmes. Gally, après avoir quitté lord Emsworth, choisit la salle de billard. Il savait que Constance, malgré tous ses nombreux défauts, n'était pas femme à faire intrusion dans les salles de billard.

Le premier objet qu'il aperçut en entrant fut lord Vosper s'exerçant à la pratique des coups droits, mais d'un air absent, comme si ses pensées voguaient ailleurs. Il y avait une expression préoccupée sur son beau visage et le fait d'avoir réussi quelques jolis coups ne semblait lui faire aucun plaisir.

En apercevant Gally, il eut l'expression du naufragé qui vient d'apercevoir une voile à l'horizon.

Lord Vosper, nous l'avons dit, tenait Gally pour un désœuvré inutile et frivole et désapprouvait son attitude générale dans l'existence, mais il avait un solide respect pour ses qualités d'homme du monde et c'était d'un homme du monde qu'il avait besoin maintenant. Des problèmes avaient surgi dans la vie de lord Vosper et il se sentait incapable de les résoudre seul.

— Oh! bonjour, dit-il. Dites-moi, monsieur Threepwood, puis-je vous parler de quelque chose ?

— Vous pouvez me parler de tout ce qui vous passera par la tête et vous trouverez en moi le meilleur des auditeurs, dit Gally cordialement. De quoi s'agit-il ? Vous êtes troublé par la situation en Extrême-Orient ?

— Ce n'est pas tant la situation en Extrême-Orient que la situation au château de Blandings qui me préoccupe. Il m'est arrivé une fâcheuse histoire et j'aimerais beaucoup avoir votre avis. Pouvez-vous m'accorder quelques instants ?

— Toutes mes minutes sont à vous.

— Mon histoire est très longue.

— Vos histoires ne sauraient jamais être trop longues, mon cher ami, reprit Gally d'un ton courtois. Installons-nous sur cette banquette et videz votre cœur.

Lord Vosper, une fois installé sur la banquette à côté de Gally dont le visage reflétait une bienveillante attention, sembla éprouver quelque embarras à entamer son récit.

— Jouez-vous au tennis ? dit-il en manière de préambule.

— Je me demandais si vous alliez me poser cette question, répondit Gally. Et je pense que vous allez maintenant me demander quels sont les derniers livres que j'ai lus ?

Lord Vosper rougit en s'excusant. Il vit qu'il avait mal choisi son entrée en matière.

— Ce que je veux dire, ce n'est pas tellement « jouez-vous au tennis » que « croyez-vous qu'un grand roman d'amour puisse sombrer sur un court de tennis » ?

— Ah! nous y voilà. Grands dieux, oui! Mon vieil ami Buffy Struggles a été jadis fiancé à une jeune fanatique du tennis qui lui renvoya sa bague et ses lettres parce qu'un jour qu'ils jouaient ensemble une partie de double, il s'était permis de venir piétiner dans son coin et de lui intercepter toutes ses balles. Avant qu'il ait pu tenter une réconciliation, un fiacre l'a renversé dans Piccadilly et l'a tué net.

— Tonnerre d'Ecosse! (Lord Vosper était stupéfait, abasourdi.) Mais c'est exactement ce qui m'est arrivé!

— Vous avez été tué par un fiacre ?

— Non, mais j'ai été fiancé avec une jeune fille qui a rompu parce que j'interceptais ses balles.

— Ah! je vois. J'avais mal compris. Et quand ce malheur est-il arrivé ?

— Il y a environ deux mois.

— Mais vous n'êtes fiancé à Penny Donaldson que depuis deux ou trois jours ?

— Il ne s'agit pas de Penny Donaldson, mais de Gloria Salt.

— Vous voulez dire que vous avez été fiancé à Gloria Salt ?

— Je le suis toujours.

— Mais vous êtes fiancé à Penny Donaldson.

— Je le sais. Et c'est là l'ennui. Je suis fiancé avec les deux.

Gally retira son monocle et se mit à le polir. L'histoire de son interlocuteur, en dépit de son intérêt humain, lui semblait difficile à suivre.

— Compliqué, dit-il.

— Un peu, en effet, convint lord Vosper. Je ferais mieux de tout reprendre pour vous depuis le début. J'ai été fiancé à Gloria, et puis elle a rompu. Vous me suivez ?

— Je vous suis.

— Je me suis fiancé ensuite avec Penny. Tout va bien jusque-là ?

— Tout va bien. A la suite d'un mouvement de dépit, je suppose ?

— Plus ou moins à la suite d'un mouvement de dépit, quoique, bien entendu, je l'aime beaucoup. C'est une charmante fille.

— Charmante.

— Je lui avais fait ma demande en mariage à Londres

le soir où nous dînions « Chez Mario », et cette proposition avait semblé lui plaire. Nous en étions là quand nous sommes revenus. Et tout aurait pu se passer à merveille si Gloria n'était brusquement arrivée au château.

— Je commence à comprendre. En la revoyant, vous vous êtes aperçu que le vieil amour subsistait encore ?

— C'est cela même. Et pour elle il subsistait aussi. Et avec violence. Je n'en savais rien jusqu'à ce soir, mais elle aussi était torturée de remords, car elle sentait qu'elle avait gaspillé le bonheur de toute une vie.

— Comment se fait-il que vous vous en soyez aperçu ce soir ?

— Je faisais un tour dans le jardin et suis tombé sur elle pleurant amèrement au clair de lune. Cela, évidemment, m'a paru anormal. Je me suis permis de lui dire : « Bonsoir, qu'est-ce qui ne va pas ? » Elle a dit : « Oh! Orlo... », et tout a suivi. Et puis... une chose en amenant une autre, avant que nous ne sachions où nous en étions, nous nous sommes retrouvés dans les bras l'un de l'autre.

— Murmurant des paroles entrecoupées ?

— Exactement, et je n'ai aucune honte à vous dire que j'espère que vous pourrez me donner un conseil, car pour l'instant il n'est pas excessif de dire que je suis complètement désemparé.

Gally hocha la tête.

— Je comprends vos difficultés. Vous êtes un homme d'honneur et vous vous sentez lié à Penny.

— C'est tout à fait cela.

— Mais votre cœur, lui, comme dit la chanson, appartient à Papa.

— Hein ?

— Je veux dire à Gloria. Vous aimez cette jeune fille ?

— Oui, je l'aime.

— Hélas! Ce sont des choses qui arrivent et l'on ne peut

blâmer personne. Il ne vous reste plus qu'une chose à faire, à mon avis. Il faut expliquer la situation à Penny.

— C'est mon opinion. J'espère qu'elle ne m'en voudra pas.

— J'espère que non. Mais il faut qu'elle le sache, je crois.

— C'est aussi l'avis de Gloria. Elle m'a dit d'aller tout lui expliquer.

— Ce n'est pas une tâche agréable que d'aller prévenir une jeune fille au cœur tendre que l'on a décidé de rompre.

— Non.

— Vous préféreriez peut-être qu'un secourable tiers intervienne et lui fasse part de cette nouvelle ?

Lord Vosper sursauta.

— Vous le feriez ? Dites-moi...

— Je ne pensais pas m'en charger personnellement. L'homme auquel je pensais, c'était... Ah ! le voici en personne. Il tombe à pic, dit Gally, car la porte venait de s'ouvrir et Jerry entrait.

— Jerry, notre ami lord Vosper, que vous voyez ici, se trouve pris dans un véritable dilemme. Il a donné sa parole à Miss Gloria Salt et, comme vous le savez, il s'est fiancé à Miss Penny Donaldson. Il est à la recherche d'un intermédiaire subtil qui se charge d'expliquer à Penny qu'il n'est plus libre de tenir envers elle ses engagements. J'ai pensé que vous pourriez être l'homme de la situation, car vous êtes en bons termes avec les deux parties. Je vous laisse le soin de vous mettre d'accord. Et si vous avez besoin de moi, vous me trouverez sur la terrasse.

III

Les rayons de lune tombant sur la terrasse éclairaient une silhouette de femme étendue sur une chaise longue, et le cœur de Gally, bien qu'il fût solide, bondit dans sa poitrine. Puis il vit que ce n'était pas, comme il l'avait craint, sa sœur Constance, mais sa jeune amie Penny Donaldson.

— Hello! Penny, dit-il en s'installant sur une chaise à ses côtés. Hé bien! nous vivons une période agitée depuis quelques jours. Beach vous a-t-il raconté l'histoire du cochon de Parsloe?

— Oui.

— Il a parfaitement réussi à l'enlever et à le mettre dans la petite maison que Fruity Biffen habitait.

— Oui.

— C'est un extraordinaire coup de chance que Wellbeloved, croyant avoir affaire à Parsloe, m'ait tout raconté au téléphone.

— Oui, dit Penny.

Gally lui jeta un coup d'œil rapide. Sa voix avait un timbre métallique et triste et, en la regardant de plus près, il constata qu'elle avait le front soucieux et les lèvres pincées d'une personne dont l'âme est torturée.

— Que se passe-t-il? demanda Gally. Vous semblez déprimée.

— Je le suis.

— Eh bien! j'ai des nouvelles pour vous qui vont vous réconforter. Je viens d'avoir une conversation avec lord Vosper.

— Ah!

— Et que croyez-vous? Il veut tout abandonner.

— Il veut faire quoi?

— Rompre vos fiançailles et annuler la commande du gâteau de noce. Il a l'intention d'épouser la jeune Salt. Apparemment ils étaient comme les deux doigts de la main avant que vous entriez dans sa vie, mais le frêle esquif de leur amour s'est échoué sur un écueil. Ils viennent d'en réparer les brèches et de le remettre à l'eau. Leur mariage est décidé et la cérémonie ne tardera pas. Il ne savait comment s'excuser et il souhaite que vous ne lui en veuilliez pas, mais il a tenu à mettre franchement les choses au point. Vous voici donc de nouveau rendue à la circulation et libre de poursuivre avec Jerry, suivant les plans prévus.

— Oui... je vois.

Gally fut froissé. Il éprouvait un peu ce qu'auraient éprouvé les hommes qui portaient la bonne nouvelle d'Aix jusqu'à Gand, si les Gantois les avaient accueillis au terme de cette longue randonnée avec des bâillements et un « Ah! tiens! »

— Hé bien! je veux bien être pendu, fit-il désappointé. Moi qui m'attendais à vous voir sauter et battre des mains comme un enfant joyeux. J'aurais pu aussi bien vous dire : « Charmante soirée. »

Penny poussa un soupir.

— C'est la plus lamentable soirée que j'aie connue. Savez-vous ce qui arrive, Gally ? Jerry vient d'être renvoyé.

— Hein ?

— Mis à la porte. Jeté dehors. Lady Constance a dit que s'il n'avait pas déguerpi demain matin à la première heure, elle...

— Elle... quoi ?

— Elle lâcherait les chiens...

Le monocle de Gally, jaillissant de son orbite, scintilla au clair de lune. Gally le ramena comme un pêcheur tirant sur sa ligne pour ramener un poisson et, l'ayant rajusté, regarda Penny sans comprendre.

— De quoi diable voulez-vous parler ?

— Je viens de vous le dire.

— Mais cela n'a aucun sens. Que voulez-vous que Connie ait à reprocher à Jerry ?

— Cela ne lui a pas plu de le trouver dans son placard.

— Dans son... quoi ?

— Dans sa garde-robe, si vous préférez. Le placard de sa chambre.

— Mais par les monstres de l'enfer, que faisait-il dans le placard de la chambre de Connie ?

— Il se cachait.

Gally en resta bouche bée.

— Il se cachait ?

— Oui.

— Dans le placard ?

— Oui.

— Dans la chambre de Connie ?

— Oui.

Une explication vint à l'esprit de Gally.

— Ce jeune homme a-t-il bien toute sa raison, dites-moi ?

— Oh! il n'a pas perdu la tête. C'est lord Emsworth qui l'a perdue!

— Oui, je sais, dit Gally, reconnaissant cette évidence. Mais que vient faire Clarence dans tout cela ?

Penny, d'une voix monotone et éteinte, entreprit de le lui expliquer. On ne peut évidemment pas demander à une jeune fille, dont tous les espoirs et tous les rêves viennent de s'évanouir, d'avoir une voix claire et vibrante comme une cloche.

— Jerry m'a mise au courant de tout. Cela a débuté par une lettre que lord Emsworth a écrite à votre amie Maudie.

— Qu... ? commença Gally, mais le reste des mots s'étrangla dans sa gorge.

Aussi désireux fût-il de savoir ce que son frère pouvait bien avoir écrit à Maudie, il jugea préférable de ne pas interrompre.

— Il a remis la lettre à Jerry en lui demandant de la porter dans la chambre de Maudie. Jerry lui a demandé où se trouvait cette chambre et lord Emsworth a répondu que c'était la deuxième chambre à droite dans le fond du couloir. Jerry est allé porter la lettre à cet endroit, puis lord Emsworth l'a prié d'aller la reprendre et de la lui rapporter.

Là, Gally fut obligé d'interrompre.

— Et pourquoi ?

— Il ne lui a pas dit pourquoi.

— Bien. Continuez.

— Jerry est donc allé reprendre la lettre. Il venait à peine de s'en emparer quand il a entendu quelqu'un tourner le bouton de la porte. Voilà pourquoi il s'est caché. Il n'avait naturellement aucune envie d'être surpris dans cette chambre. Il a plongé vers le placard et je suppose qu'il a dû faire pas mal de bruit, car la porte du placard a été ouverte sur-le-champ et il s'est trouvé nez à nez avec lady Constance.

— Mais que venait-elle faire dans la chambre de Maudie ?

— Ce n'était pas la chambre de Maudie, mais celle de lady Constance. Quand il eut fini de lui parler, ou plutôt quand elle eut fini de lui parler, Jerry retourna auprès de lord Emsworth. En apprenant les faits, ce dernier s'est frappé le front en disant : « Vous ai-je dit la deuxième porte à droite ? Je voulais dire la deuxième porte à gauche. » C'est ce qui a produit la méprise.

Gally fit claquer sa langue.

— Vous avez ainsi un véritable aperçu de Clarence tel qu'il est. D'après certains psychiatres, c'est le fait d'une chute qu'il fit sur la tête étant bébé. Mais je maintiens que, lorsque vous avez un bébé dans le genre de Clarence, point n'est besoin de le laisser tomber sur la tête. Vous n'avez qu'à laisser la nature faire son œuvre et vous obtiendrez automatiquement un adulte qui dira la droite quand c'est de la gauche qu'il voudra parler. Jerry a dû être très ennuyé ?

— Un peu. Il n'était pas content. De fait, il a traité lord

Emsworth de vieille bourrique au cerveau liquéfié et lui a dit qu'il serait mieux à sa place dans une cellule capitonnée. Ces paroles n'ont pas manqué de contrarier lord Emsworth et ils se sont quittés en mauvais termes. Aussi toutes les chances qu'avait Jerry de s'insinuer dans les bonnes grâces de ce cher vieil homme pour en arriver un jour à lui dire : « Frangin, peux-tu me prêter deux millions ? » paraissent s'estomper, ne trouvez-vous pas ? Là-dessus, je crois que je vais aller me promener du côté du lac.

— Que comptez-vous faire là-bas ?

— Tout simplement me noyer, histoire de passer le temps.

Avant que Gally pût lui demander si c'était là le vieil esprit Donaldson — il venait juste de proférer « tut... tut » — la silhouette d'un individu qui marchait la tête basse se profila sur la terrasse.

— Ah! Jerry, dit Gally, votre marivaudage est terminé ? Je viens de parler à Penny du développement de la situation entre Orlo Vosper et Gloria Salt et elle vient de m'informer de vos mésaventures. C'est une catastrophe. Que comptez-vous faire à présent ?

Jerry le dévisagea d'un air sombre.

— Je vais retourner à Londres.

— Mais c'est ridicule.

— Que puis-je faire d'autre ?

Gally fit entendre un reniflement désapprobateur. Cette nouvelle génération, pensait-il, manquait totalement de la volonté de vaincre.

— Restez plutôt dans les parages. Vous n'êtes pas encore vaincu. Qui sait ce que peut apporter le lendemain ? Rentrer à Londres ? mais vous n'y songez pas! Vous allez retenir une chambre à l'auberge des « Armes d'Emsworth » et attendre la suite des événements.

Le visage de Jerry s'éclaira légèrement.

— Ce n'est pas une mauvaise idée.

— C'est une idée splendide, dit Penny. Vous pourrez vous glisser dans le parc et je vous retrouverai.

— Oui, en effet.

— La roseraie serait une bonne cachette.

— Excellente. Attendez-moi parmi les roses à la première occasion. Je compte sur vous. Vous y serez ?

— J'y volerai!

— Ma chérie!

— Mon ange adoré!

— Depuis longtemps j'avais prévu que la conversation prendrait cette tournure, dit Gally. Enfin vous voici dans le vrai, mon garçon. C'est toujours une erreur de désespérer. Vous devriez le savoir. Penny m'a confié plusieurs de vos romans. Je les ai lus et ce qui m'a frappé le plus c'est que dans tous les cas, en dépit de criminels accomplis, de bandits mexicains grêlés de petite vérole, de coups de feux dans la nuit et de cobras sortant de la cheminée, l'amour finit par triompher. Vous souvenez-vous de l'un de vos livres qui a pour titre : *Un demi de bière en vitesse pour Barney* ? Eh bien! le héros de cette histoire arrache sa bien-aimée aux mains d'une bande de pirates auprès de qui ma sœur Constance fait pâle figure. Et maintenant, comme la dernière chose que vous devez souhaiter en un tel moment est de voir rôder autour de vous une vieille gargouille comme moi, je vous souhaite donc « bonne nuit ».

Il s'éloigna à petits pas. Il se sentait en parfaite forme et pensait que c'était le moment choisi pour aller voir sa sœur Constance et lui assener proprement sa façon de penser. Ses préventions contre la scène vulgaire s'étaient évanouies. Il se sentait parfaitement en état d'affronter une scène vulgaire et plus elle serait vulgaire, mieux ce serait.

IV

A neuf heures du soir le lendemain, Beach, installé dans l'office, s'efforçait de calmer à l'aide d'un verre de porto l'inquiétude que les récents événements du château de Blandings avaient fait naître en son esprit. Il n'en ressentait pourtant pas les réconfortants effets habituels. Le porto, infaillible remède jusqu'à présent, semblait pour une fois avoir perdu son pouvoir magique.

Beach ne faiblissait pas, mais il commençait à avoir l'impression que l'on réclamait bien des choses d'un serviteur qui, toujours prêt à répondre au premier appel, aimait néanmoins qu'il y eût des limites. Un maître d'hôtel qu'on oblige à introduire dans la maison de son patron, sous une fausse identité, sa propre nièce, puis, pour couronner le tout, à transporter un cochon volé depuis la cabane du garde-chasse dans le petit bois jusque dans une villa isolée du nom de Sunnybrae au nord de la route de Shrewsbury, est un maître d'hôtel qui trouve que trop c'est trop. Les yeux de Beach étaient cernés de noir et il se prenait à sursauter au plus léger bruit. Et ce qui n'améliorait pas son état général, c'est qu'il avait le cœur sensible et réagissait vivement au spectacle de toutes les tristesses qui l'entouraient.

Une conversation qu'il avait eue ce même soir avec Penny l'avait profondément affligé et la vue de lord Emsworth pendant le service du dîner n'avait fait qu'accentuer son chagrin. Il n'avait pas été possible de cacher plus longtemps à lord Emsworth l'aventure de l'Impératrice de Blandings et Beach, l'observant pendant le dîner, avait bien vu que les mets tournaient en cendres dans sa bouche.

M. Galahad lui-même semblait préoccupé, et Maudie, qui aurait pu tenter quelque chose pour dissiper cette atmosphère d'enterrement, s'était absentée pour se rendre à Matchingham Hall. La seule note réconfortante était due à l'absence de lady Constance qui avait attrapé le rhume de lord Emsworth et prenait de ce fait ses repas dans sa chambre.

Beach se servit une troisième rasade de porto. C'était là sa dose euphorique et il aurait dû se sentir d'humeur à danser autour de la pièce en jetant des roses du fond de son chapeau, mais son regard resta éteint. Il aurait aussi bien pu prendre une tisane de salsepareille. Il ne savait que tenter pour se procurer un peu de bien-être, maintenant que le porto lui-même ne lui faisait plus rien, quand il s'aperçut que quelqu'un avait dérangé sa solitude. Gally venait d'entrer et, sur son visage expressif, Beach crut déceler les traces d'un certain optimisme, comme si l'espoir renaissait.

Il ne se trompait pas. D'un bout à l'autre de la journée et d'un bout à l'autre du dîner, Gally avait appliqué un cerveau entraîné par un long contact avec les membres du Club des Pélicans à résoudre les problèmes qui se posaient à son petit groupe de penseurs. Ce que Beach avait pris à table pour de l'inquiétude n'était qu'une profonde méditation. Et cette méditation venait de porter son fruit.

— Du porto, s'exclama Gally en regardant la carafe. Vous pouvez m'en donner un peu... et rapidement. Ma parole, ajouta-t-il en buvant, c'est notre vieux « 78 ». Vous vous soignez, Beach, et vous en avez bien le droit. J'ai dit plus de cent fois qu'il n'y a personne comme vous. « Fidèle » et « discret » sont les adjectifs que je choisis toujours lorsque j'ai à faire en quelques mots un portrait de vous. Beach, dis-je aux gens qui viennent se renseigner sur votre compte, c'est un homme qui... voyons, comment pourrais-je vous le décrire ? Eh bien! oui, c'est un homme qui, si l'occasion se présente de rendre service à un ami, sautera dessus à pieds joints, dût-il affronter le fer et le feu. Il...

Il serait inexact d'écrire que Beach avait pâli. Son teint, très haut en couleurs, ne perdait pas facilement sa nuance vermillon. Mais sa mâchoire inférieure s'affaissa et il regarda son visiteur un peu comme Schopenhauer regardait son boucher.

— Il... il n'y a rien d'autre, n'est-ce pas, monsieur Galahad ? bégaya-t-il.

— Hein ?

— Vous ne voulez pas que je fasse encore quelque chose pour vous, Monsieur ?

Gally éclata de rire.

— Juste ciel. Non. Rien du tout. A moins que...

— Monsieur ?

— Il m'est passé par la tête, je dois l'avouer, l'idée que vous pourriez peut-être enlever George Cyrill Wellbeloved, le ligoter et l'obliger à vous avouer où se cache l'Impératrice en lui piquant des allumettes enflammées sous les ongles des pieds. Le feriez-vous ?

— Non, Monsieur.

— Ce n'était qu'une suggestion. Vous auriez pu le garder dans la cave à charbon.

— Non, Monsieur, je regrette.

— Très bien. Parfait, mon cher ami. C'est une idée... qui m'était venue comme ça, en lisant une histoire de gangsters dans la bibliothèque avant le dîner. Je me disais que cela vous tenterait peut-être, mais non. Oh! je sais, chacun a ses goûts et ses préférences. Parlons donc d'autre chose et nous avons un sujet tout trouvé. Est-ce vrai que Maudie est sur le point d'épouser Parsloe ?

— Oui, Monsieur. Je le tiens de ses propres lèvres.

— Et il l'aime ?

— C'est ce qu'elle a conclu d'après son attitude, Monsieur.

— Dans ce cas je suppose que ses moindres désirs font loi auprès de lui.

— Je le suppose aussi, Monsieur.

— Alors tout devient simple. Elle n'a qu'à faire jouer son charme auprès de cet animal.

— Monsieur ?

— Vous la prenez à part, Beach. Vous la persuadez de demander à Parsloe où se trouve l'Impératrice et de se servir de toute sa ruse de femme pour lui arracher ce secret. Elle n'a qu'à se donner la peine d'essayer pour réussir. Rappelez-vous Samson et Dalila. Rappelez-vous...

Quel que fût l'exemple historique que Gally s'apprêtât à évoquer, il lui fut arraché des lèvres par la sonnerie du téléphone, un instrument strident capable de couper la parole au tribun le plus éloquent. Beach, qui avait sauté en l'air, retomba sur la terre et décrocha le téléphone.

— Ici, le château de Blandings. A l'appareil le maître d'hôtel de lord Emsworth. Oh! bonsoir, Monsieur. Oui, Monsieur, très bien, Monsieur.

— C'est Mr. Vail, monsieur Galahad. Il voulait faire savoir à Miss Donaldson qu'il a dû quitter l'Auberge des A...

Il n'est pas facile de couper un mot comme « Armes » après la lettre A, pourtant Beach y était parvenu. Tel un nuage qui éclipse la lune, un voile d'horreur et de consternation recouvrit lentement son visage.

Gally fronça les sourcils.

— Il a quitté les Armes d'Emsworth ? dit-il d'un ton tranchant. (Un homme qui s'est donné la peine de faire profiter de son expérience un membre de la jeune génération n'aime pas beaucoup voir ses conseils rejetés.) Laissez-moi lui parler.

Beach remit doucement le récepteur en place.

— Ce monsieur a raccroché, Monsieur.

— A-t-il dit où il allait ?

Beach s'approcha de la table et saisit d'une main tremblante son verre de porto.

— Oui, monsieur Galahad. Il a loué une villa meublée.

— Hein ? Où ? Quelle villa meublée ?

Beach vida son verre. Ses yeux ronds étaient exorbités.

— Celle de Sunnybrae, Monsieur, dit-il d'une voix à peine perceptible. Sur la route de Shrewsbury.

CHAPITRE IX

I

Le Club des Pélicans sait former ses enfants. Lorsqu'un homme a été sociétaire de cette organisation pendant un certain nombre d'années et qu'il a pris part à toutes les réunions hebdomadaires, ses fibres morales deviennent extrêmement solides et peu de choses sont capables de lui faire froncer les sourcils. Gally, il est vrai, au récit de Beach, sursauta légèrement, mais dans les mêmes circonstances, un membre de l' « Athénien » ou du « Club Libéral National » eût bondi à six pieds de haut et se fût fracassé le crâne au plafond.

Lorsqu'il reprit la parole, il n'y avait pas trace du plus léger tremblement dans sa voix. Le Club pouvait être fier de lui.

— Est-ce une plaisanterie, Beach ?

— Non, Monsieur. Je vous l'assure.

— C'est bien de Sunnybrae que vous voulez parler ?

— Oui, Monsieur.

— Et pourquoi diable a-t-il choisi de s'installer à Sunnybrae ?

— Je ne saurais le dire, Monsieur.

— Et il y est parti ?

— Oui, Monsieur.

— Et quand il y sera... (Gally s'arrêta et se mit à polir

son monocle d'un air préoccupé.) Les affaires se compliquent, Beach.

— Oui, monsieur Galahad, elles se compliquent. Je crains le pire. Ce monsieur, en arrivant à Sunnybrae, trouvera le cochon dans sa maison...

— Et qu'en résultera-t-il ?

— Justement, Monsieur...

Gally hocha la tête. C'était un homme qui regardait les faits en face.

— Oui, elles se compliquent. Inutile de se dissimuler qu'une crise est imminente. Jerry Vail est un romancier et vous savez aussi bien que moi ce que sont les romanciers. Des déséquilibrés. On ne peut rien leur confier... des écervelés. C'est précisément parce qu'il est romancier que j'ai écarté ce Vail de tous nos conseils de guerre relatifs au cochon de Parsloe. S'il avait connu nos projets, tout le Shropshire le saurait déjà. Et tout le Shropshire le saura bientôt, si nous n'agissons comme l'éclair. Vous êtes d'accord ?

— Oh! oui, Monsieur, bien sûr!

— Les écrivains sont comme cela. Ils n'ont pas de retenue, pas de réserve. Vous ou moi, Beach, en trouvant le cochon dans la cuisine d'une villa meublée où nous viendrions juste de mettre les pieds, nous garderions tout notre sang-froid et attendrions que les nuages soient dissipés. Mais pas un écrivain! La première chose que cet animal de Vail va faire, à moins qu'on ne l'écrase dans l'œuf, sera de bondir à l'extérieur pour agripper le premier passant et lui dire : « Excusez-moi de vous déranger, monsieur, mais il y a un cochon dans ma cuisine. Que feriez-vous à ma place ? » Et que se passerait-il alors ? Je vais vous le dire. Malédiction, désolation et désespoir. En moins de deux la nouvelle parviendra aux oreilles de Parsloe, le bouleversant plus qu'une bonne dose de sels et il arrivera à Sunnybrae toutes voiles dehors. Il nous faut faire vite,

Beach. Pas un instant à perdre. Il faut sortir la voiture immédiatement et voler comme le vent jusqu'au cœur de la tempête, en espérant que nous n'arriverons pas trop tard. Allons, venez, mon vieux, venez. Ne restez pas planté là. Une seconde de retard peut nous être fatale!

— Mais je dois porter au salon le plateau de boissons rafraîchissantes à 9 h. 30, monsieur Galahad.

— Le quoi ?

— Le plateau de boissons rafraîchissantes, Monsieur. Pour les dames et les messieurs. Du whisky et, pour ceux qui le préfèrent, de la bière blonde et du sirop d'orgeat.

— Laissez tomber. Qu'ils se contentent de gâteaux! Dieu du ciel, croyez-vous que ce soit le moment de parler whisky, bière et autre sirop d'orgeat ? Je n'ai jamais entendu pareilles idioties!

Beach tiqua. Au cours de ses longues et honorables années de pratique au château de Blandings, déduction faite de ses vacances annuelles au bord de la mer, il avait porté le plateau de boissons rafraîchissantes dans le salon à 9 h. 30 six mille six cent soixante-neuf fois, et entendre la voix du Tentateur lui enjoindre de piétiner la tradition et l'empêcher d'atteindre le total de six mille six cent soixante-dix fois eût fait tiqué n'importe quel maître d'hôtel.

— J'ai peur de ne pouvoir faire cela, monsieur Galahad, dit-il froidement. La conscience professionnelle m'oblige à remplir les devoirs de ma charge. C'est une question de principe. Je me ferai un plaisir d'aller vous rejoindre à Sunnybrae aussitôt que je serai libre. J'emprunterai la bicyclette du chauffeur.

Gally ne perdit pas son temps en vains arguments. On ne discute pas avec un maître d'hôtel dont la seule devise est « Servir ».

— Très bien, dit-il. Venez dès que vous le pourrez, car Dieu sait quelle tâche difficile nous attend cette nuit!

Et, après un sec : « Vous et votre damné plateau de boissons rafraîchissantes », il sortit en coup de vent et se dirigea vers le garage.

II

La soudaine décision prise par Jerry Vail de quitter l'auberge des Armes d'Emsworth et de s'installer dans une maison dont il assurerait l'entretien était due à certaines insuffisances dans l'équipement de cette hôtellerie qui, par d'autres côtés, méritait sa réputation de bonne auberge. Aux Armes d'Emsworth, comme dans de nombreux établissements similaires de Grande-Bretagne, on s'était surtout spécialisé dans la vente de la bière et lorsqu'il s'agissait de fournir autre chose à la clientèle, on avait tendance à se désintéresser de la question.

Les lits, par exemple. On ne se souciait guère des lits. Vous pouviez en avoir un si vous vouliez. Mais Jerry, après un rapide examen de celui qu'on lui proposait, frémit à la pensée de l'occuper plusieurs nuits de suite. S'il avait été un fakir hindou entraîné depuis sa plus tendre enfance à s'endormir plié en chien de fusil sur une planche à clous, il n'aurait rien pu souhaiter de mieux; mais il n'était pas un fakir habitué à dormir en chien de fusil sur une planche à clous.

Un autre inconvénient était l'impossibilité de trouver un endroit convenable pour écrire. Le salon de lecture et de correspondance des Armes d'Emsworth était un sombre réduit où ne figuraient ni porte-plume ni papier, mais simplement, au fond de l'encrier, un étrange dépôt qui ressemblait à la tourbe des plaines marécageuses de Floride. Et quand Jerry s'aperçut qu'outre ces imperfections la pièce était infestée de voyageurs de commerce qui ne cessaient d'annoncer, le verbe haut, les commandes qu'ils avaient prises et le montant de leurs frais professionnels, il n'est pas difficile de comprendre pourquoi le crépuscule le trouva dans les bureaux de Caine et Cooper, agents immobiliers, grand-rue, Market Blandings, à la recherche d'un logement.

Il fut aux anges quand Mr. Lancelot Cooper, l'un des associés de l'agence, lui fit savoir que par une heureuse coïncidence il y avait une villa meublée disponible immédiatement; et il fut encore plus content d'apprendre que le logement en question avait été quitté quelques jours auparavant par l'amiral C. J. Biffen. Il fit part à Mr. Cooper de la longue et vieille amitié qui l'unissait à l'amiral Biffen, disant qu'il aurait l'impression d'être chez lui en occupant son ancienne demeure. De plus, la légendaire propreté des gens de mer lui permettait de penser qu'il trouverait cette maison dans un état d'ordre parfait. Cela ne pouvait pas mieux se présenter et l'affaire fut faite.

— Vous avez l'intention de demeurer longtemps dans notre région ? demanda M. Cooper.

— S'il le faut, jusqu'à ce que les sables du désert se transforment en banquises, répondit Jerry en songeant à Penny et, prenant les clés, il se rendit aux Armes d'Emsworth pour plier bagages et prendre une légère collation avant d'aller s'installer.

Sa nouvelle demeure, quand il y arriva vers 9 h. 30 du soir, le déçut au premier coup d'œil. Mr. Cooper avait bien parlé de villa, mais Jerry s'était imaginé une chaumière au toit de chaume et aux murs couverts de chèvrefeuille, avec Madame la lune pointant du nez au travers des arbres. Il était assez déconcertant de trouver à la place une construction en briques rouges qui aurait pu provenir d'un faubourg de Londres. Le bourg de Market Blandings était lui-même de style ancien et pittoresque, mais, comme dans d'autres petites villes de province, les architectes s'étaient rattrapés sur les faubourgs.

Dès l'entrée, cependant, tout changeait. Il y avait une très accueillante grande pièce principale, tenant lieu à la fois de salon et de cabinet de travail. Dans un coin de cette spacieuse salle se trouvait un magnifique bureau massif et ce meuble était ce que Jerry pouvait désirer de mieux. Il se proposait, dans les intervalles de ses expéditions au château de Blandings et de ses rendez-vous avec Penny au creux de la roseraie, de s'attaquer à la rédaction d'un livre dont il était d'avance convaincu qu'il serait le chef-d'œuvre de sa carrière.

L'inspiration l'avait frappé comme une balle en plein front lorsqu'il avait fait connaissance de Mr. Lancelot Cooper. Le jeune associé de Caine et Cooper, en dépit d'un passé irréprochable, était affublé d'une de ces noires figures sournoises qui suggèrent un goût morbide pour les crimes les plus crapuleux. L'une de ses joues était, par surcroît, balafrée de haut en bas par une cruelle cicatrice. Il devait ce fâcheux accident à l'éclatement d'une bouteille de bière au gingembre au cours d'un pique-nique de l'Y.M.C.A., mais cette cicatrice donnait plutôt l'impression d'être le résultat d'une rixe au couteau dans un repaire de gens du milieu. Enfin, pour couronner le tout, il portait des gants couleur lavande.

La vue de ces gants avait électrisé Jerry. Son esprit averti les considéra comme le petit détail parfait. Rien ne glace plus la moelle épinière du public qu'un assassin élégant. Tous les assassins nous donnent le frisson, mais lorsque nous en rencontrons un qui enfile des gants couleur lavande avant d'égorger sa victime, notre sang se coagule complètement. Mr. Cooper, tout à son plaisant bavardage sur le prix du loyer, les clauses locatives et le dépôt de garantie exigé, avait été bien loin de se douter que, depuis le début de leur entretien, son visiteur ne voyait plus en lui que Jojo-la-Lavande, l'homme autour de qui la police avait depuis des années — toujours en vain — tendu un réseau serré. Jerry avait commencé à jeter des notes sur son calepin deux minutes après avoir quitté le bureau de l'agence Caine et Cooper et il jetait encore des notes en quittant la grande pièce et en grimpant jusqu'au premier étage pour inspecter la chambre à coucher.

La chambre à coucher était parfaite. Une confortable chambre, avec un lit dont il fit rebondir les souples ressorts. Le moral allait mieux. Un homme pouvait être très heureux dans un endroit de ce genre et abattre beaucoup de travail. Déjà il se voyait peinant jusqu'aux heures les plus avancées de la nuit, sans que rien ne vînt rompre le fil de son inspiration.

Rien, presque rien. Pour un écrivain qui cherche le calme et la paix afin de travailler dans le genre chair de poule avec des exploits d'assassins aux gants lavande, Sunnybrae était l'idéal. Un seul inconvénient : apparemment la maison était hantée.

A intervalles réguliers, pendant sa visite des lieux, Jerry avait perçu d'étranges bruits, évidemment surnaturels. Si les membres du Comité de Recherches Psychiques lui avaient demandé d'en faire une description, il se serait avoué perdu. « Des bruits ressemblant à des grognements », aurait-il pu répondre.

— Des grognements ?

— Oui.

— Quand vous dites des grognements, vous voulez bien dire des grognements ?

— Oui. Cela ne s'entendait pas de façon permanente, bien sûr. Il y avait de temps à autre une sorte de pause, comme si le spectre se laissait aller à quelque méditation et se reposait les cordes vocales. Puis, ayant récupéré, il repartait de plus belle, grognant, si vous saisissez bien ce que je veux dire.

Sur quoi les membres du Comité de Recherches Psychiques se seraient exclamés : « Grands dieux, quelle histoire! », l'existence de fantômes grognants étant pour eux une nouveauté.

C'est de la grande pièce que l'on percevait le mieux ces bruits. A deux pas derrière lui, il en nota une série de cinq ou six qui le firent sursauter. L'esprit grogneur se manifestait derrière la porte qui probablement conduisait à la cuisine, la seule partie de la maison qu'il n'avait pas encore visitée.

Il ouvrit cette porte.

III

Il n'est pas facile de dire *ex abrupto* quelle est la dernière chose qu'un jeune homme, à l'aube de sa vie, peut désirer trouver dans une villa meublée dont il s'apprête à prendre possession. Des punaises? Peut-être. Des cafards? C'est possible. Des fuites d'eau? Peut-être aussi. Mais un beau gros cochon noir, installé au milieu de la cuisine, pourrait sans nul doute être considéré comme la première chose à inscrire sur la liste des objets indésirables. Jerry, en contemplant la Reine de Matchingham, éprouva la même impression désagréable que les gens qui, s'arrêtant au milieu d'une voie ferrée pour renouer leur chaussure, reçoivent l'express de Cornouailles dans le bas du dos.

C'est le côté inattendu de l'affaire qui lui avait coupé bras et jambes. Il n'était pas préparé. Si Lancelot Cooper lui avait dit en lui remettant les clés : « Oh! à propos, quand vous serez à Sunnybrae, vous trouverez votre cuisine encombrée de cochons », il aurait su à quoi s'en tenir. Mais on n'en avait pas soufflé mot. La présence de cet animal avait été une surprise complète et Jerry cherchait en vain une explication. Ce n'était pas comme s'il se fût agi d'un cadavre à la tête coupée dans la cuisine de Sunnybrac. Un auteur qui écrit des romans policiers sait qu'on peut rencontrer un peu partout des cadavres à la tête coupée. Mais un cochon ?

Il venait de fermer les yeux, de compter jusqu'à vingt et de les rouvrir, en espérant que l'apparition s'était évanouie, quand la sonnette de la porte d'entrée retentit.

L'instant n'était pas de ceux que Jerry eût choisis pour recevoir une visite et le seul mobile qui le poussa à aller ouvrir fut l'espoir que ce visiteur aurait quelques suggestions à faire pour éclairer la situation. Deux têtes, à moins qu'elles ne soient séparées du corps, valent souvent mieux qu'une. Il ouvrit la porte et se trouva en face d'un agent de police de haute taille qui lui jeta un de ces regards scrutateurs et pénétrants qui rendent les agents si impopulaires.

— Ho! dit-il de cette sorte de voix qui est généralement décrite comme une voix au timbre d'acier.

Il était grand et massif, comme les policiers dans les romans de Jerry. Et si ce dernier avait pu penser à autre chose qu'aux cochons, il aurait trouvé dans son visiteur un modèle parfait pour son personnage de l'inspecteur Jarvis de Scotland Yard qu'il s'apprêtait à lancer sur les traces de Jojo-la-Lavande. Il voyait l'inspecteur Jarvis comme un homme taillé dans le granit et il était évident que l'on avait dû se servir d'un bloc de même matière pour ériger cet intempestif sergent de ville.

— Ho! dit le policeman. Vous êtes locataire ?

— Hein ?

— Vous habitez cette maison ?

— Oui, je viens juste d'arriver.

— Et qui vous a donné les clés ?

— L'agence Caine et Cooper, de la grand-rue.

— Ho...

Le policier parut se radoucir. Ses soupçons effacés, il se détendit et passa sur son front sa large main.

— Il fait bon ce soir, dit-il, à la recherche d'une entrée en matière. Quoique j'aie bien craint un moment cet après-midi que tout cela ne se termine par de l'orage. Eh bien! excusez-moi de vous avoir dérangé, monsieur. J'ai aperçu de la lumière par la fenêtre et, sachant que cette maison n'était pas occupée, j'ai pensé qu'il valait mieux m'informer. On ne sait jamais. Il est arrivé de drôles de choses dans le bourg et dans le canton de Blandings ces derniers temps. Tout ça ne me dit rien qui vaille.

C'était exactement ce que pensait Jerry et il commença à considérer cet agent comme une âme sœur dont l'oreille compréhensive pourrait recueillir ses confidences et ses inquiétudes. Il était sur le point de lui parler quand son visiteur continua.

— Au quartier général, tout le monde pense qu'il s'agit d'une nouvelle vague de criminalité. Deux bidons de lait manquaient à l'appel devant une porte la semaine dernière et maintenant voilà tout ce charivari au domaine de Matchingham! Vous êtes sans doute au courant de l'histoire du cochon de sir Gregory Parsloe, monsieur ?

Jerry sursauta.

— Un cochon ?

— Oui. Un cochon de concours, la Reine de Matchingham. Volée, dit le policeman en scandant ses mots. Enlevée de son étable et jusqu'ici pas de trace de coupable. Mais nous le rattraperons, oui, nous le rattraperons, et il regrettera sa mauvaise action. C'est très grave, le vol d'un cochon. Je n'aimerais pas être dans la peau du gars qui a ce cochon. Il doit bien rire, mais rira bien qui rira le dernier. Vous avez l'intention de rester longtemps parmi nous, monsieur ?

— Peut-être assez longtemps.

— Jolie petite maison, dit le policeman d'un ton indulgent. Bien sûr, c'est de la construction légère. Il ne faut pas la brutaliser, s'appuyer contre les murs ou des choses comme ça. Je connais le gars qui a bâti ce lotissement. Il y a six villas du même style et qui s'appellent toutes Sunny... quelque chose. J'ai pris un verre de bière, un soir, avec ce gars-là, le jour où celle qui s'appelait Sunnycot s'est flanquée par terre. Nous avons parlé de mortier. « Du mortier ? lui ai-je dit. Je ne savais pas que vous vous en serviez. » Ça m'a bien fait rire. Eh bien! je vais vous quitter, monsieur. Il faut que je termine ma ronde et puis que j'aille faire mon rapport à sir Gregory Parsloe sur ce qu'il pourrait y avoir de nouveau. Non pas qu'il y ait du nouveau, vous comprenez, mais ces messieurs aiment beaucoup demeurer en constante liaison avec nous en pareil cas. Faut avoir l'air de faire un peu de zèle. Du mortier! reprit le policeman, je lui ai dit : « Je ne savais pas que vous vous en serviez. » Si vous aviez vu sa tête!

Il disparut dans la nuit, riant à gorge déployée, et Jerry, regagnant la grande pièce, se laissa tomber sur un siège et se prit la tête dans les mains. Cette posture est recommandée à ceux qui ont besoin de penser et il était évident que les problèmes soulevés réclamaient tout l'effort cérébral qu'il lui était possible de leur consacrer. Le destin l'avait placé sur une corde raide. Il risquait à tout moment de se faire surprendre avec le fruit du larcin et, à l'exemple de tant de condamnés innocents, d'être la victime d'apparences qui l'accablaient.

Ce genre de chose n'était évidemment pas une nouveauté pour lui. Il se rappelait au moins trois nouvelles qu'il avait écrites ces dernières années, au cours desquelles les principaux personnages s'étaient trouvés dans la même situation que lui, avec cette légère différence que ce qu'ils avaient trouvé en rentrant chez eux était respectivement : un millionnaire le crâne fracassé, un ambassadeur la gorge ouverte, et le cadavre d'un danseur, connu sous le nom de La Flamme, avec un poignard oriental planté entre la quatrième et la cinquième côte. Chaque fois que le héros d'un roman de Gerald Vail pénétrait dans une maison, il était sûr de trouver quelque chose de ce genre. Simple routine.

Mais le fait que cette situation lui fût familière ne lui apporta aucun réconfort. Son agitation persista. Vis-à-vis des cadavres énumérés plus haut, ses héros n'avaient jamais su quelle décision immédiate prendre et lui-même, maintenant, ne savait que faire. La seule chose qu'il fût décidé à faire, c'était de ne pas répondre à la sonnette de la porte d'entrée qui venait de nouveau de se mettre en branle.

Elle retentit deux fois, puis s'arrêta. Jerry, qui avait redressé la tête, la replongea entre ses mains et se remit à méditer. Et il faisait des vœux plus ardents que jamais pour qu'un plan d'action, aussi vague fût-il, se présentât à son esprit quand il eut l'impression d'une présence dans la pièce. Il avait la sensation désagréable de n'être pas seul. A ce moment il entendit par-dessus son épaule une toux discrète et, se retournant, il constata que sa solitude avait été violée par un maigre et long bonhomme aux cheveux rouges, gratifié d'un strabisme de l'œil gauche, d'une bouche en museau de brochet, d'un nez cassé et de parcelles de boue agglomérées à ses vêtements.

Jerry resta bouche bée. Entendant une toux alors qu'il n'y aurait pas dû avoir de toux, il avait cru un instant qu'il s'agissait bien, cette fois, du fantôme attitré de Sunnybrae venant accomplir ses fonctions. Néanmoins, ce que pouvaient faire des fantômes dans une villa bâtie cinq ans à peine auparavant, c'était là une question qui le déconcertait. Puis la raison lui rappela que les fantômes n'ont pas pour habitude d'exhaler une violente odeur de litière comme celle que répandait ce maigre et long rouquin et la panique en lui fit place au légitime courroux qu'un maître de maison éprouve en trouvant chez lui des gens qu'il n'a pas invités.

— Qui diable êtes-vous ? lui demanda-t-il d'un ton furieux.

L'intrus prit une mine respectueuse.

— Je m'appelle Wellbeloved, monsieur. C'est moi qui ai la charge du cochon de sir Gregory Parsloe, monsieur.

Jerry n'avait pas dit un mot. Le son qui s'était échappé de sa personne était une sorte de gargouillement, semblable au râle d'un nageur épuisé qui coule. Avec un regard fixe, horrifié, il sombra dans un fauteuil, glacé de la tête aux pieds.

CHAPITRE X

I

C'EST la lumière de la fenêtre qui avait attiré Wellbeloved dans la maison, comme elle avait attiré un moment plus tôt le représentant de la loi. L'ayant remarquée par hasard en passant dans la rue, il s'était arrêté, comme fasciné. Son cœur avait battu comme celui du poète Wordsworth lorsqu'il voyait un arc-en-ciel. Il se sentait pareil au chameau altéré qui rencontre dans sa promenade errante à travers le désert une oasis inattendue.

Nous ne l'avons pas encore dit au lecteur, car, nous le répétons, un écrivain ne peut parler de tout à la fois, mais le séjour à Sunnybrae de l'amiral Fruity Biffen avait été marqué par de cordiales relations entre cet officier de marine et le manager de la truie de sir Gregory. Ils avaient fait connaissance un soir aux Armes d'Emsworth et une véritable amitié était née de cette rencontre. L'amiral Biffen aimait raconter d'interminables histoires sur les périodes de sa vie passée dans les ports chinois et aucun récit n'était trop long pour George Cyrill Wellbeloved dès lors qu'il recevait sa ration de pintes de bière, ce qui arrivait toujours en pareil cas. En résultat, ils avaient passé ensemble dans cette pièce de nombreuses et plaisantes veillées, le brave amiral claironnant ses histoires d'une voix semblable à une corne de brume, tandis que George

Cyrill buvait sa bière en disant par intervalles : « Formidable. » « Pas possible. » « Ça n'est pas croyable. » Le lecteur pourra aisément se représenter la scène en se reportant aux descriptions qui abondent parmi les ouvrages traitant de la vie en société dans les salons anglais au XVIIIe siècle.

Le brusque départ de son hôte avait été un rude coup pour George Cyrill Wellbeloved. Il n'était pas près d'oublier le sombre désespoir qui l'avait étreint le soir mémorable où, arrivant à Sunnybrae dans l'attente de son plaisir habituel, il avait trouvé portes et fenêtres closes. Il était resté là, pantelant, comme un cerf aux abois qui arrive auprès d'un frais ruisseau et le trouve à sec.

En voyant ce soir la lumière briller de nouveau à la fenêtre, il en avait conclu que son bienfaiteur était de retour et que l'âge d'or allait renaître.

Il expliqua tout cela d'un trait à Jerry, qui demeurait congelé sur sa chaise.

— Loin de moi l'intention de venir troubler la vie privée d'un gentleman, dit George Cyrill Wellbeloved de sa façon polie. C'est bien la dernière chose que je pourrais envisager. Mais, en voyant cette lumière, je me suis dit : « Chouette! l'amiral est de retour. » J'ai sonné et resonné et, comme rien ne bougeait, je me suis rappelé que l'amiral est un peu dur d'oreille, ce qui n'a rien d'extraordinaire pour un gentleman de son âge. J'ai vu la porte entrouverte comme si quelqu'un avait oublié de la refermer et je me suis permis de me glisser jusqu'ici. J'ai beaucoup de regret d'apprendre que l'amiral n'est pas de retour, quoique je sois après tout très honoré de faire votre connaissance, monsieur, souligna poliment George Cyrill, et je vais me permettre de vous dire pourquoi je suis si désolé. Par une chaude soirée comme celle-ci, sachant tout le travail que j'avais fourni dans la journée, l'amiral Biffen n'aurait pas manqué de m'offrir une bonne bouteille de bière. Et je me permets de vous faire remarquer, ajouta George Cyrill, abattant franchement son jeu, que par une chaude soirée et après un travail épuisant, une bonne bouteille de bière est bien la chose après laquelle je tire la langue.

Il s'arrêta court, espérant une réponse, mais aucune réponse ne vint. Aucune, tout au moins, de Jerry. Mais la Reine de Matchingham, au son de la voix bien-aimée, avait laissé échapper un cordial grognement de bienvenue. Ce grognement sembla retentir aux oreilles de Jerry avec l'éclat de la trompette du Jugement dernier et il s'étonna de constater que son interlocuteur ne semblait pas l'avoir entendu.

— L'amiral Biffen, reprit George Cyrill Wellbeloved, amenant cette information sur un ton indifférent, quoique avec une nuance de sous-entendu, avait l'habitude de mettre ses bouteilles au frais dans un baquet d'eau froide dans la cuisine.

Et, sur ces mots, il fit un pas vers la porte, voulant s'assurer si le nouveau locataire avait jugé bon de poursuivre cette excellente pratique.

Jerry demeura un instant paralysé, comme l'un de ses personnages hypnotisé par un médecin devenu fou. Puis, se remettant d'un bond sur ses jambes, il traversa la pièce. Dans cet exploit il renversa une petite table sur laquelle se trouvaient une coupe remplie de fruits artificiels, la photographie dans un cadre rose de l'architecte à qui Sunnybrae devait son existence — celui qui ignorait l'emploi du mortier — et un vase en porcelaine qui portait cette légende : « Souvenir d'une terre inconnue. » Le calepin sur lequel il avait écrit les notes destinées aux aventures de Jojo-la-Lavande était également par terre et, en l'apercevant, une inspiration lui vint.

Il regarda dans la direction de George Cyrill Wellbeloved et ce spectacle le réconforta. Il lui jeta un deuxième coup d'œil et se sentit encore plus ragaillardi.

On peut approximativement diviser le genre humain en deux catégories : les gens à qui vous racontez une histoire incroyable et qui ne sont pas dupes et ceux qui le sont. C'est à cette dernière et beaucoup plus appréciable catégorie que, s'il fallait en croire l'expression imbécile du personnage, devait appartenir George Cyrill Wellbeloved. Il avait l'air — que Jerry trouva charmant — d'un homme qui accepte n'importe quoi de la bouche de n'importe qui. Son aspect général était celui d'un individu qui croit tout ce qu'il lit dans les journaux du dimanche.

— Ecoutez, dit Jerry.

C'était un mot malheureux, car à cet instant précis la Reine de Matchingham laissa échapper un nouveau grognement. Mais cette fois encore le visiteur ne sembla pas y prêter attention. A l'exemple de l'amiral Biffen, il devait être un peu dur d'oreille.

— Je suppose, enchaîna Jerry, que vous vous demandez ce que je peux bien faire dans cette maison ?

D'un geste très grand siècle, George Cyrill Wellbeloved fit comprendre qu'une aussi vulgaire curiosité ne l'avait pas effleuré.

— Je présume, dit-il avec urbanité, que vous habitez ici, monsieur ? Ou, si vous préférez, que cet endroit est votre résidence ?

Jerry secoua la tête.

— Non. J'habite Londres.

— Je ne voudrais pas être à votre place, dit George Cyrill Wellbeloved. Quelle horrible et bruyante ville !

— Et pourquoi est-ce que j'habite Londres ?

— Parce que cela vous plaît, sans doute, monsieur. Beaucoup de gens font de même, à ce que l'on dit.

— Non. J'habite Londres par obligation. Pour demeurer à l'entière disposition du Yard.

— Monsieur ?

— Scotland Yard. Je suis un homme de Scotland Yard.

— Eh bien! vous m'épatez, dit George Cyrill Wellbeloved, fort impressionné. Puis-je me permettre de vous demander ce que vous faites ici, monsieur ?

— Je suis en mission. A la poursuite d'une affaire spéciale. On m'a expédié ici pour repérer un dangereux criminel connu sous le nom de Jojo-la-Lavande. On l'appelle ainsi parce qu'il opère toujours avec des gants couleur lavande. D'après nos indicateurs, nous savons que cet individu doit arriver ce soir à Market Blandings par le train de 10 h. 50 en provenance de Londres et nous pensons qu'il va venir dans cette maison.

George Cyrill Wellbeloved lui demanda ce qui avait bien pu leur donner cette idée, mais Jerry se déclara incapable de lui en dire plus long, se retranchant derrière le secret professionnel.

— Il est fort possible, continua Jerry, qu'avant de venir à Sunnybrae il aille ailleurs et il serait important que je le sache. Il faudrait que je sois posté à la gare pour surveiller l'arrivée de chaque train, mais je suis cloué ici. Vous comprenez mon embarras ?

George Cyrill Wellbeloved réfléchit une seconde.

— Vous ne pouvez pas être en deux endroits différents au même moment, hasarda-t-il.

— Exactement. Vous avez tapé juste. Seigneur, que vous êtes astucieux! J'ai besoin de votre aide et je voudrais que vous preniez ma place à la gare. Allez attendre le train qui arrive à 10 h. 50 et suivez Jojo-la-Lavande partout où il se rendra. Mais notez ceci, c'est qu'il peut très bien ne pas arriver par le train de 10 h. 50.

— Cela va créer des complications. Ce que l'on appelle une impasse. Que dois-je faire alors ?

— Vous n'aurez qu'à guetter les autres trains en provenance de Londres, même si cela vous oblige à passer la nuit.

— Bien. Et c'est tout ?

— Oui.

— Parfait. Alors il vaut mieux que je boive d'abord une bouteille de bière. Où les avez-vous mises ?

— Je n'ai pas de bière.

La mâchoire inférieure de George Cyrill s'affaissa.

— Vous n'avez pas de bière ?

— Non. Pour quoi prenez-vous donc cette maison ? Pour un bistro ? Allons, allons, mon brave, nous n'avons pas de temps à perdre à propos de bière. C'est bien entendu, vous filez à la gare et vous y restez aussi longtemps que ce sera nécessaire. Partez sans délai. Je vous remercie, Wellbeloved. Vous êtes un citoyen qui ne se dérobe pas à son devoir. Je suis fier de vous. Vous allez entreprendre un beau travail et le Yard ne l'oubliera pas. Votre héroïsme sera porté à la connaissance des plus hautes autorités.

Les yeux de George Cyrill s'écarquillèrent.

— Héroïsme ? Que voulez-vous dire, héroïsme ?

— Jojo-la-Lavande est un homme très dangereux, lui expliqua Jerry. Il est toujours armé jusqu'aux dents et n'hésite pas à faire usage de ses armes. Aussi, soyez prudent. Je n'ai pas envie de vous retrouver avec le foie transpercé par un stylet oriental.

— Et moi non plus.

— Espérons donc que les choses n'en viendront pas là, dit Jerry d'un ton allègre. Pas d'autres questions avant de vous mettre en route ?

— Si, dit George Cyrill d'un ton aussi allègre : qu'y a-t-il pour moi là-dedans ?

Jerry le regarda avec stupeur.

— Comment, qu'y a-t-il pour vous ? Vous prêtez main-forte à Scotland Yard.

— Eh bien ! j'estime qu'en échange de l'aide que je lui prête, Scotland Yard doit me prêter également son aide, dit George Cyrill Wellbeloved.

Un grognement venant de la cuisine parut indiquer que

la Reine de Matchingham approuvait entièrement cette attitude intéressée et Jerry jugea préférable de ne pas discuter.

— On pourrait aller jusqu'à mille francs, concéda-t-il.

— Dix mille, rectifia George Cyrill Wellbeloved.

— Trois mille.

— Ecoutez-moi, coupa George Cyrill. Je ne veux pas être trop dur avec la police. Disons cinq mille.

Jerry fouilla ses poches.

— Je n'ai en tout sur moi que trois mille dix francs.

— Faites-moi un chèque.

— Je n'ai pas de carnet de chèques.

— Vous pourriez prendre une petite feuille de papier et y mettre un timbre de quittance.

— Mais je n'ai pas, non plus, de timbres de quittance.

George Cyrill Wellbeloved poussa un soupir. Il lui parut évident que Jerry avait réponse à tout.

— C'est bon. Allons-y pour trois mille dix francs.

— Les voici.

— Eh là! dit George Cyrill Wellbeloved, et la pièce de dix francs ?

Scène sordide, dont on est heureux de voir la fin!

Une minute plus tard Jerry se retrouva seul.

Et cinq minutes plus tard la sonnette de la porte d'entrée retentit de nouveau.

II

Après tous ces événements qui l'avaient mis d'humeur maussade, Jerry eut le sentiment qu'il n'avait pas fait autre chose, depuis qu'il avait abandonné son petit costume marin de garçonnet, que de guetter les coups de sonnette à la porte de cette maudite villa « disponible de suite ». Dès qu'un carillonneur s'en allait, un autre le remplaçait.

Dans toutes ses précédentes expériences, il ne lui était jamais arrivé de rencontrer des gens aimant autant la compagnie que les habitants de Market Blandings. Chaque fois qu'ils trouvaient le temps long, on aurait pu croire qu'ils se donnaient le mot : « Allons donc faire un petit tour chez l'ami Vail. »

Le casse-pied suivant devait être, pensa-t-il avec humeur, le vicaire qui venait le taper pour la souscription à l'achat d'un nouvel harmonium. Il avait pris la résolution de ne pas bouger d'un pouce et de laisser cet honorable gentleman tirer sur la sonnette jusqu'à ce qu'il en eût le poignet foulé, quand il changea soudain d'avis. Une voix l'avait appelé par son nom et il avait reconnu la voix de l'Honorable Galahad Threepwood, la personne au monde qu'il désirait le plus ardemment voir.

Gally pouvait avoir ses défauts, sa sœur Constance, sa sœur Dora, sa sœur Julia et toutes les autres auraient pu les citer par centaines, mais on avait la certitude de trouver en lui une mine de renseignements sur ce qu'il convient de faire quand on trouve un cochon volé dans sa cuisine et que la police est au coin de la rue.

Il ouvrit la porte et, trouvant Gally sur la dernière marche, il se jeta littéralement dans ses bras.

— Monsieur Threepwood !

— Assez de Mr. Threepwood comme cela. Appelez-moi Gally. Je ne suis pas Mr. Threepwood pour le neveu de Plug Bosham. Qu'y a-t-il de cassé, mon garçon ? Vous avez l'air bien agité. Je me trompe peut-être ?

— Oh ! non, vous ne vous trompez pas. Je suis à deux doigts de la crise de nerfs. Il y a un cochon dans la cuisine.

— Ah ! Vous l'avez remarqué ?

Jerry sursauta.

— Vous le saviez ?

— C'est pour cela que je suis ici. Je ne viens pas vous

faire une visite de politesse. Entrons, nous allons discuter de tout cela avec calme et détachement.

Passant le premier, il pénétra dans la grande pièce et s'installa bien à l'aise dans un fauteuil.

— Je ne comprends pas pourquoi Fruity Biffen n'a pu s'habituer à cet endroit, dit-il en regardant autour de lui. C'est tout à fait douillet ici. Des fruits artificiels, un souvenir de je ne sais où ! Je ne vois pas ce qu'on peut demander de plus. Mais Fruity a toujours été un original. Etrange. Impulsif. Vous ai-je déjà raconté son histoire avec...

Jerry l'interrompit. On ne doit évidemment pas couper la parole à ses visiteurs, mais par contre les visiteurs ne devraient pas cacher un cochon dans votre cuisine. Or, un horrible soupçon venait de prendre racine dans le cerveau de Jerry.

— Est-ce vous qui avez mis ce cochon ici ? parvint-il à grand-peine à demander.

— Mais bien sûr, dit Gally, c'est moi. Ou plutôt c'est Beach, suivant mes instructions. Voyez-vous, un bon nombre de ce que vous pourriez appeler des chassés-croisés se sont donné libre cours depuis plusieurs jours. Et votre cochon...

— Je vous prie de ne pas l'appeler mon cochon !

— Le cochon en question, rectifia Gally, est un pion dans le jeu. Pour être plus clair et pour faire un tour d'horizon complet de la situation, la truie de mon frère Clarence, l'Impératrice de Blandings, et celle de Parsloe, la Reine de Matchingham, se serrent de très près pour la médaille des Cochons Gras au cours de la prochaine foire agricole du Shropshire. Parsloe est un homme sans foi ni loi, avec une âme aussi noire qu'un as de pique, et a recours aux manœuvres les plus criminelles pour arriver à ses fins. C'est pourquoi, voyant bien que ce n'était qu'une question de temps pour qu'il essaye de chiper notre cochon, j'ai jugé judicieux de commencer par lui chiper le sien. L'attaque, me disait récemment un stratège de mes amis, est la meilleure forme de défense. Nous avons donc embarqué la Reine, tandis que, de son côté, il raflait l'Impératrice. Il y a toujours beaucoup de jeux de cache-cache dans des histoires de ce genre. Nous avions mis la Reine dans une cabane désaffectée de garde-chasse à la corne ouest du petit bois, mais avec une ruse diabolique nos adversaires ont pu la dépister et il a fallu trouver rapidement un autre abri. Je me suis rappelé par bonheur que Sunnybrae était inoccupé.

— Inoccupé!

— Je croyais du moins qu'il l'était.

Jerry n'essaya pas de dissimuler son mécontentement.

— Vous auriez pu me prévenir.

— Oui, je pense qu'on aurait dû le faire.

— Et l'on m'aurait épargné une surprise brutale. Quand j'ai ouvert la porte de la cuisine et que j'ai vu des cochons à perte de vue, dit Jerry, frissonnant à l'évocation de ce moment crucial de son existence, j'ai bien cru que ma cervelle allait éclater.

Gally eut un murmure de sympathie.

— Drôle de surprise, je le conçois.

— Vous pouvez le dire!

— Navrant. Je comprends aisément que cela vous ait ébranlé. Quoiqu'on puisse à bon droit se demander si, après tout, de tels chocs ne sont pas plutôt favorables à la bonne santé des gens. On prétend que cela stimule les glandes surrénales.

— Eh bien! je préfère conserver mes glandes surrénales comme elles sont.

— D'accord, d'accord! Dieu me garde de discuter avec quiconque le problème de ses glandes surrénales. Gardez-les comme elles vous plaisent, mon garçon. La liberté en toutes choses. Mais vous paraissez un peu fâché et je vois mal comment on pourrait me blâmer de ce qui est arrivé.

Comment aurais-je pu me douter que vous viendriez percher à Sunnybrae ? Et, soit dit en passant, pour quelle raison l'avez-vous fait ?

— Parce que je ne me plaisais pas aux Armes d'Emsworth.

— Le lit n'était pas à la hauteur de votre inspiration ?

— Non. On aurait dit un tas de cailloux.

— Ah! vous, les jeunes, vous pensez un peu trop à vos aises, dit Gally sur un ton de reproche. Quand j'avais votre âge, il m'est souvent arrivé de dormir sur une table de billard. Je me rappelle qu'une fois Plug Bosham, Puffy Benger et moi, nous avons partagé deux chaises et une planche à repasser. C'était...

Une fois de plus Jerry coupa court, insensible aux savoureux détails qu'il allait perdre.

— A propos de ce cochon...

— Ah! oui, le cochon. Revenons au cochon. Poursuivez, mon garçon.

— Vous serez peut-être intéressé d'apprendre que la police est venue ici, lancée sur la piste.

— La police ?

— Enfin, oui, un policeman. Il avait vu de la lumière par la fenêtre et il est venu aux renseignements.

— Vous ne lui avez pas fait visiter la maison, j'espère ?

— Nous avons bavardé sur le seuil.

— C'est mieux.

— Il en avait plein la bouche, de ce cochon volé.

— Une belle dyspepsie!

— Hein ?

— Je voulais simplement dire que le cochon, c'est lourd à digérer. Continuez. Il avait la bouche pleine de ce cochon, votre policeman, disiez-vous ?

— Et il espère mettre la main au collet du coupable.

— Laissez-moi rire.

— Je ne vois rien de risible à cela.

— Eh bien! moi, je ris. Je ris et je me moque. Je ris d'un rire cristallin. Ne vous inquiétez pas pour nos braves autorités locales. Elles ne sauraient pas découvrir une grosse caisse dans une cabine téléphonique. Et qu'est devenu ce policeman ?

— Il est parti. Peu de temps après, un certain Wellbeloved est arrivé.

Gally eut un léger sursaut.

— Wellbeloved ?

— Il a dit qu'il était le gardien de porcs de sir Gregory Parsloe. Lui aussi avait vu de la lumière aux fenêtres et il avait cru que l'amiral Biffen était de retour. L'amiral et lui avaient l'habitude de boire de la bière ensemble.

Gally fit un signe de tête.

— Ce détail à propos de Fruity et de la bière rend le son de la vérité, mais je l'aurais cru plus difficile dans le choix de ses amis. Ce Wellbeloved est un homme de colère et la plus exécrable vipère qui soit au monde. L'avez-vous également reçu sur le seuil de la porte ?

— Non, il est entré.

— Pourquoi diable l'avez-vous laissé entrer ?

— Je ne l'ai pas laissé entrer. Sans doute avais-je, par mégarde, laissé la porte ouverte. J'étais assis là, en train de me demander ce qu'il fallait faire, quand j'ai senti une présence auprès de moi. C'était lui!

— Quoi, lui, ici ? Avec seulement la porte de la cuisine pour le séparer du cochon ?

— Il n'a pas vu le cochon.

— Mais il a des oreilles. L'animal n'a-t-il pas grogné ?

— Si. A plusieurs reprises. J'ai même été surpris qu'il n'ait rien entendu.

Gally se redressa. Son visage était contracté, comme l'est souvent le visage d'un homme à l'heure amère de la défaite.

— Il l'a entendu, dit-il d'une voix brève. Un bon éleveur

de porcs est capable de reconnaître à dix lieues à la ronde le grognement particulier de son cochon parmi des milliers d'autres. Il a su du premier coup que son cochon était là et je me demande pourquoi il ne vous a pas dénoncé sur-le-champ. Qu'est-il arrivé ?

— J'ai réussi à me débarrasser de lui.

— Comment ?

— J'ai inventé une histoire.

— Quel genre d'histoire ?

— Oh! une histoire.

Gally fit la moue.

— Eh bien! quelle qu'elle soit, je doute qu'il l'ait avalée.

— Je crois pourtant que si.

— Vous croyez, vous croyez! Il se moquait de vous, bien sûr. Il est même sûrement en train de tout raconter à Parsloe. Cette fois, c'est la fin. Il ne me reste plus qu'à ramener cette créature dans son étable. Le secret d'une vie heureuse et réussie, c'est de savoir quand il faut arrêter les frais. C'est à en pleurer de rage. La défaite est une chose détestable. Il faut pourtant l'accepter.

Jerry hésita.

— Vous n'avez pas besoin de mes services ?

— Pour le cochon ? Non, je m'arrangerai.

— Bon. Je me sens un peu soulagé.

— Il vaut mieux que vous restiez ici pour attendre Beach. Il ne va pas tarder à arriver.

— A pied ?

— Non, à bicyclette, ce sera pour moi un éternel regret de ne pas l'avoir vu sur cet instrument. C'est bon. Allons-y.

Le visage dur, il ouvrit la porte et pénétra dans la cuisine.

Il était parti depuis dix minutes quand parvint de l'extérieur le bruit inimitable que fait un maître d'hôtel en tombant de bicyclette.

III

Les années nous volent nos performances de jeunesse. Il avait été une époque, assez reculée, où Sébastien Beach n'aurait calé devant personne en tant que champion cycliste. Il avait même gagné, une fois, la course des enfants de chœur, réservée à ceux dont les voix n'avaient pas mué depuis le deuxième dimanche après l'Epiphanie. Mais ces beaux jours s'en étaient allés.

Il avait fallu l'esprit féodal qui brûlait en lui et la pensée que M. Galahad comptait sur son aide, pour qu'il se décidât à emprunter la machine du chauffeur Alfred Voules et à partir sur la route de Sunnybrae. Dès le départ il avait eu de sombres pressentiments qui s'étaient révélés bien fondés!

C'est une croyance généralement répandue que, dès lors que vous avez appris à monter à bicyclette, vous n'en perdez jamais plus l'habitude. Beach avait prouvé la fausseté de ce préjugé. Ce fut un maître d'hôtel meurtri et pantelant que Jerry accueillit à la porte d'entrée et accompagna dans la grande pièce.

L'ayant installé dans un fauteuil, Jerry se trouva bien embarrassé. Exclu comme il l'était du petit groupe de conspirateurs qui s'était formé autour de Gally, il n'avait pas eu l'occasion de voir cet homme sous son aspect humain et ce maître d'hôtel n'avait été pour lui, au long de son séjour dans le château de lord Emsworth, qu'un de ces personnages solitaires et hautains dont la majesté le paralysait. Elle le paralysait encore. Il faut véritablement être un jeune homme intrépide pour affronter sans frémir un maître d'hôtel anglais et ne pas se sentir ravalé au niveau d'un ver de terre. Les précédentes rencontres de Jerry avec Beach — dans les couloirs, dans le hall, au déjeuner, au dîner — lui avaient laissé l'impression d'avoir les pieds trop grands, les oreilles trop rouges et un standing social tenant le milieu entre celui d'un gamin des bas-fonds et celui d'un lépreux déguenillé. Il y avait beaucoup de chats au château de Blandings et les yeux en boule de loto de Beach lui avaient toujours fait éprouver la sensation d'être un répugnant détritus traîné par un de ces chats.

De toutes façons il était chez lui et se devait d'entretenir la conversation.

— Avez-vous fait bonne route ? demanda-t-il.

Un frisson fit trembler le corps douloureux du maître d'hôtel comme un champ de blé traversé par la brise.

— Pas très bonne, monsieur, répondit-il d'une voix sans timbre. Je n'avais pas enfourché de bicyclette depuis l'époque où j'étais un petit garçon et j'ai trouvé cela épuisant pour les muscles de la jambe.

— Ce sont les muscles de la jambe qui se fatiguent, n'est-ce pas ? dit Jerry avec sympathie.

— Oui, monsieur.

— Les mollets principalement ?

— Oui, monsieur.

— Vous avez dérapé, je crois ?

— Monsieur...

— Je croyais vous avoir entendu tomber à votre arrivée.

— Oui, monsieur. J'ai été victime de plusieurs chutes.

— Bien désagréables, les chutes de vélo. Cela vous secoue le foie.

— C'est bien cela, monsieur, dit Beach en fermant les yeux.

Sentant avec juste raison que c'était là tout ce que son visiteur désirait entendre sur la question cycliste, Jerry retomba dans le silence, cherchant d'autres sujets plus relevés, intéressants et amusants.

— Mr. Threepwood a ramené le cochon à son propriétaire, dit-il enfin.

Il avait frappé juste. Le maître d'hôtel rouvrit les yeux et l'on pouvait y percevoir une lueur d'espoir.

— Vraiment, monsieur ?

— Oui. C'est ce qui lui a paru le plus raisonnable. Trop de gens venaient rôder autour de cette maison. Des agents de police, des gardiens de porcs, etc. Il m'a dit que le plus sage était de savoir arrêter les frais avant que les choses soient irrémédiables. Il est parti depuis environ un quart d'heure et je pense que l'animal a maintenant regagné son étable.

Beach laissa s'échapper un profond soupir.

— Je suis extrêmement heureux de ce que vous m'apprenez, monsieur. J'étais nerveux.

Qu'un homme tel que Beach pût être nerveux encouragea Jerry qui se sentit plus à son aise. Pour la première fois il entrevoyait que des sentiments humains se cachaient sous ce gilet bombé. La situation s'améliorait et il se sentit d'humeur à bavarder.

— Connaissez-vous Mr. Threepwood depuis longtemps ? demanda-t-il.

— Depuis presque vingt ans, monsieur.

— Depuis aussi longtemps ? Satané vieux farceur, vous ne trouvez pas ?

— Monsieur...

— Hé bien! il s'agite dans tous les sens, vole les cochons... Excentrique, diriez-vous.

— Vous voudrez bien m'excuser si je n'émets pas d'opinion, monsieur. Il me paraîtrait déplacé de discuter sur les membres de la famille de mon employeur, dit Beach d'un ton sec.

Et il ferma les yeux de nouveau.

Le rouge brûlant de la honte enflamma les joues de Jerry. Il ne s'était encore jamais fait remettre à sa place par un maître d'hôtel et cette nouvelle expérience lui laissait une impression comparable à celle qu'il aurait éprouvée si, se promenant dans le jardin au crépuscule, il avait mis le pied sur un râteau dont le manche en se relevant serait venu le frapper sur le bout du nez. Il était difficile de trouver autre chose à dire.

Plusieurs sujets se présentèrent : le temps ? la récolte ? l'approche des nouvelles élections ? lord Emsworth ? son traitement en cas de maladie ?

Puis il s'aperçut avec un profond soulagement que toute tentative pour établir une nouvelle conversation devenait inutile. Un ronflement léger, suivi par d'autres plus violents, lui fit comprendre que son visiteur s'était endormi. Anéanti par des efforts inaccoutumés, Beach reprisait les accrocs d'une vie qui n'était qu'un tissu de soucis.

Jerry se leva sans bruit et quitta la pièce sur la pointe des pieds. Il était content de pouvoir sortir. C'était un jeune homme honnête et il se disait qu'il n'avait probablement pas vu son compagnon sous son meilleur jour, mais il préférait ne pas attendre une éventuelle amélioration. Ce dont il avait le plus grand besoin était une bouffée d'air frais.

Sur la petite route qui bordait le jardin de Sunnybrae soufflait un air frais et léger; Jerry le but littéralement et, déjà, il se sentait redevenir plus calme quand la paix de cette nuit d'été fut troublée par le bruit d'une voiture qui s'arrêtait devant la villa et Gally en sortit. Il était accompagné d'un énorme cochon.

Dans la clarté incertaine de la lune, Jerry eut l'impression que l'animal lui adressait un signe de tête amical et la politesse aurait voulu qu'il y répondît. Mais il arrive qu'aux périodes troublées de notre existence nous oublions les bons usages. Jerry resta pétrifié, la mâchoire inférieure affaissée. Tel Othello, il était complètement déconcerté. Le calme que nous avons mentionné plus haut venait de la pensée réconfortante que, s'il devait supporter la honte d'être remis à sa place par un maître d'hôtel, il était du moins libéré des cochons de toutes sortes. Et voilà qu'ils surgissaient à nouveau dans sa vie, plus énormes que jamais.

Il pointa un index tremblant.

— Q...q...q... ?

Il avait voulu dire « quoi ? », mais le mot ne parvint pas à sortir, et Gally le toisa du haut de son monocle inquisiteur.

— Q...q...q... ?

— J'ai eu un chien qui faisait exactement le même bruit quand il était sur le point d'être malade, dit Gally. Un chien appelé Towser. Parsloe réussit une fois à lui couper tous ses moyens athlétiques en lui faisant absorber un bifteck sauté aux oignons le soir d'une course aux rats qui devait opposer mon chien au sien, un nommé Banjo. Je vous raconterai tout cela en détail quand nous en aurons le loisir, car je voudrais vous faire comprendre jusqu'où peut aller cet homme quand il est lancé sur la voie du mal. Cette histoire est très longue et nous avons mieux à faire. Il faut mettre notre Impératrice à l'abri avant que l'adversaire ne la découvre ici et tente quelque mauvais coup. Elle ne ferait pas de vieux os, si Parsloe savait où la dénicher. Il lancerait sur elle sa meute de tueurs armés jusqu'aux dents avant qu'elle n'ait le temps de remuer le bout de la queue.

Jerry était encore pétrifié.

— Je ne comprends pas, dit-il. Pourquoi parlez-vous de l'Impératrice ?

— Et pourquoi ne parlerais-je pas de l'Impératrice ? Oh ! je comprends ce que vous voulez dire. J'ai oublié de vous mettre au courant. J'allais le faire lorsque vous vous êtes mis à imiter les jappements de mon chien Towser. C'est bien simple. L'animal que je viens d'amener ici, c'est l'Impératrice. Quand je suis arrivé à Matchingham et que je me suis faufilé jusqu'à l'étable, la première chose que j'ai vue, c'était elle. Parsloe, avec une astuce que je ne puis m'empêcher d'admirer, la gardait au secret là exactement à l'endroit où personne n'aurait jamais eu l'idée d'aller la chercher. J'avais, bien entendu, songé à visiter toutes les masures isolées, tous les réduits et toutes les caves, ne pouvant supposer un seul instant que ce diable d'homme l'avait installée tout bonnement à la vue de tous. Il avait employé le même truc que celui qui a été décrit par Edgar Poe dans son roman policier *La Lettre escamotée*. Je puis dire que je lui tire mon chapeau. J'ai immédiatement repris possession de l'Impératrice et l'ai ramenée. Mais nous n'avons pas de temps à perdre en palabres. Beach est-il là ?

— Oui, il dort dans la grande pièce.

— Ce n'est pas la peine de le déranger, dit Gally, compréhensif. Laissons ce brave homme à son sommeil. Nous allons la faire entrer par la petite porte de derrière.

Après quelques minutes qui parurent longues à Jerry, Gally revint en se frottant les mains et en arborant un sourire de satisfaction.

— Et maintenant, dit-il, je vais aller rendre compte à Clarence de cet heureux dénouement. Si vous vous sentez d'humeur à m'accompagner jusqu'au château pour dire un petit bonjour à Penny, je me ferai un plaisir de vous y conduire.

IV

Malgré tout ce qu'un critique d'art aurait pu reprocher à l'architecture de Sunnybrae, et il y avait là matière à de nombreuses remarques, il lui aurait fallu reconnaître que c'était un endroit commode pour se rendre au château de Blandings. Un kilomètre et demi ou deux séparaient les deux demeures, et c'est pourquoi, quelques minutes plus tard, la voiture de Gally stoppa de nouveau devant le porche de Sunny, mais cette fois avec lord Emsworth à son bord.

Lord Emsworth, profondément remué par les nouvelles que lui apportait Gally, n'avait cessé de babiller avec excitation depuis le début du trajet. Il babillait encore en pénétrant dans la grande pièce de la villa et ne s'arrêta de babiller qu'en voyant, à la place de Beach, sir Gregory Parsloe. Le seigneur de Matchingham était installé dans un fauteuil, les yeux fixés sur la photographie de l'architecte accrochée dans son cadre rose. Visiblement, il ne ressentait aucune estime particulière pour ce prince de la construction. Si par hasard on l'avait questionné à ce sujet, il aurait affirmé qu'il n'avait jamais rencontré semblable tête d'ahuri. Et il fallait convenir que, si l'on considère les architectes en général, celui-là, vu sous l'angle de la beauté, ne faisait pas honneur à la profession.

L'arrivée de lord Emsworth et de Gally l'arracha à sa contemplation et il leur jeta un coup d'œil dont l'expression et l'intensité rappelait le regard que le policeman avait lancé à Jerry au début de leur duo sur les marches.

— Ah! s'écria-t-il. Le rassemblement des vautours. J'avais dans l'idée que vous viendriez. Si vous êtes à la recherche de votre bandit de maître d'hôtel, je puis vous dire que vous arrivez trop tard.

Lord Emsworth rajusta son lorgnon, qui, fidèle à sa politique habituelle dans les minutes de surprise et d'émotion, avait abandonné le nez de son maître en sautant comme un fauve en liberté.

— Parsloe! Que faites-vous ici ?

— Oui, dit Gally avec colère. Qui donc vous a permis de venir vous installer ici comme chez vous ? C'est trop fort! Votre présence constitue un flagrant délit de violation de domicile et je vais dire au jeune Vail d'entamer immédiatement des poursuites.

— Qui est ce Vail ?

— Le locataire de cette maison.

— Ah! c'est le type en question. Des poursuites, dites-vous. Il en serait bien empêché. Il est en prison, comme Beach.

— Beach ? (Gally le fixa avec surprise.) Beach n'est pas en prison. Vous devez confondre avec deux autres.

— M. Evans, le commissaire de police, est certainement en train de l'enfermer dans sa cellule, dit sir Gregory d'un ton agressif. Il se trouvait par hasard chez moi quand Wellbeloved est venu nous donner les dernières nouvelles.

— Quelles dernières nouvelles ?

Sir Gregory se carra dans le fauteuil comme quelqu'un qui sait que son histoire va produire un certain effet.

— Je m'étais installé dans mon cabinet de travail, commença-t-il, tout à la joie de pouvoir causer avec ma fiancée et fumer un cigare, lorsque Binstead, mon maître d'hôtel, est venu m'informer que Wellbeloved désirait me parler. Je l'ai prié de lui dire que j'irais le voir dans l'allée, car j'aime mieux parler avec Wellbeloved à l'air libre. Je l'y ai rejoint et il m'a conté une étonnante histoire. Il a dit qu'il était venu dans cette maison et qu'il avait bavardé avec ce type que vous appelez Vail et qui doit être un de vos comparses. Et tandis qu'ils parlaient tous deux, il a entendu soudain grogner la Reine de Matchingham.

— Mais ce n'est pas...

— Patience, Clarence, dit Gally. Cela m'amuse d'écouter cette histoire. Elle n'a pour l'instant ni queue ni tête. Mais continuez.

Sir Gregory enchaîna.

— Il a cru d'abord que c'était une illusion, mais le bruit s'est renouvelé et c'était bien la Reine de Matchingham, elle-même, qui grognait. Il a reconnu son grognement et a pu le localiser exactement. Cela provenait de la cuisine. De toute évidence il y avait là un cochon.

— Mais c'était...

— Clarence, je vous en prie... Et alors ?

— Il s'est dit : « Ho! ho! »

— Ho! ho! quoi ?

— Oh.

— Continuez.

— Il avait remarqué que depuis le début de leur entretien le citoyen Vail donnait des signes de nervosité. Après ce deuxième grognement, il a semblé avoir complètemnt perdu la tête. Dans sa hâte de se débarrasser de Wellbeloved, il a inventé une histoire absurde à laquelle, d'après Wellbeloved, un gamin n'aurait pas cru. Je crois que ces apprentis escrocs perdent toujours les pédales dès que les choses se gâtent. Ils ne savent pas tenir le coup. Je ne sais pas qui est ce Vail...

— C'est mon secrétaire, dit lord Emsworth.

— Il est à votre service, n'est-ce pas ? C'est bien ce que j'avais pensé.

— Mais non, il n'est plus à mon service, maintenant que j'y pense. Connie l'a mis à la porte, rectifia lord Emsworth.

— Eh bien! qu'il soit encore votre secrétaire ou qu'il ne le soit plus, coupa sir Gregory, ce n'est pas là la question. Ce qui importe, c'est que ce Vail est une de ces âmes damnées que vous avez achetées à prix d'or. Pour reprendre le fil de ce que je vous racontais, cet imbécile de Vail a essayé de faire avaler à Wellbeloved cette histoire rocambolesque, voulant à toutes forces lui faire quitter cette maison. Wellbeloved a été assez malin pour lui laisser croire qu'il était dupe et il est venu me mettre au courant. J'ai immédiatement emmené le commissaire jusqu'ici dans ma voiture. J'ai entendu ma truie qui grognait dans la cuisine, trouvé Beach qui veillait sur le butin et j'ai chargé le commissaire de conduire Beach en prison. A la prochaine audience du tribunal correctionnel, je ferai réclamer le maximum de la peine pour un bandit qui vole les cochons. Je ne serais pas surpris s'il récoltait au moins six mois ou un an de prison. Mais ce n'est pas tout. Vous, Emsworth, et vous, Threepwood, vous serez également dans le bain jusqu'au cou comme instigateurs de l'affaire. Avec les preuves en main, je vais pouvoir rafler toute la bande. Voilà, dit sir Gregory, après avoir jeté un regard aigu sur lord Emsworth et un autre regard aigu sur Gally, voilà où en sont les choses, et je ne suis pas surpris de vous voir trembler comme des feuilles. Vous vous êtes mis dans un très mauvais cas, espèce de voleurs de cochons!

Il se tut et Gally secoua la tête d'un air perplexe.

— Je ne comprends pas, dit-il. Je m'étais toujours cru un homme d'une honnête intelligence, mais je dois m'avouer vaincu. Cela paraît absurde, mais je crois comprendre que vous nous accusez d'avoir volé votre cochon.

Sir Gregory le regarda fixement.

— Vous avez le toupet de le nier ?

— Bien sûr, je nie formellement.

— Alors vous essayez de me faire croire qu'il n'y a pas de cochon dans la cuisine ? Ecoutez donc, par tous les diables. Je l'entends même grogner en ce moment.

— Mon cher ami, naturellement, vous l'entendez. Un homme sourd comme un pot serait à même de l'entendre. Mais c'est l'Impératrice.

— Quoi ?

— Vous êtes surpris de la trouver ici ? Pourtant l'explication est simple. Clarence a eu l'impression qu'elle était dans un état un peu déficient et il a pensé qu'un petit changement d'air lui ferait du bien. Il a donc demandé à Vail de vouloir bien s'occuper d'elle et Vail s'est déclaré enchanté de la confiance qu'on lui montrait. C'est bien là ce qui s'est passé, n'est-ce pas, Clarence ?

— Hein ?

— Il dit oui..., dit Gally.

Sir Gregory resta un moment immobile, avec une expression d'incrédulité, puis il se dirigea à grandes enjambées vers la porte de la cuisine et l'ouvrit brusquement. Lord Emsworth, incapable d'attendre plus longtemps, se précipita. Des grognements et des exclamations de joie se firent entendre simultanément et Gally referma la porte sur cette charmante réunion de famille.

Sir Gregory soufflait bruyamment, n'en croyant pas ses yeux.

— Ce n'est pas mon cochon.

— Bien sûr que ce n'est pas le vôtre, dit Gally, tentant de le calmer. C'est ce que je m'obstine à vous répéter. C'est l'Impératrice! Vous voyez que vos accusations étaient sans fondement! Je ne veux pas être sévère, Parsloe, mais je dois dire que si vous vous mettez à accuser la crème de l'aristocratie anglaise de voler les cochons sous le simple prétexte qu'un individu comme George Cyrill Wellbeloved a cru entendre un grognement, c'est véritablement le commencement de la fin. Si ce genre d'affaire devait fréquemment se renouveler, il me semble que tout ce qui constitue les bases de la société s'effondrerait. Ce que je n'arrive pas à comprendre, c'est comment vous avez bien pu vous fourrer dans le crâne que la Reine de Matchingham avait été volée. Bizarre est le mot qui me monte aux lèvres. Vous auriez dû savoir qu'elle n'a pas bougé de son étable pendant tout ce temps.

— Quoi ?

— Eh bien! je peux vous dire que je suis allé faire un tour chez vous cet après-midi et qu'elle y était. Je pensais vous faire une visite amicale pour bavarder un peu, car je sais quelle importance ont les relations de bon voisinage à la campagne. Mais quand je suis arrivé à Matchingham, vous étiez sorti. J'ai donc fait un petit détour par votre jardin, juste pour voir vos fleurs, et je l'ai aperçue dans son enclos. Je lui aurais volontiers jeté une pomme de terre, mais je n'en avais pas sur moi. S'il vous reste le moindre doute, allons à Matchingham maintenant et vous verrez par vous-même...

Le trajet jusqu'à Matchingham fut silencieux, ainsi que la course à travers le jardin vers la porcherie de Parsloe. Ce n'est qu'après avoir atteint l'étable et vérifié son contenu que sir Gregory retrouva la parole.

Il parla d'une voix étranglée.

— Ce cochon n'était pas là ce matin, gémit-il.

— Qui vous a dit cela ?

— Wellbeloved.

Gally eut un léger rire. Il commençait à s'amuser.

— Wellbeloved ! Croyez-vous qu'on puisse accorder quelque crédit à ce que raconte un citoyen de son espèce ? Mon cher ami, ce George Cyrill Wellbeloved est fou à lier. Tous les Wellbeloved sont ainsi de père en fils. Vous n'avez qu'à interroger à Blandings n'importe qui. C'est son grand-père, Ezéchiel Wellbeloved, qui avait quitté son pantalon au milieu de la grand-rue, par un après-midi de neige, et en avait fait cadeau à un passant en lui disant qu'il n'en voyait pas l'utilité, car la fin du monde était prévue pour ce même jour à 5 h. 30 précises. Quant à son père, Orlando Wellbeloved...

Sir Gregory l'interrompit en déclarant qu'il ne désirait pas en connaître davantage sur le père de George Cyrill Wellbeloved et Gally lui dit qu'il comprenait, car beaucoup de personnes étaient de cet avis.

— Je voulais uniquement vous amener à convenir avec moi que c'est pure folie d'écouter les babils des Wellbeloved. Lui est le pire du lot. Je comprends qu'il ait reçu des propositions flatteuses de la part des actionnaires de l'asile d'aliénés de Colney Hatch et autres établissements similaires.

Sir Gregory lui jeta un long regard, un regard lourd de sentiments contradictoires. Son esprit ne s'y retrouvait pas. Il était convaincu qu'il y avait dans tout cela quelque chose de louche... si seulement il avait pu mettre le doigt dessus... mais il avait l'esprit lent et cela le dépassait.

— Ah! dit-il.

— Tut... tutut... tut..., fit Gally, je suis sûr que vous n'allez pas vous contenter de dire cela, mon cher, dit-il avec une douceur affectée.

— Hein ?

— Je pensais qu'un brin de remords serait tout indiqué. Je veux dire que vous vous êtes peut-être embarqué un peu trop vite, un peu trop à la légère, n'est-ce pas ?

Sir Gregory lutta un instant avec ses sentiments.

— Oui, oui, je comprends ce que vous voulez dire. C'est bien. Excusez-moi.

Gally exultait.

— Enfin j'ai le plaisir d'entendre parler le vrai Gregory Parsloe, dit-il. Vous allez téléphoner immédiatement à vos flics pour faire relâcher Beach sans délai. Et ce serait encore plus aimable à vous d'envoyer votre chauffeur le prendre pour le ramener chez lui. Je m'en serais volontiers chargé, mais je dois reconduire Clarence et l'Impératrice au château de Blandings. Maintenant qu'elle a terminé sa petite cure de repos, Lord Emsworth désire la voir réintégrer son cantonnement.

CHAPITRE XI

I

AYANT déposé lord Emsworth dans sa bibliothèque et l'Impératrice à son quartier général, Gally revint à sa voiture pour la mettre au garage. Ce faisant, il faillit entrer en collision avec une autre voiture au volant de laquelle se trouvait lord Vosper.

— Salut, dit Gally, surpris. Vous allez faire un tour ?

— Exactement.

— Il est un peu tard, non ?

— Un peu tard, en effet.

Lord Vosper marqua un moment d'hésitation. Puis il se souvint qu'il s'était confié à cet homme qui, à ce titre, avait le droit d'apprendre les dernières nouvelles.

— En fait Gloria et moi nous rendons à Londres pour nous marier.

— Eh bien! vous pouvez dire que vous me coupez bras et jambes. Est-ce vrai ?

— Tout à fait vrai. Nous reculions devant la perspective de devoir expliquer tout cela à lady Constance. Aussi avons-nous décidé de filer et de lui annoncer la nouvelle dans notre lettre de château.

— Voilà qui est très sensé. C'est tout à fait ce qu'il lui faut. « Chère lady Constance. Comment pourrons-nous jamais vous remercier de ce délicieux séjour dans votre exquise demeure ? Quel régal d'avoir pu faire la connaissance de votre délicieux frère Galahad! A propos, nous voici mariés. Veuillez agréer, etc. Les Vosper. » Enfin quelque chose dans ce genre-là.

— Tout à fait d'accord. Nous allons rouler dans le silence de la nuit pour atteindre la métropole aux premières lueurs de l'aube, je pense. Quelques heures de sommeil, une bonne douche rapide, un bon café, nos flocons d'avoine, nos œufs au bacon et nous bondissons vers l'officier d'état civil.

— Cela me paraît un programme séduisant.

— C'est ce que me disait Penny. Elle aurait tant aimé pouvoir faire de même avec Jerry Vail.

— Ils le pourront d'ici peu. Vous avez vu Penny ?

— A l'instant.

— Je la cherche.

— Elle aussi vous cherche. Entre nous soit dit, elle paraît assez mécontente.

— Voilà une nouvelle qui me contrarie énormément. Et pourquoi ?

— Ah! ça, je n'en sais rien. Il y a une histoire de cochon, si je me rappelle, mais je dois dire franchement que je n'ai pas saisi le point essentiel. Apparemment vous avez entraîné Jerry Vail dans une affaire louche ayant un rapport avec les cochons. Bref, elle vous cherche. Il m'a semblé qu'elle n'était pas dans son état normal. Elle parlait même de venir vous tailler en pièces avec un couteau de cuisine.

Gally conserva tout son calme.

— Elle n'aura plus la moindre envie de faire une chose pareille quand je lui aurai fait connaître la nouvelle que je lui réserve, elle va même danser sur place en battant des mains. Où est-elle ?

— Dans l'office avec Beach. Du moins, elle y était encore il y a cinq minutes.

Beach est de retour, alors ?

— Je ne savais pas qu'il était sorti.

— Si, je crois qu'il est allé au bourg de Blandings pour faire une course.

— Ah! eh bien, dans ce cas, je puis vous dire qu'il est rentré. Je voulais le voir pour lui remettre un pourboire et j'ai fini par le dénicher dans l'office. Il était en train de prendre un verre de porto en compagnie de Penny et de Jerry Vail. Ce qui m'a paru étrange, c'est d'apprendre qu'on avait congédié Jerry.

— Il l'a été, mais nous allons le réintégrer. Bon, je me hâte d'aller les retrouver. Tous mes meilleurs vœux pour votre aventure matrimoniale. Et beaucoup de bonheur.

— Merci.

— Le mariage vous fera du bien. Qui sait trouver femme a trouvé la bonne part. C'est le roi Salomon qui l'a dit et il savait ce qu'il disait, hein!... je veux dire qu'à propos de femmes il n'avait plus grand'chose à apprendre, n'est-ce pas ?

— C'est exact, dit lord Vosper.

II

Gally, qui avait du flair, s'aperçut, en entrant dans l'office où se tenaient Beach et sa compagnie, que l'atmosphère était tendue. Le porto circulait librement et avec abondance, comme chaque fois que cet accueillant maître d'hôtel présidait à de semblables agapes, mais il y manquait cette gaîté confortable que la chaleur du porto engendre habituellement. Beach semblait hébété, presque égaré, comme si quelque chose de lourd et de dur lui était tombé sur le crâne. L'aspect de Jerry était le même. Mais le regard que Penny lui lança à travers la pièce était d'une autre qualité. Il ressemblait au rayon de la mort ou à la projection d'un lance-flammes. En disant qu'elle lui avait paru être plutôt mécontente, Orlo Vosper avait trouvé le mot juste.

— Ah! vous voilà, vous, siffla-t-elle entre deux grincements de ses dents de nacre.

— Et juste au bon moment pour déguster un petit coup de ce nectar, dit Gally avec bonne humeur. Comme il est agréable de prendre un petit quelque chose à cette heure du jour, ne trouvez-vous pas ? Et une petite rasade de porto vaut cent fois mieux que le sirop d'orgeat que notre excellent hôte porte tous les soirs au salon, à 9 h. 30, sur le plateau de boissons rafraîchissantes. Merci, dit-il en levant son verre.

Penny continuait à le fixer avec des yeux féroces.

— Je ne veux pas vous parler, Gally Threepwood, dit-elle. Je suppose que vous savez, continua-t-elle avec l'inconséquence féminine, que vous avez réduit mon pauvre Jerry chéri et mon pauvre précieux Beach à l'état d'épaves pitoyables ?

— Ils me paraissent cependant en excellente condition, dit Gally après un coup d'œil sur le pauvre Jerry chéri et sur le pauvre et précieux Beach.

— En apparence, oui, dit Jerry d'un ton froid. Mais à l'intérieur, je ne suis plus qu'un faible agneau.

— C'est la même chose pour Beach, dit Penny. Dites : « Hou! »

— Hou!

— Vous voyez, vous l'avez vu sursauter ? Maintenant, essayez de faire tomber une assiette ou autre chose.

Beach frissonna.

— Non, pas ça, je vous en prie, Mademoiselle. Mes nerfs ne pourraient le supporter.

— Ni les miens, ajouta Jerry.

— Allons, allons, dit Gally. Je n'aime pas beaucoup cet état d'esprit. Vous étiez fait d'une autre étoffe quand nous combattions côte à côte à la bataille d'Azincourt. Eh bien! je dois dire que je suis très surpris. Qui aurait pu penser qu'il suffisait d'une demi-heure passée au violon pour vous réduire ainsi à néant, Beach ? Du temps de ma folle jeunesse, il m'est souvent arrivé de passer des nuits entières dans les oubliettes du bon vieux commissariat de la rue des Vignes et d'en sortir gonflé à bloc. Et vous, Jerry, il est curieux que vous soyez ainsi allergique aux cochons.

— Je vous serais très obligé de vouloir bien ne pas prononcer le mot de cochon en ma présence, dit sèchement Jerry.

Il resta songeur un instant, puis reprit :

— Je me souviens d'avoir entendu mon oncle, le major Bosham, parler de vous. Je ne me rappelle plus exactement à quel sujet votre nom lui vint aux lèvres, mais il disait : « Si jamais tu te trouves empêtré dans une affaire quelconque avec Galahad Threepwood, mon garçon, il ne te reste plus qu'une chose à faire : recommander ton âme à Dieu et essayer de sauver ta carcasse. » Il avait raison, terriblement raison.

— Il savait, dit Penny. Lui aussi avait souffert.

Gally semblait déconcerté.

— Je me demande bien pourquoi il a pu dire une chose pareille. Ah! je vois. Il devait se rappeler l'époque où Puffy Benger et moi-même nous avions enfermé dans sa chambre le cochon du vieux Wivenhoe, le soir du bal des Célibataires à Hammers Easton.

Jerry fronça les sourcils.

— Je croyais avoir exprimé le désir que le mot...

— Bien, bien, dit Gally. Changeons de conversation. (Et, attaquant immédiatement un autre sujet, il continua :) Je viens d'avoir le plaisir de bavarder deux minutes avec le jeune Vosper.

— Oh! dit Penny, toujours glaciale.

— Orlo Vosper, dit Gally, n'est pas ce que je pourrais

appeler l'un de nos plus brillants intellectuels, mais il a parfois de bonnes idées. Sa dernière, comme vous savez, est de regagner Londres ce soir avec ce serpent aux yeux noirs de Gloria Salt. Ils vont se présenter devant l'officier d'état civil pour se marier. Orlo Vosper m'a dit en partant que vous seriez heureuse de pouvoir en faire autant. Et pourquoi pas, après tout ? Vous pourriez emprunter la petite voiture.

Jerry lui lança un regard froid.

— Vous suggérez que nous pourrions, Penny et moi, aller à Londres nous marier ?

— Pourquoi pas ?

Jerry partit d'un rire amer.

— Permettez-moi de vous fournir quelques chiffres sur ma situation financière, dit-il. Mes revenus de l'an dernier, déduction faite de mes impôts, s'élevaient à...

— Oui, oui. Je sais. Mais Penny m'a parlé du magnifique débouché que pouvait vous offrir cette station de cure. Elle m'a complètement abasourdi avec tout ce que cette maison de repos pouvait vous rapporter. Il ne serait même pas exagéré de dire que je m'en suis trouvé comme électrisé. Peut-être m'objecterez-vous qu'on ne peut être à la fois abasourdi et électrisé, mais je persiste à affirmer que c'est possible si l'on se trouve dans des conditions favorables. « Tonnerre! me suis-je dit. Il faut que je ménage ce jeune Vail, que je m'introduise le plus possible dans ses faveurs pour pouvoir le taper de temps en temps. C'est un jeune homme plein d'avenir. »

Penny le regarda avec aversion.

— Allez-y! Retournez le fer dans la plaie!

— Je ne vous comprends pas, ma chère.

— Vous savez parfaitement bien que Jerry doit trouver le moyen de se procurer deux millions et qu'il n'a pour l'instant aucun espoir de pouvoir le faire.

— Et pourquoi pas ?

— Qui va les lui procurer ?

Gally leva les sourcils.

— Qui donc ? Mais Clarence, bien entendu.

— Lord Emsworth ?

— Qui vouliez-vous d'autre ?

Penny le regarda fixement.

— Vous êtes cinglé, Gally. Il n'y a aucun espoir. Je vous ai dit que les relations étaient rompues entre lui et Jerry. Vous en souvenez-vous ?

— Certainement, je m'en souviens. La question a été abordée au cours de la conversation que nous avons eue dans ma voiture en revenant de Matchingham. J'ai prononcé le nom de Jerry et il s'est mis à pousser de profonds soupirs. « Il m'a traité de vieille bourrique au cerveau liquéfié », m'a-t-il dit. — « Eh bien ! vous êtes une vieille bourrique au cerveau liquéfié », lui ai-je répondu du tac au tac, et il a paru en convenir. Il n'a certes pas été jusqu'à me dire : « Mon Dieu, c'est pourtant bien vrai », mais il a soupiré à fendre l'âme et, voyant que j'avais l'avantage, je l'ai exploité. « Ne comprenez-vous pas, lui dis-je, que c'est entièrement grâce aux efforts de Jerry que vous avez pu récupérer l'Impératrice ? Et vous vous montreriez le plus dégénéré des rejetons d'une noble race, ajoutai-je, si, pour quelques mots prononcés dans le feu d'une discussion, vous oubliiez le service qu'il vient de vous rendre. » Il poussa un soupir : « C'est donc ce jeune Vail qui a retrouvé l'Impératrice ? » Sa voix tremblotait comme son lorgnon. « Bien sûr que c'est lui, continuai-je. Qui diable croyez-vous que ce soit ? Comment croyez-vous qu'elle aurait pu échouer dans la cuisine de Sunnybrae si Vail ne l'y avait mise, à ses risques et périls ? — Grands dieux ! » dit-il, et il poussa un profond soupir. C'était vraiment la nuit des soupirs !

Gally s'arrêta et prit un autre verre de porto. Il éprouvait la satisfaction du conteur qui voit que son histoire est en bonne voie. Quel bon public ces deux jeunes gens et ce Beach! se disait-il. Exactement le silence attentif qu'il faut et les yeux convenablement exorbités.

— Je vis alors, reprit-il, que j'avais frappé juste et l'avais amené où je voulais. Vous ne pouvez vous faire une idée de l'état d'esprit de Clarence depuis que son cochon est de retour. Parler d'extase, d'exaltation, serait à peine exagéré. J'imagine que vous avez éprouvé la même chose, Jerry, lorsque vous avez demandé à Penny de l'épouser et que sa timide réponse vous a fait comprendre que l'oiseau était dans le nid. Vous sautiez au plafond, j'en suis sûr, vous chantiez à tue-tête et couriez la campagne en quête de quelqu'un à qui rendre un service. Eh bien! mon frère Clarence se trouve exactement dans ces dispositions-là. Quand nous sommes rentrés, la voiture a fait une légère embardée sur un petit accident de terrain et j'ai pu entendre clapoter en lui le lait de la tendresse humaine. Aussi n'ai-je pas hésité plus longtemps : je l'ai emmené dans sa bibliothèque, l'ai installé dans un bon fauteuil et lui ai exposé toutes les difficultés de votre situation. « Voyez ces deux jeunes poussins, Clarence, lui ai-je dit, pris dans les rets soyeux de l'amour et impuissants à entreprendre quoi que ce soit faute d'un minimum de fonds. C'est tragique, hein, Clarence ? — Diablement tragique, dit-il. On en a la larme à l'œil. Puis-je faire quelque chose avant que mon cœur ne se brise ? — Toute la question peut se trouver résolue assez facilement, lui ai-je dit, si quelqu'un, vous, par exemple, pouvait prêter deux millions à Jerry Vail. C'est la somme dont il a besoin pour dédommager le pasteur, recevoir sa bénédiction et régler les autres frais de la noce. » Il m'a regardé d'un œil sidéré. « Deux millions, a-t-il dit, c'est tout ? Il n'y a pas même de quoi acheter du mouron pour les petits oiseaux. Etes-vous sûr qu'il ne leur en faille pas plus ? — Non, avec deux millions, cela suffira », lui ai-je répondu. « Alors je vais lui faire un chèque immédiatement », a-t-il dit. Bref, pour abréger cette histoire, il a signé, tout en grommelant parce que je l'empêchais d'inscrire un montant plus élevé. Et voici votre chèque!

Les yeux incrédules de Penny et de Jerry se rivèrent au chèque. Ils ne pouvaient parler.

— Il n'y a mis qu'une seule condition, dit Gally. C'est que vous n'alliez pas le remercier.

Penny était haletante.

— Mais nous devons absolument aller le remercier.

— Non. Il est timide, sensible, nerveux et cela le gênerait terriblement.

— Eh bien! nous pouvons vous dire merci.

— Cela, oui, vous pouvez le faire. J'adore d'ailleurs ce genre de chose. Vous pouvez également m'embrasser, si le cœur vous en dit.

— De tout cœur. Oh! Gally, dit Penny d'une voix brisée d'émotion.

— Allons, allons, dit Gally. Allons, allons, allons!

Ce n'est qu'un peu plus tard que Gally, plutôt ébouriffé, se tourna vers Beach. La porte s'était refermée et ils étaient seuls.

— Ah! l'amour, l'amour! s'exclama-t-il. Rien ne vaut l'amour! Avez-vous jamais été amoureux, Beach?

— Oui, Monsieur, une fois, lorsque j'étais encore valet de pied en second. Mais cela n'a pas duré.

— Rien n'est plus agréable que d'aider au bonheur des jeunes gens.

— Oh! naturellement, monsieur Galahad.

— On se sent tout brûlant de joie. Mais, dites-moi, il faut aussi penser aux vieux.

— Monsieur...

— Il me semble que vous n'avez pas tiré grand'chose de cette affaire. Vous devez pourtant avoir une compensation. Que diriez-vous d'une plainte déposée en justice contre Parsloe ?

Beach fut profondément choqué.

— Je ne me permettrai jamais une telle liberté, monsieur Galahad.

— Non, je pense qu'il serait pour vous un peu délicat d'attirer des ennuis à votre futur neveu. Néanmoins vous avez droit à une indemnité pour tout ce que l'on vous a fait subir et je pense qu'avec un peu de tact je vais pouvoir vous l'obtenir. Combien suggérez-vous ? Cent mille ? Deux cent mille ? Cinq cents ? Cinq cent mille serait une somme convenable, dit Gally, je vais voir ce que je peux faire.

III

Dans sa chambre, au premier étage, deuxième porte à droite et non à gauche en suivant le couloir, lady Constance, malgré un méchant rhume, se sentait dans l'ensemble en excellente condition.

Au sujet de ce méchant rhume, il est nécessaire de dire que quand vous l'avez attrapé, vous pouvez vous mettre au lit, vous pelotonner dans les draps et réfléchir que sans cette légère indisposition vous seriez au rez-de-chaussée, exposée à rencontrer votre frère Galahad. Après tout, se disait lady Constance avec philosophie, tout en pétrissant la bouillotte de ses doigts de pied, éternuer et renifler n'est pas payer trop cher le luxe de passer une soirée loin d'un frère dont la vue vous a toujours fait vous demander si l'homme peut réellement être le chef-d'œuvre de la Nature.

Aussi est-ce avec l'émotion d'une héroïne de tragédie grecque poursuivie par les Parques qu'elle vit la porte s'entrouvrir et ledit frère, en chair et en os, pénétrer dans sa chambre, armé de ce monocle qui avait toujours éveillé en elle une fureur violente. Dans ses nuits d'insomnie, il lui était parfois arrivé de penser qu'elle aurait supporté Gally s'il n'avait pas porté de monocle.

— Sortez, dit-elle.

— En temps voulu, répondit Gally. Mais j'ai d'abord deux mots à vous dire, Connie.

Il s'assit sur le bord du lit et mangea l'une des grappes de raisin qu'une main prévenante avait placées sur la table de chevet.

— Comment va ce rhume ?

— Très mal.

— Clarence m'a dit que le sien s'était guéri à la suite d'une émotion violente.

— Il est peu probable que pareille chose m'arrive.

— Ah! cela ne peut pas vous arriver ? dit Gally. C'est du moins ce que vous croyez. Beach vient d'intenter des poursuites contre sir Gregory Parsloe, lui réclamant des millions de dommages et intérêts. Voilà qui pourrait dégager votre conduit nasal.

Lady Constance éternua amèrement. Le moment entre tous où son frère l'exaspérait le plus, c'est lorsqu'il s'efforçait de faire de l'esprit.

— Est-ce une de vos laborieuses plaisanteries, Galahad ?

— Certainement pas. C'est sérieux, très sérieux. Une tranche de vie.

Lady Constance le regarda avec surprise.

— Mais comment Beach peut-il introduire une action en justice contre sir Gregory ? Pourquoi ?

— Détention illégale. Atteinte à la réputation. Dénonciation calomnieuse.

— Détention illégale ? Que voulez-vous dire ?

Gally fit claquer sa langue.

— Allons, allons! Vous savez parfaitement bien ce qu'on entend par détention illégale. Supposez que vous soyez en train de faire vos achats dans un grand magasin de Londres, un après-midi, et que soudain vous vous sentiez entourée par un groupe d'inspecteurs en civil qui vous saisissent aux épaules, vous ceinturent et vous poussent dans le panier à salade sous l'accusation de vol à l'étalage. Si cette aventure vous arrive un jour où vous ne faites justement pas de vol à l'étalage, où vous pouvez prouver votre innocence, que faites-vous ? Allez-vous vous contenter de simples excuses ? Je parie que non. Vous foncez chez votre avocat pour lui donner l'ordre d'intenter une action en poursuite contre ces individus et leur faire cracher des millions. C'est exactement le cas de Beach. Parsloe, pour des raisons qu'il est seul à connaître, s'est mis dans la tête que Beach lui avait dérobé son cochon et, au lieu de s'en assurer comme l'aurait fait tout homme raisonnable, il l'a fait arrêter sans autre préavis et enfermer dans la prison de Market Blandings, à la disposition du commissaire Evans.

L'horreur de la situation frappa lady Constance avec la vigueur d'un soufflet.

— Le scandale ! gémit-elle.

Gally hocha la tête.

— Oui, c'est bien ce que j'ai pensé.

Les yeux de lady Constance lancèrent des éclairs.

— Il faut que je parle à Beach.

— Vous ne parlerez pas à Beach, dit Gally avec fermeté. Si vous commencez à prendre avec lui vos grands airs, vous allez encore aggraver la situation.

— Alors, que faut-il faire ?

Gally haussa les épaules.

— Rien, autant que je sache. La situation me paraît sans issue. Elle aurait été simplifiée si Parsloe avait seulement accepté un arrangement à l'amiable en dehors du tribunal, mais il refuse d'en entendre parler. Et Beach réclame cinq cent mille.

Lady Constance le fixa avec stupeur.

— Cinq cent mille ? Vous parliez de millions.

— Simple figure de rhétorique.

— Vous dites bien que Beach abandonnerait les poursuites contre une indemnité de cinq cent mille francs ?

— Cela représente beaucoup d'argent.

— Beaucoup d'argent ? Pour éviter un scandale qui ferait de nous la risée du canton ? Passez-moi mon carnet de chèques. Il est là, dans ce tiroir.

La surprise se peignit sur les traits de Gally.

— Vous ne voulez tout de même pas me dire que vous êtes prête à encaisser le coup vous-même ?

— Bien sûr que si. C'est moi qui paie.

Gally, empiétant sur les droits d'auteur de lord Emsworth, poussa un soupir terrible.

— Eh bien! voilà qui m'ouvre des horizons nouveaux, dit-il. Je dois avouer que je n'avais pas envisagé cette solution. Pourtant j'aurais dû me douter que vous sauriez vous montrer à la hauteur des circonstances. Je vous reconnais là, dit Gally, plein d'admiration. Quand de vieux rapiats dans mon genre perdent le nord et tournent en rond, se tordant les poignets en criant : « Que faire ? Que faire ? », vous agissez tout simplement. C'est ce qu'on appelle du caractère. Voilà ce que c'est — du caractère. Et c'est dans les situations critiques qu'il se manifeste. Faites le chèque payable à l'ordre de Sébastien Beach et, si vous avez des difficultés pour l'écrire correctement, je suis à votre disposition. Saviez-vous que le prénom de Beach était Sébastien ? Si invraisemblable que cela paraisse, il en est pourtant ainsi. Ce qui prouve, selon moi, que la moitié du monde ignore toujours ce que fait l'autre moitié.

IV

Le château de Blandings s'apprêtait à clore une journée qui compte dans une existence. Les fleurs rouges et blanches repliaient leurs pétales et bientôt le marchand de sable allait commencer sa ronde et fermer les paupières fatiguées.

Maudie, dans sa chambre, se massait la figure avec une crème de beauté et pensait à son Bouboule.

Lady Constance, dans la sienne, vivait les plus belles minutes de sa vie. Lord Emsworth, qui n'en avait plus le moindre besoin, lui avait repassé tout son stock de cinnamon, d'aspirine, de vapex, de glycérine au thymol, de thé noir, d'huile camphrée et d'ouate thermogène, et elle essayait ces médicaments les uns après les autres. Ce faisant, elle sentait monter en elle la puissante joie intérieure d'une femme qui a su, lorsque les hommes ont perdu la tête et tournent en rond en se tordant les poignets et en disant : « Que faire ? Que faire ? », prendre en main et redresser une situation en un temps record. Elle songeait même avec une relative tendresse à son frère Galahad, car l'évidente admiration qu'il avait montrée pour les ressources de son caractère l'avait profondément touchée.

Beach était à l'office. De temps en temps il prenait une gorgée de porto, et de temps en temps levait vers le ciel des yeux pleins de reconnaissance. Lui aussi se sentait rempli d'affection pour Gally. Mr. Galahad demandait peut-être parfois d'aller dérober plus de cochons qu'il n'était agréable, mais pour les grandes affaires de la vie, comme de faire pousser des chèques de cinq cent mille francs là où il n'y avait rien auparavant, il était le bloc de granit sur lequel on peut s'appuyer.

Gally, dans la bibliothèque, prenait un dernier whisky en compagnie de son frère Clarence. Il avait l'intention d'aller se coucher sous peu. L'heure, certes, n'était pas venue où il allait d'habitude se mettre au lit, mais il avait eu une journée très mouvementée et n'était plus de la première jeunesse. Combattre pour la juste cause fatigue un homme.

Il se leva de sa chaise en bâillant.

— Eh bien! je me retire, dit-il. Je suis étrangement las, Dieu sait pourquoi! Vous est-il jamais arrivé, Clarence, de vous faire embrasser par la plus jeune fille d'un fabricant américain de biscuits pour chiens ?

— Euh! Non, non. Je ne crois pas.

— Vous vous en souviendriez, si cela vous était arrivé. Car c'est une chose inoubliable. Eh bien! Qu'avez-vous ?

Lord Emsworth gloussait.

— Je pensais seulement à ce que vient de me dire cette fille, la Monica Simmons, à l'étable, répondit-il. Elle m'a dit : « Oh! lord Emsworth, j'ai cru que nous ne reverrions jamais notre bichon de cochon. » Elle voulait parler de l'Impératrice. Elle appelle l'Impératrice bichon de cochon. Bichon de cochon! Très amusant!

Gally lui jeta un long regard.

— Dieu vous garde, Clarence, dit-il. Bonne nuit!

Là-bas, dans son boudoir, au fond du jardin potager, l'Impératrice de Blandings venait de s'éveiller, toute fraîche, d'un léger somme. Elle regarda autour d'elle, ravie de retrouver son décor familier. Comme il était agréable d'être revenu chez soi! Elle était philosophe et prenait les choses comme elles venaient, mais elle aimait avant tout la vie tranquille. Tous ces transbordements en voiture et toutes ces stations en d'étranges cuisines ne pouvaient faire aucun bien à un cochon aux habitudes régulières.

Il lui sembla apercevoir une substance comestible dans le fond de son auge, à côté d'elle. Elle se leva et regarda. Oui, c'était une substance des plus comestibles. Il était peut-être un peu tard, mais on peut toujours prendre un petit casse-croûte ou un en-cas. Whiffle, dans son énorme volume, dit que lorsqu'un cochon veut atteindre sa meilleure forme, il doit absorber une quantité de nourriture qui ne représente pas moins de cinquante-sept mille huit cents calories, et ce que M. Whiffle pensait un jour, l'Impératrice de Blandings l'appliquait le lendemain.

Elle abaissa son noble profil et se mit à l'ouvrage.

V

Dans la salle de brasserie des Armes d'Emsworth, on menait joyeux tapage. C'était l'heure où le commerce bat son plein et plus d'un fils de la terre, bronzé par le vent et par le soleil, était venu s'y installer, toutes manches retroussées, pour étancher une soif qui ne devait rien à personne. Des hommes robustes se faisaient servir à l'extérieur, la journée achevée, leur chope du soir. D'autres hommes robustes, réduits par de plus modestes revenus à attendre l'arrivée propice d'un ami qui leur offrît à boire, tuaient le temps en jouant aux fléchettes. C'était une scène de joyeux divertissement, et de tous ses participants le plus gai était sans contredit George Cyrill Wellbeloved, buvant tout à son aise en compagnie de M. Bulstrode, le pharmacien de la grand-rue. Son rire joyeux retentissait comme la voix qu'on prête à la fille du forgeron de village, et le citoyen G. Ovens, propriétaire de la taverne, l'avait prié, à trois reprises, de vouloir bien se dispenser de chanter à tue-tête.

Les censeurs et les chicaneurs, dont les effectifs sont beaucoup trop nombreux de nos jours, vont ici nous interrompre avec un ironique : « Dites donc, vieille branche, n'avez-vous pas oublié quelque chose ? », tout heureux de pouvoir surprendre l'historien en flagrant délit d'une de ces erreurs que les historiens commettent parfois. Mais l'historien n'a pas commis d'erreur. Il n'a pas oublié l'interdiction faite par sir Gregory Parsloe de servir aucune boisson alcoolique à George Cyrill Wellbeloved. C'est avec un calme sourire que nous confondrons ces censeurs et chicaneurs en portant à leur connaissance que sir Gregory avait levé cet interdit pour récompenser les fidèles et loyaux services de ce dévoué gardien de porcs, à la diligence de qui la Reine de Matchingham avait dû de réintégrer son étable.

— Vous pouvez y aller, mon ami, et vous ravaler au niveau de la bête si le cœur vous en dit, lui avait chaleureusement dit sir Gregory, et il l'avait muni d'une somme suffisante pour se permettre tous les excès.

C'est pourquoi il vidait maintenant pot sur pot en compagnie de M. Bulstrode, le pharmacien de la grand-rue. M. Bulstrode était en train de lui en raconter une bien bonne, qui l'aurait fait mourir de rire s'il l'avait écoutée, quand se profila dans l'encadrement de la porte la silhouette de Herbert Binstead.

En réponse à l'amicale : « Par ici, Herb » de George Cyrill, le maître d'hôtel se joignit à eux, mais il devint vite évident qu'il ne renchérissait pas sur l'aimable gaieté qui régnait à leur table. Apparemment, il y avait quelque chose qui n'allait pas entre Binstead et Bulstrode. Quand ce dernier reprit le fil de son histoire et l'amena cette fois à sa conclusion, Binstead éclata d'un rire méprisant, disant de la manière la plus agressive qu'il l'avait déjà entendue au berceau. Et quand M. Bulstrode émit l'opinion que le maintien providentiel du beau temps ferait du bien aux récoltes, Herbert Binstead dit brutalement : « Non, ça ne fera pas de bien aux récoltes », ajoutant que l'autre serait incapable de reconnaître une récolte arrivée à maturité s'il en voyait une. Bref, son attitude fut si peu engageante qu'au bout de quelques instants le pharmacien se leva en disant : « Je crois que c'est le moment de rentrer. » Et il les quitta.

George Cyrill Wellbeloved y perdait son latin.

— Qu'y a-t-il de cassé ? demanda-t-il. Vous vous êtes querellés ?

Binstead haussa les épaules.

— Je ne peux pas dire que ce soit vraiment une querelle. Nous avons pu ne pas voir certaines choses du même œil, mais je suis demeuré parfaitement correct avec ce vieux radin. Je lui ai dit : « Si c'est là votre façon de voir, monsieur Bulstrode, c'est parfait, n'en parlons plus. » Et je suis sorti de sa boutique.

— Sa façon de voir quoi ?

— Je vais vous le dire. Je dois commencer par vous faire savoir qu'il y a quelques jours sir Gregory m'a dit : « Binstead, l'un de mes proches parents désire se procurer par mon entremise quelques bouteilles de Slimmo. Allez donc en commander une demi-douzaine de flacons chez Bulstrode, dans la grand-rue. Prenez la grande taille. » J'ai suivi ses instructions.

— Slimmo. Qu'est-ce que c'est que ça ?

— Le Slimmo, mon cher George, est une préparation amaigrissante. Si vous préférez, appelons ça un produit antigraisse. Vous en prenez, vous comprenez ce que je veux dire, et votre taille s'amincit de plus en plus. Eh bien ! comme je vous le disais, je m'étais procuré de ce Slimmo chez Bulstrode, quand, brusquement, sir Gregory m'a dit qu'il n'en avait plus besoin et que je pouvais en faire ce que je voulais, que je pouvais reporter les flacons à Bulstrode pour qu'il me les rembourse et garder l'argent.

— Un vrai coup de chance.

— C'était bien mon avis. A deux cinquante balles la bouteille, j'estimais que cela ramènerait environ quinze cents francs dans mes poches. Un gentil petit cadeau.

— Un gentil petit cadeau, en effet.

— Je suis donc allé chez Bulstrode et vous pouvez croire que je suis tombé des nues quand il a froidement refusé de cracher le moindre sou.

— Non!

— En disant qu'une vente était une vente et qu'un objet vendu ne se reprenait pas. C'est tout.

— Alors, vous voilà avec la camelote sur les bras ?

— Oh! non. J'ai réussi à la repasser à quelqu'un.

— A la repasser à quelqu'un ? Mais à qui ?

— A une dame de votre connaissance.

— Hein ?

Binstead ricana doucement.

— Vous me connaissez, George. Je dois être le type auquel pensent ceux qui affirment qu'un honnête homme peut toujours se relever. J'ai eu le souffle un peu coupé quand je me suis retrouvé avec mes six bouteilles d'antigraisse, modèle grande taille, sur les bras et sans aucun moyen d'en tirer quelque chose. Mais je n'ai pas été long à comprendre que ces bouteilles ne nous avaient pas été envoyées pour rien. « Te voilà, toi, Herbert Binstead, me suis-je dit, avec une énorme somme d'argent engagée sur la Reine de Matchingham pour la compétition des Cochons Gras de la foire annuelle et, à deux pas de toi, à portée de ta main, dans cette étable, se trouve l'Impératrice de Blandings, seule rivale de la Reine. Quoi de plus simple, mon vieux Herbert, me suis-je dit, que d'aller vider ces six bouteilles de Slimmo dans l'auge de l'Impératrice... »

Il s'arrêta court. Un cri perçant d'agonie venait de s'échapper des lèvres de son interlocuteur. George Cyrill Wellbeloved le dévisageait, bouche béante, blanc comme un linge.

— Vous ne l'avez pas fait ?

— Si, je l'ai fait. Les six bouteilles d'un coup. Un homme doit surveiller ses intérêts avant tout, n'est-ce pas ? Holà! Où filez-vous à cette allure ?

George Cyrill Wellbeloved avait bondi sur sa bicyclette et pédalait comme un coureur en direction de Matchingham, dans le fol espoir qu'il n'était pas trop tard et qu'il pourrait encore arracher cette nourriture empoisonnée des lèvres de la Reine de Matchingham.

Cet espoir était vain. La Reine, comme l'Impératrice, avait l'habitude d'emmagasiner rapidement ce qui lui était destiné. Si l'on mettait de la nourriture dans son auge, elle lui prêtait une immédiate attention. George Cyrill, penché au-dessus de la barrière de l'enclos, poussa un gémissement sourd et détourna les yeux.

La lune brillait dans le fond d'une auge vide.

VI

(Extrait du *Bridgnorth, Shifnal et Albrighton Argus*, édité en liaison avec *L'Avenir du Planteur de Blé* et *La Gazette de l'Eleveur*.)

Il ne nous arrive pas souvent, à Dieu ne plaise, d'être contraints d'abandonner la prose, grâce à laquelle nous gagnons notre pain quotidien, et de la remplacer par la poésie. Mais nous avons à relater de grands événements, et c'est la plume du poète qu'il nous faut maintenant saisir. Aussi vous voudrez bien nous pardonner si, parlant du Concours agricole du Shropshire, nous bousculons le palmarès et l'ordre des choses pour vous faire savoir tout de suite que l'Impératrice de Blandings a de nouveau gagné.

Ses chances, au début de l'année, paraissaient minces. On craignait que ses beaux jours ne fussent, hélas! terminés. De tous côtés on entendait les gens murmurer : « Elle a gagné deux fois. Elle ne peut continuer. Ce serait un exploit de super-cochon. » On chuchotait çà et là que le sort allait placer cette fois le laurier sur l'opulente championne en pleine ascension qu'était la Reine de Matchingham. Car si l'Impératrice était bien grasse, l'autre semblait l'être encore plus. « Avec sa chair ferme et abondante, disait-on, elle va décrocher la médaille d'or. »

Voilà ce que l'on entendait, mais rien de pareil n'est arrivé. Comme les deux précédentes années, un ouragan d'acclamations de toute la haute et petite noblesse a salué les couleurs du château de Blandings, lorsque les membres du jury : le colonel Brice, sir Henri Boole et le major Price (trois têtes, mais une parfaite unanimité pour rendre le verdict) ont annoncé que la championne des Cochons Gras était la majestueuse candidate de lord Emsworth.

Eu égard à ce nouveau succès, elle a fait un communiqué à la presse.

« Bien qu'on n'aime pas se monter le cou, je pensais vaincre encore un coup, dit-elle. La Reine, bien sûr, est plantureuse, mais j'étais sûre d'une fin heureuse. Une vie pure et sans reproche en est la cause, termina-t-elle. Je lui dois ma victoire. »

Quelles leçons pouvons-nous tirer, pour notre bien à tous, de cette admirable allocution!

FIN

ACHEVÉ D'IMPRIMER SUR LES PRESSES
DE COX & WYMAN LTD (ANGLETERRE)
LE 25 MAI 1984

N° d'édition : 1506
Dépôt légal : mai 1984